蕭紅小說散文精選

增訂本

蕭紅 著

商務印書館

序　自我燃燒冰冷的生命：蕭紅的絕境書寫

「快快長吧！長大就好了。」
二十歲那年，我就逃出了父親的家庭。直到現在還是過著流浪的生活。
「長大」是「長大」了，而沒有「好」。

這是蕭紅自傳式散文〈永久的憧憬和追求〉結尾的段落，像鏽蝕的油彩那樣點染了她一生的佈景，「長大」了卻沒有「好」，彷彿是她搬演一生的「母題」，周而復始直到消亡，貧困、孤獨、愁病、被遺棄或虐打、飄泊而流離失所，最終客死異鄉，假如中國現當代文學要列舉一個「苦命作家排行榜」，蕭紅一定名列前茅；而好像也有這樣的命運規律：出身於破碎家庭的孩子，如果天生性情敏感又懂得文字，便很容易成就才情，但一輩子不會快樂，除了蕭紅，還有張愛玲！祇是，我對女性作家薄命的因由沒有太大興趣，那通常是男性讀者或研究者苦苦憐惜的角度，重讀蕭紅，我祇想了解敏銳的女子如何以自己的「薄命」書寫「薄情」！小時候讀蕭紅，總覺得她太脆弱而不能靠近，當自己也走過脆弱而支離破碎之後，便開始驚覺她的冷硬與深沉；是的，時代、男人、生活環境給她走兩步、絆倒一步的命途，但她也跌跌撞撞了三十一年才倒地不起和離開人世！對於蕭紅的文學成就，歷來從傳記、性別、歷史，甚至政治意識形態等角度切入的研究已經重如泰山，沒有讓我置喙的餘地了，便衹好輕如鴻毛的單純地看，看蕭紅如何以文字將人引入荒涼境界，也看薄命人如何以血肉之軀築構文學的長城，再以激情哭崩世道、以深邃的眼睛洞穿他人的虛妄，最後自我葬身；我甚至覺得，現實生活中蕭紅接二連三的被男人欺負、欺騙和拋棄，但她一點一滴的記錄下來，早已以「文字」處決了這些男人，當人死如燈滅之後，男人的「惡行」卻繼續銘刻人間，在蕭紅的文學世界中永垂不朽！

「絕境作家」的四個面向

法國創作文論家愛蓮・西蘇（Hélène Cixous）在她的名篇〈死者學派〉（The School of the Dead）中指出，讓讀者著迷的作家總恆常地與「死亡」連結，「書寫」是為了學習無懼，無懼於生活冷酷的磨練、生命極度搖擺的侵害，她稱之為「絕境的作家」（writers of extremity）；這類作家，一輩子經歷常人凡眾所沒有的極端處境，以激烈的感情與心志燃燒自己、烙印傷痕，直到灰燼，愛到盡頭是極痛、痛到沸點卻爆發狂喜，在歡愉與創傷的危崖上撕裂自我。歸納西蘇的論點，這種「極端書寫」的狀態體現於四個層面：第一是「自我疏離」的觀照，一個我化成兩個或多重的分裂，不斷來回的審視自己，「自己」變成個人生命的「觀眾」，看出日常看不到的內層與底層，哪怕是最微小、脆弱、卑怯和恐懼的形相。第二是書寫

「源於失去」，失去摯愛的親人、刻骨銘心的愛情，甚至最終寶貴的生命，因為不甘心「失去」，便以「文字」作為補償，或是悼念、或是報復、或是為了安葬頹敗的自我，總要在失去之中抓回可供記認、憑證的痕跡，因此「死亡」與「失戀」成就了千古絕唱！因為「書寫」能夠帶來力量，讓作家學習免於恐懼，無畏於一無所有的虛空、無助和孤絕的困境，能夠「寫下來」，文字從此便擁有應有的位置，自我便不再飄零無依。第三是「刺痛的書寫」，西蘇引述卡夫卡（Kafka）的話語，指出為讀者帶來猶如狂風掃落葉般衝擊的書才有閱讀的價值，相反的，平平無奇或平淡如水不能直入生命核心的作品讀了也會語言無味、情緒無感，基於這種關連，「寫作」同樣也必須源於「刺痛」或「刺傷」，是生活上傷痕累累的結果，書寫者猶如走過死亡的森林，在迷失、尋覓、傷損甚至葬身的過程中刻鑿經驗，祇有寫於「驚懼」之中的作品才能讓讀者產生同樣的震懾、才能觸動人心。最後是寫出「自我惡性」，西蘇認為，「不完美」是人性的本質，而「人性」是一切藝術的裏子，書寫自我的惡性就是為了學習堅強，堅強的面對生活的缺陷與遺憾，讓前行的路能夠繼續下去，她甚至強調，發掘邪惡的善意或憎惡的愛是作為「人」的衡量，祇有這樣才能發見真我，從而獲得淨化與提昇。這四個面向，形構了西蘇命名的「絕境作家」的存在模式，那是在自我分裂疏離、失去摯愛的極地之中，書寫創傷與惡性，在匱乏的生活條件下，以血肉的情感建造豐饒、驚險、迂迴卻處處靈光閃耀的藝術天地。

熟悉蕭紅生平傳記的人都知道，她活脱脱就是西蘇論述的「絕境作家」，自小被父權壓制，冰冷的童年缺乏溫暖和愛，成年離家後長期東飄西泊，無家的她渴望成家卻不斷輾轉不同的男人手裏，貧與病差不多成了生命的底子，最後歸葬舉目無親的殖民地城市香港，在死亡延續的孤獨裏臥聽海濤閒話！然而，我最感興趣的到底是怎樣或甚麼力量讓這個如斯屢遭不幸的女子一直孜孜不倦的以「寫作」面對絕境？沒有選擇沉淪、沒有踏上自殺的毀滅、更沒有甘於平庸的隱去，性格、體質和命途皆如此敏感脆弱的蕭紅到底是如何熬過來的？翻讀她的散文集，書頁翻飛如幾度輪迴的翅翼逐漸昭然若揭，正如西蘇所言，當生命的重擊壓抑至不吐不足以承受的狀態時，「書寫」是唯一活存的憑藉，那是一個「拒絕」的姿態，拒絕命運的摧毀，同時也是一種「宣示」的能量，宣示生命的自我掌管。從這些角度看，便重新讀出蕭紅文字另類活潑、幽默和清新的氣息，以及帶有批判和報復人世的剛冷。

幻變多端的文字色譜

蕭紅的散文充滿小說場景的味道，人物活靈活現，敍述與描畫猶如電影鏡頭的推拉移動，流暢而豐盈，而且四處佈滿的比喻與詩化語言洋溢溫柔與慧黠，往往導引讀者的情緒進入那些生活撕開皮肉的嚴峻境況。譬如說，她寫無家的飄離與冰冷的人生：「搬家！什麼叫搬家？移了一個窩就是罷！一輛馬車，載了兩個人，一個條箱，行李也在條箱裏……把手放在鐵爐板上也不能暖了，爐中連一顆火星也滅掉。肚子痛，要上牀去躺一躺，哪裏是牀！冰一樣的鐵條，怎麼敢去接近」（搬家）；寫孤絕的寂寞：「光線完全不能透進屋來，四面是牆，窗子已經無用，像封閉了的洞門似的，與外界絕對隔離開」（黑「列巴」和白鹽）；寫戰雲密佈的生命威脅：「用了我有點蒼白的手，捲起紗窗來，在那灰色的雲的後面，我看不到我所要看的東西……正在我躊躇的時候，我看見了，那飛機的翅子好像不是和平常的飛機的翅子一樣——它們有大的也有小的——好像還帶著輪子，飛得很慢，只在雲彩的縫際出現了一下，雲彩又趕上來把它遮沒了」（〈天空的點綴〉）。這些豐盛而深邃的場景寄寓，為蕭紅的散文建立了精煉、含蓄的韻味，讓人物立體的活動其中，情融於景，渲染了亂世人命逐草四方的艱難，景隨人移，浮映了作者容易動情、移情卻又終歸蒼涼的結局。有時候她會以物傷其類的情緒借代他人的故事來反襯自己相同的困苦，例如〈索非亞的愁苦〉裏面有國歸不得的俄國女子；有時候她會以日常生活微小的瑣事折射寂寞難耐的婉轉情態，像〈孤獨的生活〉中流落日本的衣食住行；有時候她會以托物喻志的技巧批判軍國主義的入侵，像〈牙粉醫病法〉借日本女子的「食肉故事」反諷戰爭扭曲人性的禍害；有時候她甚至從歷史的脈絡縷述男權意識的拓展，例如〈女子裝飾的心理〉從比較遠古時代男女身體修飾文化的差異和演變，勾勒女性逐漸被男人宰制的過程。由此可以見出蕭紅散文文體變化多端的色譜，她總擅於在黑暗的籠罩裏散射希望的光源、在短暫寧靜安逸的光圈內塗抹灰敗的憂患！

生存食相的赤裸諷喻

在蕭紅寫景流麗、鑄情細緻的散文中，最讓我久久無法釋懷的有兩個母題：一是她對「食物」幾近偏執的渴求，二是她筆下男人的可斥可鄙，在「商市街」系列的文章中，像〈小黑狗〉、〈家庭教師〉、〈提籃者〉、〈搬家〉、〈黑「列巴」與白鹽〉和〈十元鈔票〉等等，都反復記敘「吃」的苦況：

我的心情完全神經質下去，好像躺在木板下的小狗就是我自己，像聽著蒼蠅在自己已死的屍體上尋食一樣。（小黑狗）

走在一家包子舖門前，又買了十個包子，看一看自己帶著這些東西，很驕傲，心血時時激動，至於手凍得怎樣痛，一點也不可惜。路旁遇見一個老叫化子，又停下來給他一個大銅板，我想我有飯吃，他也是應該吃啊！（當舖）

第二天，一些朋友來約我們到「牽牛房」去吃夜飯。果然吃很好，這樣的飽餐，非常覺得不多得，有魚，有肉，有很好滋味的湯。又是玩到半夜才回來。這次我走路時很起勁，餓了也不怕，在家有十元票子在等我。我特別充實地邁著大步，寒風不能打擊我。」（十元鈔票）

蕭紅這些「吃」的書寫，沒有張愛玲的華麗與冷峻，卻是毫無掩飾的張狂「餓相」，越是寫得細膩詳盡，越是透著天真與愁苦，「吃」對她來說不是生活的講究，而是基本生存條件的需要，她祇求「不餓著肚子」、能有力氣走日常的路而已，但亂世與飄離的際遇讓她每天張開眼睛的第一件事情就是為「食物」張羅，不單為自己、還要為身旁那個不進當舖、不出面向別人借貸的男人張羅，「白鹽夾著冷硬的麵包」還是她一個女子乞求回來、卻必須跟男人攤分的食物，而且當「吃到了」之後，她便很滿足，忘記和原諒了生活種種不公平、不善意的對待，並且相信明天的自己、世界和男人都會慢慢好起來的；就這樣蕭紅赤裸的寫，寫自己淒涼的餓相、男人狠狠的食相、寫「食物」的罕貴難求、寫得償所願的短暫快樂，讀來令人心酸卻也憤憤不平，同時又明白她何以能夠這樣苦苦的撐了下去，因為情性單純的她容易對人間懷有希望，「明天能夠吃飽」是一種生存火焰熊熊燃燒的意志！

以文字處決男人

跟「食物」書寫具有異曲同工之妙的是蕭紅筆下的男人，無論是化身無數的「他」或取名「郎華」的人物，都通過事件的記述、動作的場景調度、對話與言行的呈現，巨細無遺地浮雕了那些因男性尊嚴而來的自私、涼薄、膚淺、懦弱和冷酷無情。這個或這些「他」有時候會在蕭紅化身的「我」或「悄悄」的跟前，興高采烈地談論自己和其他女人的關係（家庭教師）；有時候會在食物短缺的緊絀下先行搶吃，而且吃相狼狠、不留餘地（當舖）；有時候或在發生政治審查和迫害的危機下把自己的女人推到前面去，事後還尋找一對似是如非的理由搪塞責任（劇團）。讀著這些篇章，總禁不住想：一生被男人欺負的蕭紅終於在「文字」裏得到報復的補償了，可不是嗎？她如此狠辣的記錄和轉化，把男人的惡行寫得這樣神情活現、淋漓盡致、具體而深刻，簡直是一種「文字的處決」，透過這些情感的處境書寫，蕭紅讓我們知道她如何活？怎樣掙扎？遇到甚麼樣的人塑造了她無法逆轉的伏線？於是，蕭紅身邊的壞男人不會因為肉身的消亡而消失於歷史和文字的區域上，相反的，蕭紅以「筆」作為顏料，讓他們千古長存、永不磨滅，猶如電影鏡頭來而復返的回轉，歷久常新的在每一代讀者一次又一次的閱讀中復現，接受清算和批判，沒有比這樣的懲罰更大快人心和公義嚴明啊！

Kafka說：I'm never warm enough. So I am always burning ...from cold——渴望愛而終不可得的蕭紅，一直就是這樣以「文字」燃燒冰冷的生命！

洛楓（文化評論人）

二零一四年六月二十三日

引用書目：

Cixous, Hélène. "The School of Dead." *Three Steps on the Ladder of Writing*. New York: Columbia UP, 1993, 1-54.

Janouch, Gustav. *Conversations with Kafka*. New York: A New Directions Book, 2012.

序

小說

散文

小說

曠野的呼喊

風撒歡了。

在曠野，在遠方，在看也看不見的地方，在聽也聽不清的地方，人聲，狗叫聲，嘈嘈雜雜地喧嘩了起來，屋頂的草被拔脱，牆囤頭上的泥土在翻花，狗毛在起著一個一個的圓穴，雞和鴨子們被颳得要站也站不住。平常餵雞撒在地上的穀粒，那金黃的，閃亮的，好像黃金的小粒，一個跟著一個被大風掃向牆根去，而後又被掃了回來，又被掃到房簷根下。而後混著不知從什麼地方飄來的從未見過的大樹葉，混同著和高粱粒一般大的四方的或多棱的沙土，混同著剛被大風拔落下來的紅的、　黑的、　雜色的雞毛，還混同著破布片，還混同著唰啦唰啦的高粱葉，還混同著灰倭瓜色的豆稈，豆稈上零亂亂地掛著豆粒已經脱掉了空敞的豆莢。一些紅紙片，那是過新年時門前粘貼的紅對聯——「三陽開泰」，「四喜臨門」——或是「出門見喜」的條子，也都被大風撕得一條一條的，一塊一塊的。這一些乾燥的、　毫沒有水分的拉雜的一堆，唰啦啦、　呼哩哩在人間任意地掃著。刷著豆油的平滑得和小鼓似的鄉下人家的紙窗，一陣一陣地被沙粒擊打著，發出鈴鈴的銅聲來。而後，雞毛或紙片，飛得離開地面更高。若遇著毛草或樹枝，就把它們障礙住了，於是房簷上站著雞毛，雞毛隨著風東擺　下，西擺一下，又被風從四面裹著，站得完全筆直，好像大森林裏邊用野草插的標記。而那些零亂的紙片，颳在椽頭上時，卻嗚嗚地它也賦著生命似的叫喊。

陳公公一推開房門，剛把頭探出來，他的帽子就被大風捲跑了，在那光滑的被大風完全掃乾淨了的門前平場上滾著，滾得像一個小西瓜，像一個小車輪，而最像一個小風車。陳公公追著它的時候，它還撲撲拉拉的不讓陳公公追上它。

「這颷的是什麼風啊！這還叫風了嗎！簡直他媽的……」

陳公公的兒子，出去已經兩天了，第三天就是這颷大風的天氣。

「這小子到底是幹什麼去了啦？納悶……這事真納悶……」於是又帶著沉吟和失望的口氣：「納悶！」

陳公公跑到瓜田上才抓住了他的帽子，帽耳朵上滾著不少的草末。他站在壟陌上，順著風用手拍著那四個耳朵的帽子，而拍也拍不掉的是桑子的小刺球，他必須把它們打掉，這是多麼討厭啊！手觸去時，完全把手刺痛。看起來又像小蟲子，一個一個地釘在那帽沿上。

「這小子到底是幹什麼去啦！」帽子已經戴在頭上，前邊的帽耳，完全探伸在大風裏，遮蓋了他的眼睛。他向前走時，他的頭好像公雞的頭向前探著，那頑強掙扎著的樣子，就像他要鑽進大風裏去似的。

「這小子到底……他媽的……」這話是從昨天晚上他就不停止地反復著。他抓掉了剛才在腿上摔著帽子時刺在褲子上的桑子，把它們在風裏丟了下去。

「他真隨了義勇隊了嗎？納悶！明年一開春，就是這時候，就要給他娶婦了，若今年收成好，上秋也可以娶過來呀！當了義勇隊，打日本……哎哎，總是年輕人哪……」當他看到村頭廟堂的大旗杆，仍舊挺直地站在大風裏的時候，他就向著旗杆的方向罵了一句：「小鬼子……」而後他把全身的筋肉抖擻一下。他所想的，他覺得都是使他生氣，尤其是那旗杆，因為插著一對旗杆的廟堂，駐著新近才開來的日本兵。

「你看這村子還像一個樣子了嗎？」大風已經遮掩了他嘟嘟著的嘴。他看見左邊有一堆柴草，是日本兵徵發去的。右邊又是一堆柴草。而前村，一直到村子邊上，一排一排地堆著柴草。這柴草也都是徵發給日本兵的。大風颳著它們，飛起來的草末，就和打穀子揚場的時候一樣，每個草堆在大風裏邊變成了一個一個的土堆似的在冒著煙。陳公公向前衝著時，有一團穀草好像整捆地滾在他的腳前，障礙了他。他用了全身的力量，想要把那穀草踢得遠一點，然而實在不能夠做到。因為風的方向和那穀草滾來的方向是一致的，而他就正和它們相反。

「這是一塊石頭嗎？真沒見過！這是什麼年頭……一捆穀草比他媽一塊石頭還硬！……」

他還想要罵一些別的話，就是關於日本子的。他一抬頭看見兩匹大馬和一匹小白馬從西邊跑來。幾乎不能看清那兩匹大馬是棕色的或是黑色的，只好像那馬的周圍裹著一團煙跑來，又加上陳公公的眼睛不能夠抵抗那緊逼著他而颳來的風。按著帽子，他招呼著：

「站住……嘞……嘞……」他用舌尖，不，用了整個的舌頭打著嘟嚕。而這種喚馬的聲音只有他自己能夠聽到，他把聲音完全灌進他自己的嘴。把舌頭在嘴裏邊整理一下，讓它完全露在大風裏，準是沒有拴住。還沒等他再發出嘞嘞的喚馬聲，那馬已經跑到他的前邊。他想要把牠們攔住而抓住牠，當他一伸手。他就把手縮回來，他看見馬身上蓋著的圓的日本軍營裏的火印：

「這哪是客人的馬呀！這明明是他媽……」

陳公公的鬍子掛上了幾顆穀草葉，他一邊掠著它們就打開了房門。

「聽不見吧？不見得就是……」

陳姑媽的話就像落在一大鍋開水裏的微小的冰塊，立刻就被消融了。因為一打開房門，大風和海潮似的，立刻噴了進來煙塵和吼叫的一團，陳姑媽像被撲滅了似的。她的話陳公公沒有聽到。非常危險，陳公公擠進門來，差一點沒有撞在她身上，原來陳姑媽的手上拿著一把切菜刀。

「是不是什麼也聽不見？風太大啦，前河套聽說可有那麼一夥，那還是前些日子……西寨子，西水泡子，我看那地方也不能不有，那邊都是柳條通……一人多高，剛開春還說不定沒有，若到夏天，青紗帳起的時候，那就是好地方啊……」陳姑媽把正在切著的一顆胡蘿蔔放在菜墩上。

「羅羅唆唆地叨叨些個什麼！你就切你的菜吧！你的好兒子你就別提啦。」

陳姑媽從昨天晚上就知道陳公公開始不耐煩。關於兒子沒有回來這件事，把他們的家都像通通變更了。好像房子忽然透了洞，好像水瓶忽然漏了水，好像太陽也不從東邊出來，好像月亮也不從西邊落。陳姑媽還勉勉強強地像是照常在過著日子，而陳公公在她看來，那完全是可怕的。兒子走了兩夜，第一夜還算安靜靜地過來了，第二夜忽然就可怕起來。他通夜坐著，抽著煙，拉著衣襟，用笤帚掃著行李，掃著四耳帽子，掃著炕沿。上半夜嘴裏任意叨叨著，隨便想起什麼來就說什麼，說到他兒子的左腿上生下來時就有一塊青痣：

「你忘了嗎？老娘婆（即產婆）不是說過，這孩子要好好看著他，腿上有病，是主走星照命……可就真忍心走下去啦！……他也不想想，留下他爹他娘，又是這年頭，出外有個好歹的，幹那勾當，若是犯在人家手裏，那還……那還說什麼呢！就連他爹也逃不出法網……義勇隊，義勇隊，好漢子是要幹的，可是他也得想想爹和娘啊！爹娘就你一個……」

上半夜他一直叨叨著，使陳姑媽也不能睡覺。下半夜他就開始一句話也不說，忽然他像變成了啞子，同時也變成了聾子似的。從清早起來，他就不說一句話。陳姑媽問他早飯煮點高粱粥吃吧，可是連一個字的回答，也沒有從他嘴裏吐出來。他紮好腰帶，戴起帽子就走了。大概是在外邊轉了一圈又回來了。那工夫，陳姑媽在刷一個鍋都沒有刷完，她一邊淘著刷鍋水，一邊又問一聲：

「早晨就吃高粱米粥好不好呢？」

他沒有回答她，兩次他都並沒聽見的樣子。第三次，她就不敢問了。

晚飯又吃什麼呢？又這麼大的風。她想還是先把蘿蔔絲切出來，燒湯也好，炒著吃也好。一向她做飯，是做三個人吃的，現在要做兩個人吃的。只少了一個人，連下米也不知道下多少。那一點米。在盆底上，洗起來簡直是拿不上手來。

「那孩子，真能吃，一頓飯三四碗……可不嗎，二十多歲的大小夥子是正能吃的時候……」

她用飯勺子攪了一下那剩在瓦盆裏的早晨的高粱米粥。高粱米粥，凝了一個明光光的大泡。飯勺子在上面觸破了它，它還發出有彈性的觸在豬皮凍上似的響聲：「稀飯就是這樣，剩下來的扔了又可惜，吃吧，又不好吃，一熱，就粥不是粥了，飯也不是飯……」

她想要決定這個問題，勺子就在小瓦盆邊上沉吟了兩下。她好像思想家似的，很困難的感到她的思維方法全不夠用。

陳公公又跑出去了，隨著打開的門扇撲進來的風塵，又遮蓋了陳姑媽。

他們的兒子前天一出去就沒回來，不是當了土匪，就是當了義勇軍，也許是就當了義勇軍，陳公公記得清清楚楚的，那孩子從去年冬天就説做棉褲要做厚一點，還讓他的母親把四耳帽子換上兩塊新皮子。他説：

「要幹，拍拍屁股就去幹，弄得利利索索的。」

陳公公就為著這話問過他：

「你要幹什麼呢？」

當時，他只反問他父親一句沒有結論的話，可是陳公公聽了兒子的話，只答應兩聲：「唉！唉！」也是同樣的沒有結論。

「爹！你想想要幹什麼去！」兒子説的只是這一句。

陳公公在房簷下撲著一顆打在他臉上的雞毛，他順手就把它扔在風裏邊。看起來那雞毛簡直是被風奪走的，並不像他把它丟開的。因它一離開手邊，要想抓也抓不住，要想看也看不見，好像它早已決定了方向就等著奔去的樣子。陳公公正在想著兒子那句話，他的鼻子上又打來了第二顆雞毛，説不定是一團狗毛他只覺得毛茸茸的，他就用手把它撲掉了。他又接著想，同時望著西方，他把腳跟抬起來，把全身的力量都站在他的腳尖上。假若有太陽，他就像孩子似的看著太陽是怎樣落山的。假若有晚霞，他就像孩子似的翹起腳尖來，要看到晚霞後面究竟還有什麼。而現在西方和東方一樣，南方和北方也都一樣，混混溶溶的，黃的色素遮迷過眼睛所能看到的曠野，除非有山或者有海會把這大風遮住，不然它就永遠要沒有止境地颶過去似的。無論清早，無論晌午和黃昏，無論有天河橫在天上的夜，無論過年或過節，無論春夏和秋冬。

現在大風像在洗刷著什麼似的，房頂沒有麻雀飛在上面，大田上看不見一個人影，大道上也斷絕了車馬和行人。而人家的煙囪裏更沒有一家冒著煙的，一切都被大風吹乾了。這活的村莊變成了剛剛被掘出土地的化石村莊了。一切活動著的都停止了，一切響叫著的都啞默了，一切歌唱著的都在歎息了，一切發光的都變成混濁的了，一切顏色都變成沒有顏色了。

陳姑媽抵抗著大風的威脅，抵抗著兒子跑了的恐怖，又抵抗著陳公公為著兒子跑走的焦煩。

她坐在條凳上，手裏折著經過一個冬天還未十分乾的柳條枝，折起四五節來。她就放在她面前臨時生起的火堆裏，火堆為著剛剛丟進去的樹枝隨時起著爆炸，黑煙充滿著全屋，好像暴雨快要來臨時天空的黑雲似的。這黑煙和黑雲不一樣，它十分會刺激人的鼻子、眼睛和喉嚨……

「加小心哪！離灶火腔遠一點阿……大風會從灶火門把柴火抽進去的……」

陳公一邊說著，一邊拿起樹枝來也折幾棵。

「我看晚上就吃點麵片湯吧……連湯帶飯的，省事。」

這話在陳姑媽，就好像小孩子剛一學說話時，先把每個字在心裏想了好幾遍，而說時又把每個字用心考慮著。她怕又像早飯時一樣，問他，他不回答，吃高粱米粥時，他又吃不下去。

「什麼都行，你快做吧，吃了好讓我也出去走一趟。」

陳姑媽一聽說讓她快做，拿起瓦盆來就放在炕沿上，小麵口袋裏只剩一碗多麵，通通攪和在瓦盆底上。

「這不太少了嗎？……反正多少就這些，不夠吃，我就不吃。」她想。

陳公公一會跑進來，一會跑出去，只要他的眼睛看了她一下，她總覺得就要問她：

「還沒做好嗎？還沒做好嗎？」

她越怕他在她身邊走來走去，他就越在她身邊走來走去。燃燒著的柳條嗞啦嗞啦地發出水聲來，她趕快放下手裏在撕著的麵片，抓起掃地笤帚來煽著火，鍋裏的湯連響邊都不響邊，湯水絲毫沒有滾動聲，她非常著急。

「好啦吧？好啦就快端來吃……天不早啦……吃完啦我也許出去繞一圈……」

「好啦，好啦！用不了一袋煙的工夫就好啦……」

她打開鍋蓋吹著氣看看，那麵片和死的小白魚似的，一動也不動地飄在水皮上。

「好啦就端來呀！吃呵！」

「好啦……好啦……」

陳姑媽答應著，又開開鍋蓋，雖然湯還不翻花，她又勉強地丟進幾條麵片去。並且嚐一嚐湯或鹹或淡，鐵勺子的邊剛一貼到嘴唇……

「喲喲！」湯裏還忘記了放油。

陳姑媽有兩個油罐，一個裝豆油，一個裝棉花籽油，兩個油罐永遠並排地擺在碗櫥最下的一層，怎麼會弄錯呢！一年一年的這樣擺著，沒有弄錯過一次。但現在這錯誤不能挽回了，已經把點燈的棉花籽油撒在湯鍋裏了，雖然還沒有散開，用勺子是掏不起來的。勺子一觸上就把油圈觸破了，立刻就成無數的小油圈。假若用手去抓，也不見得會抓起來。

「好啦就吃呵！」

「好啦，好啦！」她非常害怕，自己也不知道她回答的聲音特別響亮。

她一邊吃著，一邊留心陳公公的眼睛。

「要加點湯嗎？還是要加點麵……」

她只怕陳公公親手去盛麵，而盛了滿碗的棉花籽油來。要她盛時，她可以用嘴吹跑了浮在水皮上的棉花籽油，儘量去盛底上的。

一放下飯碗，陳公公就往外跑。開房門，他想起來他還沒戴帽子：

「我的帽子呢？」

「這兒呢，這兒呢。」

其實她真的沒有看見他的帽子，過於擔心了的緣故，順口答應了他。

陳公公吃完了棉花籽油的麵片湯，出來一見到風，感到非常涼爽。他用腳尖站著，他望著西方並不是他知道他的兒子在西方或是要從西方來，而是西方有一條大路可以通到城裏。

曠野，遠方，大平原上，看也看不見的地方，聽也聽不清的地方，狗叫聲、人聲、風聲、土地聲、山林聲，一切喧嘩，一切好像落在火焰裏的那種暴亂，在黃昏的晚霞之後，完全停息了。

西方平靜得連地面都有被什麼割據去了的感覺，而東方也是一樣。好像剛剛被大旋風掃過的柴欄，又好像被暴雨洗刷過的庭院，狂亂的和暴躁的完全停息了。停息得那麼斷然，像是在遠方並沒有發生過什麼事情。今天的夜，和昨天的夜完全一樣，仍舊能夠煥發著黃昏以前的記憶的，一點也沒有留存。地平線遠處或近處完全和昨夜一樣平坦地展放著，天河的繁星仍舊和小銀片似的成群的從東北方列到西南方去。地面和昨夜一樣的啞默，而天河和昨夜一樣的繁華。一切完全和昨夜一樣。

豆油燈照例是先從前村點起，而後是中間的那個村子，而再後是最末的那個村子。前村最大，中間的村子不太大，而最末的一個最不大。這三個村子好像祖父、父親和兒子，他們一個牽著一個地站在平原上。冬天落雪的天氣，這三個村子就一齊變白了。而後用笤帚打掃出一條小道來，前村的人經過後村的時候，必須說一聲：

「好大的雪呀！」

後村的人走過中村時，也必須對於這大雪問候一聲，這雪是煙雪或棉花雪，或清雪。

春天雁來的晌午，他們這三個村子就一齊聽著雁鳴，秋天烏鴉經過天空的早晨，這三個村子也一齊看著遮天的黑色的大雁。

陳姑媽住在最後的村子邊上，她的門前一棵樹也沒有。一頭牛，一匹馬，一個狗或是幾隻豬，這些她都沒有養，只有一對紅公雞在雞架上蹲著，或是在房前尋食小蟲或米粒，那火紅的雞冠子迎著太陽向左擺一下，向右蕩一下，而後閉著眼睛用一隻腿站在房前或柴堆上，那實在是一對小紅鶴。而現在它們早就鑽進雞架去，和昨夜一樣也早就睡著了。

陳姑媽的燈碗子也不是最末一個點起，也不是最先一個點起。陳姑媽記得，在一年之中，她沒有點幾次燈，燈碗完全被蛛絲蒙蓋著，燈芯落到燈碗裏了，尚未用完的一點燈油混了塵土都黏在燈碗了。

陳姑媽站在鍋台上，把擺在灶王爺板上的燈碗取下來，用剪刀的尖端攪著燈碗底，那一點點棉花籽油雖然變得漿糊一樣，但是仍舊發著一點油光，又加上一點新從罐子倒出來的棉花籽油，小燈於是劈劈啦啦地站在炕沿上了。

陳姑媽在燒香之前，先洗了手。平日很少用過的家製的肥皂，今天她存心多擦一些，冬天因為風吹而麻皮了的手一開春就橫橫豎豎的裂著滿手的小口，相同冬天裏被凍裂的大地。雖然春風晝夜地吹擊，想要彌補了這缺隙，不但沒有彌補上，反而更把它們吹得深隱而裸露了。陳姑媽又用原來那塊過年時寫對聯剩下的紅紙把肥皂包好。肥皂因為被空氣的消蝕，還落了白花花的鹼末兒在陳姑媽的大襟上，她用笤帚掃掉了那些。又從梳頭匣子摸出黑乎乎的一面玻璃磚鏡子來，她一照那鏡子，她的臉就在鏡子裏被切成橫橫豎豎的許多方格了。那塊鏡子在十多年前被打碎了以後，就纏上四、五尺長的紅頭繩，現在仍舊是那塊鏡子。她想要照一照碎頭髮絲是否還垂在額前，結果什麼也沒有看見，只恍恍惚惚地她還認識鏡子裏邊的確是她自己的臉。她記得近幾年來鏡子就不常用，只有在過新年的時候，四月十八上廟會的時候，再就是前村娶媳婦或是喪事，她才把鏡子拿出來照照，所以那紅頭繩若不是她自己還記得，誰看了敢說原先那紅頭繩是紅的？因為發霉和油膩得使手觸上去時感到了是觸到膠上似的。陳姑媽連更遠一點的集會也沒有參加過，所以她養成了習慣，怕過河，怕下坡路，怕經過樹林，更怕的還有墳場，尤其是墳場裏梟鳥的叫聲，無論白天或夜裏，什麼時候聽，她就什麼時候害怕。

陳姑媽洗完了手，扣好了小銅盒在櫃底下。她在灶王爺板上的香爐裏，插了三炷香。接著她就跪下去，向著那三個並排的小紅火點叩了三個頭。她想要唸一段「上香頭」，因為那經文並沒有全記住，她想若不唸了成套的，那更是對神的不敬，更是沒有誠心。於是胸扣著緊緊的一雙掌心，她虔誠地跪著。

灶王爺不曉得知不知道陳姑媽的兒子到底哪裏去了，只在香火後邊靜靜地坐著。蛛絲混著油煙，從新年他和灶王奶奶並排的被漿糊貼在一張木板上那一天起，就無間斷地蒙在他的臉上。大概什麼也看不著了，雖然陳姑媽的眼睛為著兒子就要掛下眼淚來。

外邊的風一停下來，空氣寧靜得連針尖都不敢觸上去。充滿著人們的感覺的都是極脆弱而又極完整的東西。村莊又恢復了它原來的生命。脫落了草的房脊靜靜地在那裏躺著。幾乎被拔走了的小樹垂著頭在休息。鴨子呱呱地在叫，相同喜歡大笑的人遇到了一起。白狗、黃狗、黑花狗……也許兩條平日一見到非咬架不可的狗，風一靜下來，牠們都前村後村地跑在一起。完全是一個平靜的夜晚，遠處傳來的人聲，清澈得使人疑心從山澗裏發出來的。

陳公公在窗外來回地踱走，他的思想繫在他兒子的身上，彷彿讓他把思想繫在一顆隕星上一樣。隕星將要沉落到哪裏去，誰知道呢？

陳姑媽因為過度的虔誠而感動了她自己，她覺得自己的眼睛是濕了。讓孩子從自己手裏長到二十歲，是多麼不容易！而最酸心的，不知是什麼無緣無故地把孩子奪了去。她跪在灶王爺前邊回想著她的一生，過去的她覺得就是那樣了。人一過了五十，只等著往六十上數。還未到的歲數，她一想，還不是就要來了嗎？這不是眼前就開頭了嗎？她想要問一問灶王爺，她的兒子還能回來不能！因為這燒香的儀式過於感動了她，她只覺得背上有點寒冷，眼睛有點發花。她一連用手背揩了三次眼睛，可是仍舊不能看見香爐碗裏的三炷香火。

她站起來，到櫃蓋上去取火柴盒時，她才想起來，那香是隔年的，因為潮濕而滅了。

陳姑媽又站上鍋台去，打算把香重新點起。因為她不常站在高處，多少還有點害怕。正這時候，房門忽然打開了。

陳姑媽受著驚，幾乎從鍋台上跌下來。回頭一看，她說：

「喲喲！」

陳公公的兒子回來了，身上背著一對野雞。

一對野雞，當他往炕上一捧的時候，他的大笑和翻滾的開水卡啦卡啦似的開始了，又加上水缸和窗紙都被震動著，所以他的聲音還帶著回聲似的，和冬天從雪地上傳來的打獵人的笑聲一樣，但這並不是他今天特別出奇的笑，他笑的習慣就是這樣。從小孩子時候起，在豌豆花和豌豆花之間，他和會叫的大鳥似的叫著。他從會走路的那天起，就跟陳公公跑在瓜田上，他的眼睛真的明亮得和瓜田裏的黃花似的，他的腿因為剛學著走路，常常耽不起那絲絲拉拉的瓜身的纏繞，跌倒是他每天的功課。而他不哭也不呻吟，假若擦破了膝蓋的皮膚而流了血，那血簡直不是他的一樣。他只是跑著，笑著，同時嚷嚷著。若全身不穿衣裳，只戴一個藍麻花布的兜肚，那就像野鴨子跑在瓜田上了，東顛西搖的，同時嚷著和笑著。並且這孩子一生下來陳姑媽就說：

「好大嗓門！長大了還不是個吹鼓手的角色！」

對於這初來的生命，不知道怎樣去喜歡他才好，往往用被人蔑視的行業或形容詞來形容。這孩子的哭聲實在大，老娘婆想說：

「真是一張好鑼鼓！」

可是他又不是女孩，男孩是不准罵他鑼鼓的，被罵了破鑼之類，傳說上不會起家……

今天他一進門就照著他的習慣大笑起來，若讓鄰居聽了，一定不會奇怪。若讓他的舅母或姑母聽了，也一定不會奇怪。她們都要說：

「這孩子就是這樣長大的呀！」

但是做父親和做母親的反而奇怪起來。他笑得在陳公公的眼裏簡直和黃昏之前大風似的，不能夠控制，無法控制，簡直是一種多餘，是一種浪費。

「這不是瘋子嗎……這……這……」

這是第一次陳姑媽對兒子起的壞的聯想。本來她想說：

「我的孩子啊！你可跑到哪兒去了呢！你……你可把你爹……」

她對她的兒子起了反感。他那麼坦蕩蕩的笑聲，就像他並沒有離開過家一樣。但是母親心裏想：

「他是偷著跑的呀！」

父親站到紅躺箱的旁邊，離開兒子五六步遠，脊背靠在紅躺箱上。那紅躺箱還是隨著陳姑媽陪嫁來的，現在不能分清是紅的還是黑的了。正像現在不能分清陳姑媽的頭髮是白的還是黑的一樣。

陳公公和生客似的站在那裏。陳姑媽也和生客一樣。只有兒子才像這家的主人，他活躍的，誇張的，漠視了別的一切。他用嘴吹著野雞身上的花毛，用手指尖掃著野雞尾巴上的漂亮的長翎。

「這東西最容易打，鑽頭不顧腚……若一開槍，牠就插猛子……這倆都是這麼打住的。爹！你不記得麼！我還是小的時候，你領我一塊去拜年去……那不是，那不是……」他又笑起來：「那不是麼！就用磚頭打住一個──趁牠把頭插進雪堆去。」

陳公公的反感一直沒有減消，所以他對於那一對野雞就像沒看見一樣，雖然他平常是怎麼喜歡吃野雞。雞丁炒芥菜纓，雞塊燉土豆。但是他並不向前一步，去觸觸那花的毛翎。

「這小子到底是去幹的什麼？」

在那棉花籽油還是燃著的時候，陳公公只是向著自己在反復：

「你到底跑出去幹什麼去了呢？」

陳公公第一句問了他的兒子，是在小油燈劈劈啦啦的滅了之後。他靜靜的把腰伸開，使整個的背脊接近了火炕的溫熱的感覺。他充滿著莊嚴而膽小的情緒等待兒子的回答。他最怕就怕的是兒子說出他加入了義勇隊，而最怕的又怕他兒子不向他說老實話。所以已經來到喉嚨的咳嗽也被他壓下去了，他抑止著可能抑止的從他自己發出的任何聲音。三天以來的苦悶的急躁，陳公公覺得一輩子只有過這一次。也許還有過，不過那都提起來遠了，忘記了。就是這三天，他覺得比活了半輩子還長。平常他就怕他早死，因為早死，使他不得興家立業，不得看見他的兒孫的繁榮。而這三天，他想還是算了吧！活著大概是沒啥指望。

關於兒子加入義勇隊沒有，對於陳公公是一種新的生命，比兒子加入了義勇隊的新的生命的價格更高。

兒子回答他的，偏偏是欺騙了他。

「爹，我不是打回一對野雞來麼！跟前村的李二小子一塊……跑出去一百多里……」

「打獵哪有這樣打的呢！一跑就是一百多里……」陳公公的眼睛注視著紙窗微黑的窗櫺。脫離他嘴唇的聲音並不是這句話，而是輕微的和將要熄滅的燈火那樣無力歎息。

春天的夜裏，靜穆得帶著溫暖的氣息，尤其是當柔軟的月光照在窗子上，使人的感覺像是看見了鵝毛在空中游著似的，又像剛剛睡醒，由於溫暖而眼睛所起的惰懶的金花在騰起。

陳公公想要證明兒子非加入了義勇隊不可的，一想到「義勇隊」這三個字，他就想到「小日本」那三個字。

「××××××××××××，×××」一想到這個，他就怕再想下去，再想下去，就是小日本槍斃義勇隊。所以趕快把思想集中在紙窗上，他無用處地計算著紙窗被窗櫺所隔開的方塊到底有多少。兩次他都數到第七塊上就被「義勇隊」這三個字撞進腦子來而攪混了。

睡在他旁邊的兒子，和他完全是隔離的靈魂。陳公公轉了一個身，在轉身時他看到兒子在微光裏邊所反映的蠟黃的臉面和他長拖拖的身子。只有兒子那瘦高的身子和挺直的鼻樑還和自己一樣。其餘的，陳公公覺得完全都變了。只有三天的工夫，兒子和他完全兩樣了。兩樣得就像兒子根本沒有和他一塊生活過，根本他就不認識他，還不如一個剛來的生客。因為對一個剛來的生客最多也不過生疏，而絕沒有忌妒。對兒子，他卻忽然存在了忌妒的感情。秘密一對誰隱藏了，誰就忌妒；而秘密又是最自私的，非隱藏不可。

陳公公的兒子沒有去打獵，沒有加入義勇隊。那一對野雞是用了三天的工錢在松花江的北沿鐵道旁買的。他給日本人修了三天鐵道。對於工錢，還是他生下來第一次拿過。他沒有做過傭工，沒有做過鏟地的工人，沒有做過幫忙的工人。他的父親差不多半生都是給人家看守瓜田。他隨著父親從夏天就開始住在三角形的瓜窩堡裏。瓜窩堡夏天是在綠色的瓜花裏邊，秋天則和西瓜或香爪在一塊了。夏天一開始，所有的西瓜和香瓜的花完全開了，這些花並不完全每個都結果子，有些個是謊花。這謊花只有謊騙人，一兩天就蔫落了。這謊花要隨時摘掉的。他問父親說：

「這謊花為什麼要摘掉呢？」

父親只說：

「摘掉吧！它沒有用處。」

長大了他才知道，謊花若不摘掉，後來越開越多。那時候他不知道。但也同父親一樣的把謊花一朵一朵地摘落在壟溝裏。小時候他就在父親給人家管理的那塊瓜田上，長大了仍舊是在父親給人家管理的瓜田上。他從來沒有直接給人家傭工，工錢從沒有落過他的手上，這修鐵道是第一次。況且他又不是專為著修鐵道拿工錢而來的，所以三天的工錢就買了一對野雞。第一，可以使父親喜歡；第二，可以借著野雞撒一套謊。

現在他安安然然地睡著了，他以為父親對他的謊話完全信任了。他給日本人修鐵道，預備偷著拔出鐵道釘子來，弄翻了火車這個企圖，他仍是秘密的。在夢中他也像看見了日本兵的子彈車和食品車。

「這雖然不是當義勇軍，可是幹的事情不也是對著小日本嗎？洋酒、盒子肉（罐頭），我是沒看見，只有聽說，說上次讓他們弄翻了車，就是義勇軍派人弄的。東西不是通通被義勇軍得去了嗎……他媽的……就不說吃，用腳踢著玩吧，也開心。」

他翻了一個身，他擦一擦手掌。白天他是這樣想的，夜裏他也就這樣想著就睡了。他擦著手掌的時候，可覺得手掌與平常有點不一樣，有點僵硬和發熱。兩隻胳臂仍舊抬著鐵軌似的有點發酸。

陳公公張著嘴，他怕呼吸從鼻孔進出，他怕一切聲音，他怕聽到他自己的呼吸。偏偏他的鼻子有點窒塞。每當他吸進一口氣來，就像有風的天氣，紙窗破了一個洞似的，嗚嗚地在叫。雖然那聲音很小，只有留心才能聽到。但到底是討厭的，所以陳公公張著嘴預備著睡覺。他的右邊是陳姑媽，左邊是不知從哪裏弄來一對野雞的莫名其妙的兒子。

棉花籽油燈熄滅後，燈芯繼續發散出糊香的氣味。陳公公偶而從鼻子吸了一口氣時，他就嗅到那燈芯的氣味。因為他討厭那氣味，並不覺得是糊香的，而覺得是辣酥酥的引他咳嗽的氣味。所以他不能不張著嘴呼吸。好像他討厭那油煙，反而大口的吞著那油煙一樣。

第二天，他的兒子照著前回的例子，又是沒有聲響的就走了。這次他去了五天，比第一次多了兩天。

陳公公應付著他自己的痛苦，是非常沉著的。他向陳姑媽說：

「這也是命呵……命裏當然……」

春天的黃昏，照常存在著那種靜穆得就像浮騰起來的感覺。陳姑媽的一對紅公雞，又像一對小紅鶴似的用一條腿在房前站住了。

「這不是命是什麼！算命打卦的，說這孩子不能得他的濟……你看，不信是不行呵，我就一次沒有信過。可是不信又怎樣，要落到頭上的事情，就非落上不可。」

黃昏的時候，陳姑媽在簷下整理著豆稈，凡是豆莢裏還存在一粒或兩粒豆子的，她就一粒不能跑過的把那豆粒留下。她右手拿著豆稈，左手摘下豆粒來，摘下來的豆粒被她丟進身旁的小瓦盆去，每顆豆子都在小瓦盆裏跳了幾下。陳姑媽左手裏的豆稈也就丟在一邊了。越堆越高起來的豆稈堆，超過了陳姑媽坐在地上的高度，必須到黃昏之後，那豆粒滾在地上找不著的時候，陳姑媽才把豆稈抱進屋去。明天早晨，這豆稈就在灶門口裏邊變成紅乎乎的火。陳姑媽圍繞著火，好像六月裏的太陽圍繞著菜園。誰最熱烈呢？陳姑媽呢！還是火呢！這個分不清了。火是紅的，可是陳姑媽的臉也是紅的。正像六月太陽是金黃的，六月的菜花也是金黃的一樣。

春天的黃昏是短的，並不因為人們喜歡而拉長，和其餘三個季節的黃昏一般長。養豬的人家餵一餵豬，放馬的人家飲一飲馬……若是什麼也不做，只是抽一袋煙的工夫，陳公公就是什麼也沒有做，拿著他的煙袋站在房簷底下。黃昏一過去，陳公公變成一個長拖拖的影子，好像一個黑色的長柱支持著房簷。他的身子的高度，超出了這一連排三個村子所有的男人。只有他的兒子，說不定在這一兩年中要超過他的。現在兒子和他完全一般高，走進門的時候，兒子擔心著父親，怕父親碰了頭頂。父親擔心著兒子，怕是兒子無止境的高起來，進門時，就要頂在門樑上。其實不會的。因為父親心裏特別喜歡兒子也長了那麼高的身子而常常說相反的話。

陳公公一進房門，帽子撞在上門樑上，上門樑把帽子擦歪了。這是從來也沒有過的事情。一輩子就這麼高，一輩子也總戴著帽子。因此立刻又想起來兒子那麼高的身子，而現在完全無用了。高有什麼用呢？現在是他自己任意出去瞎跑，陳公公的悲哀，他自己覺得完全是因為兒子長大了的緣故。

「人小，膽子也小；人大，膽子也大……」

所以當他看到陳姑媽的小瓦盆裏泡了水的黃豆粒，一夜就裂嘴了，兩夜芽子就長過豆粒子，他心裏就恨那豆芽，他說：

「新的長過老的了，老的就完蛋了。」

陳姑媽並不知道這話什麼意思，她一邊梳著頭一邊答應著：

「可不是麼……人也是這樣……個人家的孩子，撒手就跟老子一般高了。」

第七天上，兒子又回來了，這回並不帶著野雞，而帶著一條號碼：381號。

陳公公從這一天起可再不說什麼「老的完蛋了」這一類話。

有幾次兒子剛一放下飯碗，他就說：

「擦擦汗就去吧！」

更可笑的他有的時候還說：

「扒拉扒拉飯粒就去吧！」

這本是對三歲五歲的小孩子說的，因為不大會用筷子，弄了滿嘴的飯粒的緣故。

別人若問他：

「你兒子呢？」

他就說：

「人家修鐵道去啦……」

他的兒子修了鐵道，他自己就像在修著鐵道一樣。是凡來到他家的：賣豆腐的，賣饅頭的，收買豬毛的，收買碎銅爛鐵的，就連走在前村子邊上的不知道哪個村子的小豬倌有一天問他。

「大叔，你兒子聽說修了鐵道嗎？」

陳公公一聽，立刻向小豬倌擺著手。

「你站住……你停一下……你等一等，你別忙，你好好聽著！人家修了鐵道啦……是真的。連號單都有：三八一。」

他本來打算還要說，有許多事情必得見人就說，而且要說就說得詳細。關於兒子修鐵道這件事情，是屬於見人就說而要說得詳細這一種的。他想要說給小豬官的，正像他要說給早晨擔著擔子來到他門口收買碎銅爛鐵那個一隻眼的一樣多。可是小豬倌走過去了，手裏打著個小破鞭子。陳公公心裏不大愉快。他順口說了一句：

「你看你那鞭子吧，沒有了鞭梢，你還打呢！」

走了好遠了，陳公公才聽明白，放豬的那孩子唱的正是他在修著鐵道的兒子的號碼「三八一」。

陳公公是一個和善的人，對於一個孩子他不會多生氣。不過他覺得孩子終歸是孩子。不長成大人，能懂得什麼呢？他說給那收買碎銅爛鐵的，說給賣豆腐的，他們都好好聽著，而且問來問去。他們真是關於鐵道的一點常識也沒有。陳公公和那賣豆腐的差不多，等他一問到連陳公公也不大曉得的地方，陳公公就笑起來，用手拔下一棵前些日子被大風吹散下來的房簷的草梢：

「哪兒知道呢！當修鐵道的回來講給咱們聽吧！」

比方那賣豆腐的問：

「我說那火車就在鐵道上，一天走了千八百里也不停下來喘一口氣！真是了不得呀……陳大叔，你說，也就不喘一口氣？」

陳公公就大笑著說：

「等修鐵道的回來再說吧！」

這問的多麼詳細呀！多麼難以回答呀！因為陳公公也是連火車見也沒見過。但是越問得詳細，陳公公就越喜歡，他的道理是：

「人非長成人不可，不成人……小孩子有什麼用……小孩子一切沒有計算！」於是陳公公覺得自己的兒子幸好已經二十多歲；不然，就好比這修鐵道的事情吧，若不是他自己主意，若不是他自己偷著跑去的，這樣的事情，一天五角多錢，怎麼能有他的份呢？

陳公公也不一定怎樣愛錢，只要兒子沒有加入義勇軍，他就放心了。不但沒有加入義勇軍反而拿錢回來，幾次他一見到兒子放在他手裏的嶄新的紙票，他立刻想到三八一號。再一想，又一定想到那天大風停了的晚上，兒子背回來的那一對野雞。再一想，就是兒子會偷著跑出去，這是多麼有主意的事呵。這孩子從小沒有離開過他的爹媽。可是這下子他跑了，雖然說是跑的把人嚇一跳。可到底跑得對。沒有出過門的孩子，就像沒有出過飛的麻雀，沒有出過洞的耗子。等一出來啦，飛得比大雀還快。

到四月十八，陳姑媽在廟會上所燒的香比哪一年燒的都多。娘娘廟燒了三大子線香，老爺廟也是三大子線香。同時買了些毫無用處的只是看著玩的一些東西。她竟買起假臉來，這是多少年沒有買過的啦！她屈著手指一算，已經是十八九年了。兒子四歲那年她給他買過一次。以後再沒買過。

陳姑媽從兒子修了鐵道以後，表面上沒有什麼改變，她並不和陳公公一樣，好像這小房已經裝不下他似的，見人就告訴兒子修了鐵道。她剛剛相反，一句話也不說，只是圍繞著她的又多了些東西。在柴欄子旁邊除了雞架，又多了個豬欄子，裏面養著一對小黑豬。陳姑媽什麼都喜歡一對，就因為現在養的小花狗只有一個而沒有一對的那件事，使她一休息下來，小狗一在她的腿上擦著時，她就說：

「可惜這小花狗就不能再要到一個。一對也有個伴呵！單個總是孤單單的。」

陳姑媽已經買了一個透明的化學品的肥皂盒。買了一把新剪刀，她每次用那剪刀，都忘不了用手摸摸剪刀。她想：這孩子什麼都出息，買東西也會買，是真鋼的。六角錢，價錢也好。

陳姑媽的東西已經增添了許多，但是那還要不斷的增添下去。因為兒子修鐵道每天五角多錢。陳姑媽新添的東西，不是兒子給她買的，就是兒子給她錢她自己買的。從心說她是喜歡兒子買給她東西，可是有時當著東西從兒子的手上接過來時，她卻說：

「別再買給你媽這個那個的啦……會賺錢可別學著會花錢……」

陳姑媽的梳子鏡子也換了。並不是說那個舊的已經扔掉，而是說新的鋥亮的已經站在紅躺箱上了。陳姑媽一擦箱蓋，擦到鏡子旁邊，她就發現了一個新的小天地一樣。那鏡子實在比舊的明亮到不可計算那些倍。

陳公公也說過。

「這鏡子簡直像個小天河。」

兒子為什麼剛一跑出去修鐵道，要說謊呢？為什麼要說是去打獵呢？關於這個，兒子解釋了幾回。他說修鐵道這事，怕父親不願意，他也沒有打算久幹這事，三天兩日的，幹幹試試。長了，怎麼能不告訴父親呢。可是陳公公放下飯碗說：

「這都不要緊，這都不要緊……到時候了吧？咱們家也沒有鐘，擦擦汗去吧！」到後來，他對兒子竟催促了起來。

陳公公討厭的大風又來了，從房頂上，從枯樹上來的，從瓜田上來的，從西南大道上來的，而這些都不對，說不定是從哪兒來。浩浩蕩蕩的，滾滾旋旋的，使一切都吼叫起來，而那些吼叫又淹滅在大風裏。大風包括著種種聲音，好像大海包括著海星、海草一樣。誰能夠先看到海星、海草而還沒看到大海？誰能夠先聽到因大風而起的這個那個的吼叫而還沒有聽到大風？天空好像一張土黃色的大牛皮，被大風鼓著，蕩著，撕著，扯著，來回地拉著。從大地捲起來的一切乾燥的，拉雜的，零亂的，都向天空撲去，而後再落下來，落到安靜的地方，落到可以避風的牆根，落到坑坑凹凹的不平的地方，而添滿了那些不平。所以大地在大風裏邊被洗得乾乾淨淨的，平平坦坦的。而天空則完全相反，混沌了，冒煙了，颳黃天了，天地剛好吹倒轉了個兒。人站在那裏就要把人吹跑，狗跑著就要把狗吹得站住，使向前的不能向前，使向後的不能退後。小豬在欄子裏邊不願意哽叫，而牠必須哽叫；孩子喚母親的聲音，母親應該聽到，而她必不能聽到。

陳姑媽一推開房門，就被房門帶跑出去了。她把門扇只推一個小縫，就不能控制那房門了。

陳公公說：

「那又算什麼呢！不冒煙就不冒煙。攏火就用鐵大勺下麵片湯，連湯帶菜的，吃著又熱乎。」

陳姑媽又說：

「柴火也沒抱進來，我只以為這風不會越颳越大……抱一抱柴火不等進屋，從懷裏都被吹跑啦……」

陳公公說：

「我來抱。」

陳姑媽又說：

「水缸的水也沒有了呀……」

陳公公說：

「我去挑，我去挑。」

討厭的大風要拉去陳公公的帽子，要拔去陳公公的鬍子。他從井沿挑到家裏的水，被大風吹去了一半。兩隻水桶，每隻剩了半桶水。

陳公公討厭的大風，並不像那次兒子跑了沒有回來的那次的那樣討厭。而今天最討厭大風的像是陳姑媽。所以當陳姑媽發現了大風把屋脊抬起來了的時候，陳公公說：

「那算什麼……你看我的……」

他說著就蹬著房簷下醬缸的邊沿上了房。陳公公對大風十分有把握的樣子，他從房簷走到房脊去是直著腰走。雖然中間被風壓迫著彎過幾次腰。

陳姑媽把磚頭或石塊傳給陳公公。他用石頭或磚頭壓著房脊上已經飛起來的草。他一邊壓著一邊罵著。鄉下人自言自語的習慣，陳公公也有：

「你早晚還不得走這條道嗎！你和我過不去，你偏要飛，飛吧！看你這幾根草我就制服不了你……你看著，你他媽的，我若讓你能夠從我手裏飛走一棵草刺也算你能耐。」

陳公公一直吵叫著，好像風越大，他的吵叫也越大。

往在前村賣豆腐的老李來了，因為是頂著風，老李跑了滿身是汗。他喊著陳公公：

「你下來一會，我有點事，我告……告訴你。」

陳公公說：

「有什麼要緊的事，你等一等吧，你看我這房子的房脊，都給大風吹靡啦！若不是我手腳勤儉，這房子住不得，颳風也怕，下雨也怕。」

陳公公得意地在房頂上故意地遲延了一會。他還說著：

「你先進屋去抽一袋煙……我就來，就來……」

賣豆腐的老李把嘴塞在袖口裏，大風大得連呼吸都困難了。他在袖口裏邊招呼著：

「這是要緊的事，陳大叔……陳大叔你快下來吧……」

「什麼要緊的事？還有房蓋被大風抬走了的事要緊……」

「陳大叔，你下來，我有一句話說……」

「你要說就在那兒說吧！你總是火燒屁股似的……」

老李和陳姑媽走進屋去了。老李仍舊用袖口堵著嘴像在院子裏說話一樣。陳姑媽靠著炕沿聽著李二小子被日本人抓去啦……

「什麼！什麼！是麼！是麼！」陳姑媽的黑眼球向上翻著，要翻到眉毛裏去似的。

「我就是來告訴這事……修鐵道的抓了三百多……你們那孩子……」

「為著啥事抓的？」

「弄翻了日本人的火車罷啦！」

陳公公一聽說兒子被抓去了，當天的夜裏就非向著西南大道上跑不可。那天的風是連夜颳著，前邊是黑滾滾的，後邊是黑滾滾的，遠處是黑滾滾的，近處是黑滾滾的。分不出頭上是天，腳下是地；分不出東南西北。陳公公打開了小錢櫃，帶了所有兒子修鐵道賺來的錢。

就是這樣黑滾滾的夜，陳公公離開了他的家，離開了他管理的瓜田，離開了他的小草房，離開了陳姑媽。他向著西南大道向著兒子的方向，他向著連他自己也辯不清的遠方跑去，他好像發瘋了，他的鬍子，他的小襖，他的四耳帽子的耳朵，他都用手扯著它們。他好像一隻野獸，大風要撕裂了他，他也要撕裂了大風。陳公公在前邊跑著，陳姑媽在後面喊著：

「你回來吧！你回來吧！你沒有了兒子，你不能活。你也跑了，剩下我一個人，我可怎麼活……」

大風浩浩蕩蕩的，把陳姑媽的話捲走了，好像捲著一根毛草一樣，不知捲向什麼地方去了。

陳公公倒下來了。

第一次他倒下來，是倒在一棵大樹的旁邊。他第二次倒下來，是倒在什麼也沒有存在的空空敞敞、平平坦坦的地方。

現在是第三次，人實在不能再走了，他倒下了，倒在大道上。

他的膝蓋流著血，有幾處都擦破了肉，四耳帽子跑丟了。眼睛的周遭全是在翻花。全身都在痙攣、抖擻，血液停止了。鼻子流著清冷的鼻涕，眼睛流著眼淚，兩腿轉著筋，他的小襖被樹枝撕破，褲子扯了半尺長一條大口子，塵土和風就都從這裏向裏灌，全身馬上僵冷了。他狠命的一喘氣，心窩一熱，便倒下去了。

等他再重新爬起來，他仍舊向曠野裏跑去。他兇狂地呼喊著。連他自己都不知道叫的是什麼。風在四周捆綁著他，風在大道上毫無倦意的吹嘯，樹在搖擺，連根拔起來，摔在路旁。地平線在混沌裏完全消融，風便做了一切的主宰。

一九三九年一月

（首刊於一九三九年四月十七日至五月七日
香港《星島日報》副刊《星座》第二五二號至二七二號）

小城三月

一

三月的原野已經綠了，像地衣那樣綠，透出在這裏，那裏。郊原上的草，是必須轉折了好幾個彎兒才能鑽出地面的，草兒頭上還頂著那脹破了種粒的殼，發出一寸多高的芽子，欣幸地鑽出了土皮。放牛的孩子，在掀起了牆腳片下面的瓦片時，找到了一片草芽子，孩子們到家裏告訴媽媽，說：「今天草芽出土了！」媽媽驚喜的說：「那一定是向陽的地方！」搶根菜的白色的圓石似的籽兒在地上滾著，野孩子一升一斗地在拾。蒲公英發芽了，羊咩咩地叫，烏鴉繞著楊樹林子飛，天氣一天暖似一天，日子一寸一寸的都有意思。楊花滿天照地飛，像棉花似的。人們出門都是用手捉著，楊花掛著他了。

草和牛糞都橫在道上，放散著強烈的氣味，遠遠的有用石子打船的聲音，空空……的大響傳來。

河冰發了，冰塊頂著冰塊，苦悶地又奔放地向下流。烏鴉站在冰塊上尋覓小魚吃，或者是還在冬眠的青蛙。

天氣突然的熱起來，說是「二八月，小陽春」，自然冷天氣還是要來的，但是這幾天可熱了。春天帶著強烈的呼喚從這頭走到那頭……

小城裏被楊花給裝滿了，在榆樹還沒變黃之前，大街小巷到處飛著，像紛紛落下的雪塊……

春來了，人人像久久等待著一個大暴動，今天夜裏就要舉行，人人帶著犯罪的心情，想參加到解放的嘗試……春吹到每個人的心坎，帶著呼喚，帶著蠱惑……

我有一個姨，和我的堂哥哥大概是戀愛了。

姨母本來是很近的親屬，就是母親的姊妹。但是我這個姨，她不是我的親姨，她是我的繼母的繼母的女兒。那麼她可算與我的繼母有點血統的關係了，其實也是沒有的。因為我這個外祖母已經做了寡婦之後才來到的外祖父家，翠姨就是這個外祖母的原來在另外的一家所生的女兒。

翠姨還有一個妹妹，她的妹妹小她兩歲，大概是十七、八歲，那麼翠姨也就是十八、九歲了。

翠姨生得並不是十分漂亮，但是她長得窈窕，走起路來沉靜而且漂亮，講起話來清楚的帶著一種平靜的感情。她伸手拿櫻桃吃的時候，好像她的手指尖對那櫻桃十分可憐的樣子，她怕把它觸壞了似的輕輕地捏著。

假若有人在她的背後招呼她一聲，她若是正在走路，她就會停下，若是正在吃飯，就要把飯碗放下，而後把頭向著自己的肩膀轉過去，而全身並不大轉，於是她自覺地閉合著嘴唇，像是有什麼要說而一時說不出來似的……

而翠姨的妹妹，忘記了她叫什麼名字，反正是一個大說大笑的，不十分修邊幅，和她的姐姐完全不同。花的綠的，紅的紫的，只要是市上流行的，她就不大加以選擇，做起一件衣服來趕快就穿在身上。穿上了而後，到親戚家去串門，人家恭維她的衣料怎樣漂亮的時候，她總是說，和這完全一樣的，還有一件，她給了她的姐姐了。

我到外祖父家去，外祖父家裏沒有像我一般大的女孩子陪著我玩，所以每當我去，外祖母總是把翠姨喊來陪我。

翠姨就住在外祖父的後院，隔著一道板牆，一招呼，聽見就來了。

外祖父住的院子和翠姨住的院子，雖然只隔一道板牆，但是卻沒有門可通，所以還得繞到大街上去從正門進來。

因此有時翠姨先來到板牆這裏，從板牆縫中和我打了招呼，而後回到屋去裝飾了一番，才從大街上繞了個圈來到她母親的家裏。

翠姨很喜歡我，因為我在學堂裏唸書，而她沒有，她想什麼事我都比她明白。所以她總是有許多事務同我商量，看看我的意見如何。

到夜裏，我住在外祖父家裏了，她就陪著我也住下的。

每每從睡下了就談，談過了半夜，不知為什麼總是談不完……

開初談的是衣服怎樣穿，穿什麼樣的顏色的，穿什麼樣的料子。比如走路應該快或是應該慢，有時白天裏她買了一個別針，到夜裏她拿出來看看，問我這別針到底是好看或是不好看，那時候，大概是十五年前的時候，我們不知別處如何裝扮一個女子，而在這個城裏幾乎個個都有一條寬大的絨繩結的披肩，藍的，紫的，各色的也有，但最多多不過棗紅色了。幾乎在街上所見的都是棗紅色的大披肩了。

哪怕紅的綠的那麼多，但總沒有棗紅色的最流行。

翠姨的妹妹有一張，翠姨有一張，我的所有的同學，幾乎每人有一張。就連素不考究的外祖母的肩上也披著一張，只不過披的是藍色的，沒有敢用那最流行的棗紅色的就是了。因為她總算年紀大了一點，對年輕人讓了一步。

還有那時候都流行穿絨繩鞋，翠姨的妹妹就趕快地買了穿上。因為她那個人很粗心大意，好壞她不管，只是人家有她也有，別人是人穿衣裳，而翠姨的妹妹就好像被衣服所穿了似的，蕪蕪雜雜。但永遠合乎著應有盡有的原則。

翠姨的妹妹的那絨繩鞋，買來了，穿上了。在地板上跑著，不大一會工夫，那每隻鞋臉上繫著的一隻毛球，竟有一個毛球已經離開了鞋子，向上跳著，只還有一根繩連著，不然就要掉下來了。很好玩的，好像一顆大紅棗被系到腳上去了。因為她的鞋子也是棗紅色的。大家都在嘲笑她的鞋子一買回來就壞了。

翠姨，她沒有買，她猶疑了好久，不管什麼新樣的東西到了，她總不是很快的就去買了來，也許她心裏邊早已經喜歡了，但是看上去她都像反對似的，好像她都不接受。

她必得等到許多人都開始採辦了，這時候看樣子，她才稍稍有些動心。

好比買絨繩鞋，夜裏她和我談話，問過我的意見，我也說是好看的，我有很多的同學，她們也都買了絨繩鞋。

第二天翠姨就要求我陪著她上街，先不告訴我去買什麼，進了鋪子選了半天別的，才問到我絨繩鞋。

走了幾家鋪子，都沒有，都說是已經賣完了。我曉得店鋪的人是這樣瞎說的。表示他家這店鋪平常總是最豐富的，只恰巧你要的這件東西，他就沒有了。我勸翠姨說咱們慢慢地走，別家一定會有的。

我們是坐馬車從街梢上的外祖父家來到街中心的。

見了第一家鋪子，我們就下了馬車。不用說，馬車我們已經是付過了車錢的。等我們買好了東西回來的時候，會另外叫一輛的。因為我們不知道要有多久。大概看見什麼好，雖然不需要也要買點，或是東西已經買全了不必要再多留連，也要留連一會，或是買東西的目的，本來只在一雙鞋，而結果鞋子沒有買到，反而囉哩囉嗦地買回來許多用不著的東西。

這一天，我們辭退了馬車，進了第一家店鋪。

在別的大城市裏沒有這種情形，而在我家鄉裏往往是這樣，坐了馬車，雖然是付過了錢，讓他自由去兜攬生意，但是他常常還仍舊等候在鋪子的門外，等一出來，他仍舊請你坐他的車。

我們走進第一個鋪子，一問沒有。於是就看了些別的東西，從綢緞看到呢絨，從呢絨再看到綢緞，布匹是根本不看的，並不像母親們進了店鋪那樣子，這個買去做被單，那個買去做棉襖的，因為我們管不了被單棉襖的事。母親們一月不進店鋪，一進店鋪又是這個便宜應該買，那個不貴，也應該買。比方一塊在夏天才用的花洋布，母親們冬天裏就買起來了，說是趁著便宜多買點，總是用得著的。而我們就不然了，我們是天天進店舖的，天天搜尋些個好看的，是貴的值錢的，平常時候，絕對的用不到想不到的。

那一天我們就買了許多花邊回來，釘著光片的，帶著琉璃的。説不上要做什麼樣的衣服才配得著這種花邊。也許根本沒有想到做衣服，就貿然地把花邊買下了。一邊買著，一邊説好，翠姨説好，我也説好。到了後來，回到家裏，當眾打開了讓大家評判，這個一言，那個一語，讓大家説得也有一點沒有主意了，心裏已經五、六分空虛了。於是趕快地收拾了起來，或者從別人的手中奪過來，把它包起來，説她們不識貨，不讓她們看了。

勉強説著：

「我們要做一件紅金絲絨的袍子，把這個黑琉璃邊鑲上。」

或是：

「這紅的我們送人去……」

説雖仍舊如此説，心裏已經八、九分空虛了，大概是這些所心愛的，從此就不會再出頭露面的了。

在這小城裏，商店究竟沒有多少，到後來又加上看不到絨繩鞋，心裏著急，也許跑得更快些，不一會工夫，只剩了三兩家了。而那三兩家，又偏偏是不常去的，舖了小，貨物少。想來它那裏也是一定不會有的了。

我們走進一個小舖子裏去，果然有三、四雙非小即大，而且顏色都不好看。

翠姨有意要買，我就覺得奇怪，原來就不十分喜歡，既然沒有好的，又為什麼要買呢？讓我說著，沒有買成回家去了。

過了兩天，我把買鞋子這件事情早就忘了。

翠姨忽然又提議要去買。

從此我知道了她的秘密，她早就愛上了那絨繩鞋了，不過她沒有說出來就是，她的戀愛的秘密就是這樣子的，她似乎要把它帶到墳墓裏去，一直不要說出口，好像天底下沒有一個人值得聽她的告訴……

在外邊飛著滿天的大雪，我和翠姨坐著馬車去買絨繩鞋。

我們身上圍著皮褥子，趕車的車伕高高地坐在車伕台上，搖晃著身子唱著沙啞的山歌：「喝咧咧……」耳邊的風嗚嗚地嘯著，從天上傾下來的大雪迷亂了我們的眼睛，遠遠的天隱在雲霧裏，我默默地祝福翠姨快快買到可愛的絨繩鞋，我從心裏願意她得救……

市中心遠遠的朦朦朧朧地站著，行人很少，全街靜悄無聲。我們一家挨一家的問著，我比她更急切，我想趕快買到吧，我小心的盤問著那些店員們，我從來不放棄一個細微的機會，我鼓勵翠姨，沒有忘記一家。使她都有點兒詫異，我為什麼忽然這樣熱心起來，但是我完全不管她的猜疑，我不顧一切的想在這小城裏，找出一雙絨繩鞋來。

只有我們的馬車，因為載著翠姨的願望，在街上奔馳得特別的清醒，又特別的快。雪下的更大了，街上什麼人都沒有了，只有我們兩個人，催著車伕，跑來跑去。一直到天都很晚了，鞋子沒有買到。翠姨深深地看到我的眼裏說：「我的命，不會好的。」我很想裝出大人的樣子，來安慰她，但是沒有等到找出什麼適當的話來，淚便流出來了。

二

翠姨以後也常來我家住著，是我的繼母把她接來的。

因為她的妹妹訂婚了，怕是她一旦的結了婚，忽然會剩下她一個人來，使她難過。因為她的家裏並沒有多少人，只有她的一個六十多歲的老祖父，再就是一個也是寡婦的伯母，帶一個女兒。

堂姊妹本該在一起玩耍解悶的，但是因為性格的相差太遠，一向是水火不同爐的過著日子。

她的堂妹妹，我見過，永久是穿著深色的衣裳，黑黑的臉，一天到晚陪著母親坐在屋子裏，母親洗衣裳，她也洗衣裳，母親哭，她也哭。也許她幫著母親哭她死去的父親，也許哭的是她們的家窮，那別人就不曉得了。

本來是一家的女兒，翠姨她們兩姊妹卻像有錢的人家的小姐，而那個堂妹妹，看上去卻像鄉下丫頭。這一點使她得到常常到我們家裏來住的權利。

她的親妹妹訂婚了，再過一年就出嫁了。在這一年中，妹妹大大的闊氣了起來，因為婆家那方面一訂了婚就來了聘禮。

這個城裏，從前不用大洋票，而用的是廣信公司出的帖子，一百吊一千吊的論。她妹妹的聘禮大概是幾萬吊。所以她忽然不得了起來，今天買這樣，明天買那樣，花別針一個又一個的，絲頭繩一團一團的，帶穗的耳墜子，洋手錶，樣樣都有了。每逢出街的時候，她和她的姐姐一道，現在總是她付車錢了，她的姐姐要付，她卻百般的不肯，有時當著人面，姐姐一定要付，妹妹一定不肯，結果鬧得很窘，姐姐無形中覺得一種權利被人剝奪了。

但是關於妹妹的訂婚，翠姨一點也沒有羨慕的心理。妹妹未來的丈夫，她是看過的，沒有什麼好看，很高，穿著藍袍子黑馬褂，好像商人，又像一個小土紳士。又加上翠姨太年輕了，想不到什麼丈夫，什麼結婚。

因此，雖然妹妹在她的旁邊一天比一天的豐富起來，妹妹是有錢了，但是妹妹為什麼有錢的，她沒有考查過。

所以當妹妹尚未離開她之前，她絕對的沒有重視「訂婚」的事。

就是妹妹已經出嫁了，她也還是沒有重視這「訂婚」的事。

不過她常常的感到寂寞。她和妹妹出來進去的，因為家庭環境孤寂，竟好像一對雙生子似的，而今去了一個。不但翠姨自己覺得單調，就是她的祖父也覺得她可憐。

所以自從她的妹妹嫁了，她就不大回家，總是住在她的母親的家裏，有時我的繼母也把她接到我們家裏。

翠姨非常聰明，她會彈大正琴，就是前些年所流行在中國的一種日本琴，她還會吹簫或是會吹笛子。不過彈那琴的時候卻很多。住在我家裏的時候，我家的伯父，每在晚飯之後必同我們玩這些樂器的。笛子，簫，日本琴，風琴，月琴，還有什麼打琴。真正的西洋的樂器，可一樣也沒有。

在這種正玩得熱鬧的時候，翠姨也來參加了，翠姨彈了一個曲子，和我們大家立刻就配合上了。於是大家都覺得在我們那已經天天鬧熟了的老調子之中，又多了一個新的花樣。

於是立刻我們就加倍的努力，正在吹笛子的把笛子吹得特別響，把笛膜振抖得似乎就要爆裂了似的滋滋地叫著。十歲的弟弟在吹口琴，他搖著頭，好像要把那口琴吞下去似的，至於他吹的是什麼調子，已經是沒有人留意了。在大家忽然來了勇氣的時候，似乎只需要這種胡鬧。

而那按風琴的人，因為越按越快，到後來也許是已經找不到琴鍵了，只是那踏腳板越踏越快，踏的嗚嗚地響，好像有意要毀壞了那風琴，而想把風琴撕裂了一般地。

大概所奏的曲子是《梅花三弄》，也不知道接連的彈過了多少圈，看大家的意思都不想要停下來。不過到了後來，實在是氣力沒有了，找不著拍子的找不著拍子，跟不上調的跟不上調，於是在大笑之中，大家停下來了。

不知為什麼，在這麼快樂的調子裏邊，大家都有點傷心，也許是樂極生悲了，把我們都笑得一邊流著眼淚，一邊還笑。

正在這時候，我們往門窗處一看，我的最小的小弟弟，剛會走路，他也背著一個很大的破手風琴來參加了。

誰都知道，那手風琴從來也不會響的。把大家笑死了。在這回得到了快樂。

我的哥哥（伯父的兒子，鋼琴彈得很好），吹簫吹得最好，這時候他放下了簫，對翠姨說：「你來吹吧！」翠姨卻沒有言語，站起身來，跑到自己的屋子去了，我的哥哥，好久好久地看住那簾子。

三

翠姨在我家，和我住一個屋子。月明之夜，屋子照得通亮，翠姨和我談話，往往談到雞叫，覺得也不過剛剛半夜。

雞叫了，才說：「快睡吧，天亮了。」

有的時候，一轉身，她又問我：

「是不是一個人結婚太早不好，或許是女子結婚太早是不好的！」

我們以前談了很多話，但沒有談到這些。

總是談什麼，衣服怎樣穿，鞋子怎樣買，顏色怎樣配，買了毛線來，這毛線應該打個什麼的花紋，買了帽子來，應該評判這帽子還微微有點缺點，這缺點究竟在什麼地方！雖然說是不要緊，或者是一點關係也沒有，但批評總是要批評的。

有時再談得遠一點，就是表姊表妹之類訂了婆家，或是什麼親戚的女兒出嫁了。或是什麼耳聞的，聽說的，新娘子和新姑爺鬧彆扭之類。

那個時候，我們的縣裏，早就有了洋學堂了，小學好幾個，大學沒有。只有一個男子中學，往往成為談論的目標，談論這個，不單是翠姨，外祖母，姑姑，姐姐之類，都願意講究這當地中學的學生。因為他們一切洋化，穿著褲子，把褲腿捲起來一寸，一張口「格得毛寧」[1]外國話，他們彼此一說話就「答答答」[2]，聽說這是什麼毛子話。而更奇怪的就是他們見了女人不怕羞。這一點，大家都批評說是不如從前了，從前的書生，一見了女人臉就紅。

我家算是最開通的了，叔叔和哥哥他們都到北京和哈爾濱那些大地方去讀書了，他們開了不少的眼界，回到家裏來，大講他們那裏都是男孩子和女孩子同學。

這一題目，非常的新奇，開初都認為這是造了反。後來因為叔叔也常和女同學通信，因為叔叔在家庭裏是有點地位的人。並且父親從前也加入過國民黨，革過命，所以這個家庭都「咸與維新」起來。

因此在我家裏一切都是很隨便的，逛公園，正月十五看花燈，都是不分男女，一齊去。而且我家裏設了網球場，一天到晚地打網球，親戚家的男孩子來了，我們也一齊的打。

這都不談，仍舊來談翠姨。

翠姨聽了很多的故事，關於男學生結婚的事情，就是我們本縣裏，已經有幾件事情不幸的了。有的結婚了，從此就不回家了，有的娶來了太太，把太太放在另一間屋子裏住著，而自己

1　格得毛寧，英語 Good morning 的音譯，意為早安。
2　答答答，俄語 дa 的音譯，意為是的，對的。

卻永久住在書房裏。

每逢講到這些故事時，多半別人都是站在女的一面，說那男子都是唸書唸壞了，一看了那不識字的又不是女學生之類就生氣。覺得處處都不如他。天天總說是婚姻不自由，可是自古至今，都是爹許娘配的，偏偏到了今天，都要自由，看吧，這還沒有自由呢，就先來了花頭故事了，娶了太太的不回家，或是把太太放在另一個屋子裏。這些都是唸書唸壞了的。

翠姨聽了許多別人家的評論。大概她心裏邊也有些不平，她就問我不讀書是不是很壞的，我自然說是很壞的。而且她看了我們家裏男孩子，女孩子通通到學堂去唸書的。而且我們親戚家的孩子也都是讀書的。

因此她對我很佩服，因為我是讀書的。

但是不久，翠姨就訂婚了。就是她妹妹出嫁不久的事情。

她的未來的丈夫，我見過。在外祖父的家裏。人長得又低又小，穿一身藍布棉袍子，黑馬褂，頭上戴一頂趕大車的人所戴的五耳帽子。

當時翠姨也在的，但她不知道那是她的什麼人，她只當是哪裏來了這樣一位鄉下的客人。外祖母偷著把我叫過去，特別告訴了我一番，這就是翠姨將來的丈夫。

不久翠姨就很有錢，她的丈夫的家裏，比她妹妹丈夫的家裏還更有錢得多。婆婆也是個寡婦，守著個獨生的兒子。兒子才十七歲，是在鄉下的私學館裏讀書。

翠姨的母親常常替翠姨解說，人矮點不要緊，歲數還小呢，再長上兩三年兩個人就一般高了。勸翠姨不要難過，婆家有錢就好的。聘禮的錢十多萬都交過來了，而且就由外祖母的手親自交給了翠姨，而且還有別的條件保障著，那就是說，三年之內絕對的不准娶親，藉著男的一方面年紀太小為辭，翠姨更願意遠遠的推著。

翠姨自從訂婚之後，是很有錢的了，什麼新樣子的東西一到，雖說不是一定搶先去買了來，總是過不了多久，箱子裏就要有的了。那時候夏天最流行銀灰色市布大衫，而翠姨的穿起來最好，因為她有好幾件，穿過兩次不新鮮就不要了，就只在家裏穿，而出門就又去做一件新的。

那時候正流行著一種長穗的耳墜子，翠姨就有兩對，一對紅寶石的，一對綠的，而我的母親才能有兩對，而我才有一對。可見翠姨是頂闊氣的了。

還有那時候就已經開始流行高跟鞋了。可是在我們本街上卻不大有人穿，只有我的繼母早就開始穿，其餘就算是翠姨。並不是一定因為我的母親有錢，也不是因為高跟鞋一定貴，只是女人們沒有那麼摩登的行為，或者說她們不很容易接受新的思想。

翠姨第一天穿起高跟鞋來，走路還很不安定，但到第二天就比較的習慣了。到了第三天，就是說以後，她就是跑起來也是很平穩的。而且走路的姿態更加可愛了。

我們有時也去打網球玩玩，球撞到她臉上的時候，她才用球拍遮了一下，否則她半天也打不到一個球。因為她一上了場站在白線上就是白線上，站在格子裏就是格子裏，她根本的不動。有的時候，她竟拿著網球拍子站著一邊去看風景去。尤其是大家打完了網球，吃東西的吃東西去了，洗臉的洗臉去了，惟有她一個人站在短籬前面，向著遠遠的哈爾濱市影癡望著。

有一次我同翠姨一同去做客。我繼母的族中娶媳婦。她們是八旗人，也就是滿人，滿人才講究場面呢，所有的族中的年輕的媳婦都必得到場，而個個打扮得如花似玉。似乎咱們中國的社會，是沒這麼繁華的社交的場面的，也許那時候，我是小孩子，把什麼都看得特別繁華，就只說女人們的衣服吧，就個個都穿得和現在西洋女人在夜會裏邊那麼莊嚴。一律都穿著繡花大襖。而她們是八旗人，大襖的襟下一律的沒有開口。而且很長。大襖的顏色棗紅的居多，絳色的也有，玫瑰紫色的也有。而那上邊繡的顏色，有的荷花，有的玫瑰，有的松竹梅，一句話，特別的繁華。

她們的臉上，都擦著白粉，她們的嘴上都染得桃紅。

每逢一個客人到了門前，她們是要列著隊出來迎接的，她們都是我的舅母，一個一個地上前來問候了我和翠姨。

翠姨早就熟識她們的，有的叫表嫂子，有的叫四嫂子。而在我，她們就都是一樣的，好像小孩子的時候，所玩的用花紙剪的紙人，這個和那個都是一樣，完全沒有分別。都是花緞的袍子，都是白白的臉，都是很紅的嘴唇。

就是這一次，翠姨出了風頭了，她進到屋裏，靠著一張大鏡子旁坐下了。

女人們就忽然都上前來看她，也許她從來沒有這麼漂亮過；今天把別人都驚住了。以我看翠姨還沒有她從前漂亮呢，不過她們說翠姨漂亮得像棵新開的臘梅。翠姨從來不擦胭脂的，而那天又穿了一件為著將來作新娘子而準備的藍色緞子滿是金花的夾袍。

翠姨讓她們圍起看著，難為情了起來，站起來想要逃掉似的，邁著很勇敢的步子，茫然地往裏邊的房間裏閃開了。

誰知那裏邊就是新房呢，於是許多的嫂嫂們，就嘩然地叫著，說：

「翠姐姐不要急，明年就是個漂亮的新娘子，現在先試試去。」

當天吃飯飲酒的時候，許多客人從別的屋子來呆呆地望著翠姨。翠姨舉著筷子，似乎是在思量著，保持著鎮靜的態度，用溫和的眼光看著她們。彷彿她不曉得人們專門在看著她似的。但是別的女人們羨慕了翠姨半天了，臉上又都突然地冷落起來，覺得有什麼話要說出，又都沒有說，然後彼此對望著，笑了一下，吃菜了。

四

有一年冬天，剛過了年，翠姨就來到了我家。

伯父的兒子——我的哥哥，就正在我家裏。

我的哥哥，人很漂亮，很直的鼻子，很黑的眼睛，嘴也好看，頭髮也梳得好看，人很長，走路很爽快。大概在我們所有的家族中，沒有這麼漂亮的人物。

冬天，學校放了寒假，所以來我們家裏休息。大概不久，學校開學就要上學去了。哥哥是在哈爾濱讀書。

我們的音樂會，自然要為這新來的角色而開了。翠姨也參加的。

於是非常的熱鬧，比方我的母親，她一點也不懂這行，但是她也列了席，她坐在旁邊觀看，連家裏的廚子，女工，都停下了工作來望著我們，似乎他們不是聽什麼樂器，而是在看人。我們聚滿了一客廳。這些樂器的聲音，大概很遠的鄰居都可以聽到。

第二天鄰居來串門的，就說：

「昨天晚上，你們家又是給誰祝壽？」

我們就說，是歡迎我們的剛到的哥哥。

因此我們家是很好玩的，很有趣的。不久就來到了正月十五看花燈的時節了。

我們家裏自從父親維新革命，總之在我們家裏，兄弟姊妹，一律相待，有好玩的就一齊玩，有好看的就一齊去看。

伯父帶著我們，哥哥，弟弟，姨……共八、九個人，在大月亮地裏往大街裏跑去了。那路之滑，滑得不能站腳，而且高低不平。他們男孩子們跑在前面，而我們因為跑得慢就落了後。

於是那在前邊的他們回頭來嘲笑我們，說我們是小姐，說我們是娘娘。說我們走不動。我們和翠姨早就連成一排向前衝去，但是不是我倒，就是她倒。到後來還是哥哥他們一個一個地來扶著我們，說是扶著未免的太示弱了，也不過就是和他們連成一排向前進著。

不一會到了市裏，滿路花燈。人山人海。又加上獅子，旱船，龍燈，秧歌，鬧得眼也花起來，一時也數不清多少玩藝。

哪裏會來得及看，似乎只是在眼前一晃，就過去了，而一會別的又來了，又過去了。其實也不見得繁華得多麼了不得了，不過覺得世界上是不會比這個再繁華的了。

商店的門前，點著那麼大的火把，好像熱帶的大椰子樹似的。一個比一個亮。

我們進了一家商店，那是父親的朋友開的。他們很好的招待我們，茶，點心，橘子，元宵。我們哪裏吃得下去，聽到門外一打鼓，就心慌了。而外邊鼓和喇叭又那麼多，一陣來了，一陣還沒有去遠，一陣又來了。

因為城本來是不大的，有許多熟人，也都是來看燈的都遇到了。其中我們本城裏的在哈爾濱唸書的幾個男學生，他們也來看燈了。哥哥都認識他們。我也認識他們，因為這時候我們到哈爾濱唸書去了。所以一遇到了我們，他們就和我們在一起，他們出去看燈，看了一會，又回到我們的地方，和伯父談話，和哥哥談話。我曉得他們，因為我們家比較有勢力，他們是很願和我們講話的。

所以回家的一路上，又多了兩個男孩子。

不管人討厭不討厭，他們穿的衣服總算都市化了。個個都穿著西裝，戴著呢帽，外套都是到膝蓋的地方，腳下很利落清爽。比起我們城裏的那種怪樣子的外套，好像大棉袍子似的好看得多了。而且頸間又都束著一條圍巾，那圍巾自然也是全絲全線的花紋。似乎一束起那圍巾來，人就更顯得莊嚴，漂亮。

翠姨覺得他們個個都很好看。

哥哥也穿的西裝，自然哥哥也很好看。因此在路上她直在看哥哥。

翠姨梳頭梳得是很慢的，必定梳得一絲不亂，擦粉也要擦了洗掉，洗掉再擦，一直擦到認為滿意為止。花燈節的第二天早晨她就梳得更慢，一邊梳頭一邊在思量。本來按規矩每天吃早飯，必得三請兩請才能出席，今天必得請到四次，她才來了。

我的伯父當年也是一位英雄，騎馬、打槍絕對的好。後來雖然已經五十歲了，但是風采猶存。我們都愛伯父的，伯父從小也就愛我們。詩、詞、文章，都是伯父教我們的。翠姨住在我們家裏，伯父也很喜歡翠姨。今天早飯已經開好了。

催了翠姨幾次，翠姨總是不出來。

伯父說了一句：「林黛玉……」

於是我們全家的人都笑了起來。

翠姨出來了，看見我們這樣的笑，就問我們笑什麼。我們沒有人肯告訴她。翠姨知道一定是笑的她，她就說：

「你們趕快的告訴我，若不告訴我，今天我就不吃飯了，你們讀書識字，我不懂，你們欺侮我……」

鬧嚷了很久，還是我的哥哥講給她聽了。伯父當著自己的兒子面前到底有些難為情，喝了好些酒，總算是躲過去了。

翠姨從此想到了唸書的問題，但是她已經二十歲了，上哪裏去唸書？上小學沒有她這樣大的學生，上中學，她是一字不識，怎樣可以。所以仍舊住在我們家裏。

彈琴、吹簫、看紙牌，我們一天到晚地玩著。我們玩的時候，全體參加，我的伯父，我的哥哥，我的母親。

翠姨對我的哥哥沒有什麼特別的好，我的哥哥對翠姨就像對我們，也是完全一樣。

不過哥哥講故事的時候，翠姨總比我們留心聽些，那是因為她的年齡稍稍比我們大些，當然在理解力上，比我們更接近一些哥哥的了。哥哥對翠姨比對我們稍稍的客氣一點。他和翠姨說話的時候，總是「是的」「是的」的，而和我們說話則「對啦」「對啦」。這顯然因為翠姨是客人的關係，而且在名分上比他大。

不過有一天晚飯之後，翠姨和哥哥都沒有了。每天飯後大概總要開個音樂會的。這一天也許因為伯父不在家，沒有人領導的緣故。大家吃過也就散了。客廳裏一個人也沒有。我想找弟弟和我下一盤棋，弟弟也不見了。於是我就一個人在客廳裏按起風琴來，玩了一下也覺得沒有趣。客廳是靜得很的，在我關上了風琴蓋子之後，我就聽見了在後屋裏，或者在我的房子裏是有人的。

我想一定是翠姨在屋裏。快去看看她，叫她出來張羅著看紙牌。

我跑進去一看，不單是翠姨，還有哥哥陪著她。

看見了我，翠姨就趕快地站起來說：

「我們去玩吧。」

哥哥也說：

「我們下棋去，下棋去。」

他們出來陪我來玩棋，這次哥哥總是輸，從前是他回回贏我的，我覺得奇怪，但是心裏高興極了。

不久寒假終了，我就回到哈爾濱的學校唸書去了。可是哥哥沒有同來，因為他上半年生了點病，曾在醫院裏休養了一些時候，這次伯父主張他再請兩個月的假，留在家裏。

以後家裏的事情，我就不大知道了。都是由哥哥或母親講給我聽的。我走了以後，翠姨還住在家裏。

後來母親還告訴過，就是在翠姨還沒有訂婚之前，有過這樣一件事情。我的族中有一個小叔叔，和哥哥一般大的年紀，說話口吃，沒有風采，也是和哥哥在一個學校裏讀書。雖然他也到我們家裏來過，但怕翠姨沒有見過。那時外祖母就主張給翠姨提婚。那族中的祖母，一聽就拒絕了，說是寡婦的兒子，命不好，也怕沒有家教，何況父親死了，母親又出嫁了，好女不嫁二夫郎，這種人家的女兒，祖母不要。但是我母親說，輩分合，他家還有錢，翠姨過門是一品當朝的日子，不會受氣的。

這件事情翠姨是曉得的，而今天又見了我的哥哥，她不能不想哥哥大概是那樣看她的。她自覺地覺得自己的命運不會好的，現在翠姨自己已經訂了婚，是一個人的未婚妻。二則她是出了嫁的寡婦的女兒，她自己一天把這個背了不知有多少遍，她記得清清楚楚。

五

翠姨訂婚，轉眼三年了，正這時，翠姨的婆家，通了消息來，張羅要娶。她的母親來接她回去整理嫁妝。

翠姨一聽就得病了。

但沒有幾天，她的母親就帶著她到哈爾濱採辦嫁妝去了。

偏偏那帶著她採辦嫁妝的嚮導又是哥哥給介紹來的他的同學。他們住在哈爾濱的秦家崗上，風景絕佳，是洋人最多的地方。那男學生們的宿舍裏邊，有暖氣，洋牀。翠姨帶著哥哥的介紹信，像一個女同學似的被他們招待著。又加上已經學了俄國人的規矩，處處尊重女子，所以翠姨當然受了他們不少的尊敬，請她吃大菜，請她看電影。坐馬車的時候，上車讓她先上，下車的時候，人家扶她下來。她每一動別人都為她服務，外套一脫，就接過去了。她剛一表示要穿外套，就給她穿上了。

不用說，買嫁妝她是不痛快的，但那幾天，她總算一生中最開心的時候。

她覺得到底是讀大學的人好，不野蠻，不會對女人不客氣，絕不能像她的妹夫常常打她的妹妹。

經這到哈爾濱去一買嫁妝，翠姨就更不願意出嫁了。她一想那個又醜又小的男人，她就恐怖。

她回來的時候，母親又接她來到我們家來住著，説她的家裏又黑，又冷，説她太孤單可憐。我們家是一團暖氣的。

到了後來，她的母親發現她對於出嫁太不熱心，該剪裁的衣裳，她不去剪裁。有一些零碎還要去買的，她也不去買。

做母親的總是常常要加以督促，後來就要接她回去，接到她的身邊，好隨時提醒她。她的母親以為年輕的人必定要隨時提醒的，不然總是貪玩。而況出嫁的日子又不遠了，或者就是

二、三月。

想不到外祖母來接她的時候，她從心的不肯回去，她竟很勇敢地提出來她要讀書的要求。她說她要唸書，她想不到出嫁。

開初外祖母不肯，到後來，她說若是不讓她讀書，她是不出嫁的，外祖母知道她的心情，而且想起了很多可怕的事情……

外祖母沒有辦法，依了她。給她在家裏請了一位老先生，就在自己家院子的空房子裏邊擺上了書桌，還有幾個鄰居家的姑娘，一齊唸書。

翠姨白天唸書，晚上回到外祖母家。

唸了書，不多日子，人就開始咳嗽，而且整天的悶悶不樂。她的母親問她，有什麼不如意？陪嫁的東西買得不順心嗎？或者是想到我們家去玩嗎？什麼事都問到了。

翠姨搖著頭不說什麼。

過了一些日子，我的母親去看翠姨，帶著我的哥哥，他們一看見她，第一個印象，就覺得她蒼白了不少。而且母親斷言地說，她活不久了。

大家都說是唸書累的，外祖母也說是唸書累的，沒有什麼要緊的，要出嫁的女兒們，總是先前瘦的，嫁過去就要胖了。

而翠姨自己則點點頭，笑笑，不承認，也不加以否認。還是唸書，也不到我們家來了，母親接了幾次，也不來，回說沒有工夫。

翠姨越來越瘦了，哥哥去到外祖母家看了她兩次，也不過是吃飯，喝酒，應酬了一番。而且說是去看外祖母的。在這裏年輕的男子，去拜訪年輕的女子，是不可以的。哥哥回來也並不帶回什麼歡喜或是什麼新的憂鬱，還是一樣和大家打牌下棋。

翠姨後來支持不了啦，躺下了，她的婆婆聽說她病，就要娶她，因為花了錢，死了不是可惜了嗎？這一種消息，翠姨聽了病就更加嚴重。婆家一聽她病重，立刻要娶她。因為在迷信中有這樣一章，病新娘娶過來一沖，就沖好了。翠姨聽了就只盼望趕快死，拚命地糟蹋自己的身體，想死得越快一點兒越好。

母親記起了翠姨，叫哥哥去看翠姨。是我的母親派哥哥去的，母親拿了一些錢讓哥哥給翠姨去，說是母親送她在病中隨便買點什麼吃的。母親曉得他們年輕人是很拘泥的，或者不好意思去看翠姨，也或者翠姨是很想看他的，他們好久不能看見了。同時翠姨不願出嫁，母親很久的就在心裏邊猜疑著他們了。

男子是不好去專訪一位小姐的，這城裏沒有這樣的風俗。

母親給了哥哥一件禮物，哥哥就可去了。

哥哥去的那天，她家裏正沒有人，只是她家的堂妹妹應接著這從未見過的生疏的年輕的客人。

那堂妹妹還沒問清客人的來由，就往外跑，說是去找她們的祖父去，請他等一等。大概她想是凡男客就是來會祖父的。

客人只說了自己的名字，那女孩子連聽也沒有聽就跑出去了。

哥哥正想，翠姨在什麼地方？或者在裏屋嗎？翠姨大概聽出什麼人來了，她就在裏邊說：

「請進來。」

哥哥進去了，坐在翠姨的枕邊，他要去摸一摸翠姨的前額，是否發熱，他說：

「好了點嗎？」

他剛一伸出手去，翠姨就突然地拉了他的手，而且大聲地哭起來了，好像一顆心也哭出來了似的。哥哥沒有準備，就很害怕，不知道說什麼，做什麼。他不知道現在應該是保護翠姨的地位，還是保護自己的地位。同時聽得見外邊已經有人來了，就要開門進來了。一定是翠姨的祖父。

翠姨平靜的向他笑著，說：

「你來得很好，一定是姐姐告訴你來的，我心裏永遠紀念著她，她愛我一場，可惜我不能去看她了……我不能報答她了……不過我總會記起在她家裏的日子的……她待我也許沒有什麼，但是我覺得已經太好了……我永遠不會忘記的……我現在也不知道為什麼，心裏只想死得快一點就好，多活一天也是多餘的……人家也許以為我是任性……其實是不對的，不知為什麼，那家對我也是很好的，我要是過去，他們對我也會是很好的，但是我不願意。我小時候，就不好，我的脾氣總是不從心的事，我不願意……這個脾氣把我折磨到今天了……可是我怎能從心呢……真是笑話……謝謝姐姐她還惦著我……請你告訴她，我並不像她想的那麼苦呢，我也很快樂……」翠姨痛苦地笑了一笑，「我心裏很安靜，而且我求的我都得到了……」

哥哥茫然地不知道說什麼，這時祖父進來了。看了翠姨的熱度，又感謝了我的母親，對我哥哥的降臨，感到榮幸。他說請我母親放心吧，翠姨的病馬上就會好的，好了就嫁過去。

哥哥看了翠姨就退出去了，從此再沒有看見她。

哥哥後來提起翠姨常常落淚，他不知翠姨為什麼死，大家也都心中納悶。

尾聲

等我到春假回來，母親還當我說：

「要是翠姨一定不願意出嫁，那也是可以的，假如他們當我說。」

…………

翠姨墳頭的草籽已經發芽了，一掀一掀地和土黏成了一片，墳頭顯出淡淡的青色，常常會有白色的山羊跑過。

這時城裏的街巷，又裝滿了春天。

暖和的太陽，又轉回來了。

街上有提著筐子賣蒲公英的了，也有賣小根蒜的了。更有些孩子們他們按著時節去折了那剛發芽的柳條，正好可以擰成哨子，就含在嘴裏滿街的吹。聲音有高有低，因為那哨子有粗有細。

大街小巷，到處地嗚嗚嗚，嗚嗚嗚。好像春天是從他們的手裏招待回來了似的。

但是這為期甚短，一轉眼，吹哨子的不見了。

接著楊花飛起來了，榆錢飄滿了一地。

在我的家鄉那裏，春天是快的，五天不出屋，樹發芽了，再過五天不看樹，樹長葉了，再過五天，這樹就像綠得使人不認識它了。使人想，這棵樹，就是前天的那棵樹嗎？自己回答自己，當然是的。春天就像跑的那麼快。好像人能夠看見似的，春天從老遠的地方跑來了，跑到這個地方只向人的耳朵吹一句小小的聲音：「我來了呵」，而後很快地就跑過去了。

春，好像它不知多麼忙迫，好像無論什麼地方都在招呼它，假若它晚到一刻，陽光會變色的，大地會乾成石頭，尤其是樹木，那真是好像再多一刻工夫也不能忍耐，假若春天稍稍在什麼地方留連了一天，就會誤了不少的生命。

春天為什麼它不早一點來，來到我們這城裏多住一些日子，而後再慢慢地到另外的一個城裏去，在另外一個城裏也多住一些日子。

但那是不能的了，春天的命運就是這麼短。

年輕的姑娘們，她們三兩成雙，坐著馬車，去選擇衣料去了，因為就要換春裝了。她們熱心地弄著剪刀，打著衣樣，想裝成自己心中想得出的那麼好，她們白天黑夜地忙著，不久春裝換起來了，只是不見載著翠姨的馬車來。

一九四一年復，重抄。

（原載一九四一年七月一日《時代文學》第一卷第二期，選自一九四八年一月海洋書屋初版《小城三月》）

手

在我們的同學中，從來沒有見過這樣的手：藍的，黑的，又好像紫的；從指甲一直變色到手腕以上。

她初來的幾天，我們叫她「怪物」。下課以後大家在地板上跑著也總是繞著她。關於她的手，但也沒有一個人去問過。

教師在點名，使我們越忍越忍不住了，非笑不可了。

「李潔！」「到。」

「張楚芳！」「到。」

「徐桂真！」「到。」

迅速而有規律性的站起來一個，又坐下去一個。但每次一喊到王亞明的地方，就要費一些時間了。

「王亞明，王亞明……叫到你啦！」別的同學有時要催促她，於是她才站起來，把兩隻青手垂得很直，肩頭落下去，面向著棚頂說：

「到，到，到。」

不管同學們怎樣笑她，她一點也不感到慌亂，仍舊弄著椅子響，莊嚴的，似乎費掉了幾分鐘才坐下去。

有一天上英文課的時候，英文教師笑得把眼鏡脫下來在擦著眼睛：

「你下次不要再答『黑耳』[3]了，就答『到』吧！」

全班的同學都在笑，把地板擦得很響。

第二天的英文課，又喊到王亞明時，我們又聽到了「黑——耳——黑——耳。」

「你從前學過英文沒有？」英文教師把眼鏡移動了一下。

「不就是那英國話嗎？學是學過的，是個麻子臉先生教的……鉛筆叫『噴絲兒』，鋼筆叫『盆』。[4]可是沒學過『黑耳』。」

「here就是『這裏』的意思，你讀：here！here！」

「喜兒，喜兒」。她又讀起「喜兒」來了。這樣的怪讀法，全課堂都笑得顫慄起來。可是王亞明，她自己卻安然地坐下去，青色的手開始翻轉著書頁。並且低聲讀了起來：

「華提……賊死……阿兒……」[5]

3　黑耳：英語 here（這裏）的音譯。

4　噴絲兒：英語 pencil（鉛筆）的音譯。盆：英語 pen（鋼筆）的音譯。

5　華提……賊死……阿兒：分別為英語 what（什麼）、this（這個）、our（我們的）的音譯。

數學課上，她讀起算題來也和讀文章一樣：

「$2X+Y=$……$X^2=$……」

午餐的桌上，那青色的手已經抓到了饅頭，她還想著「地理」課本：「墨西哥產白銀……雲南……唔，雲南的大理石。」

夜裏她躲在廁所裏邊讀書，天將明的時候，她就坐在樓梯口。只要有一點光亮的地方，我常遇到過她。有一天落著大雪的早晨，窗外的樹枝掛著白絨似的穗頭，在宿舍的那邊，長筒過道的盡頭，窗台上似乎有人睡在那裏了。

「誰呢？這地方多麼涼！」我的皮鞋拍打著地板，發出一種空洞洞的嗡聲，因是星期日的早晨，全個學校出現在特有的安寧裏。一部分的同學在化著妝；一部分的同學還睡在眠牀上。

還沒走到她的旁邊，我看到那攤在膝頭上的書頁被風翻動著。

「這是誰呢？禮拜日還這樣用功！」正要喚醒她，忽然看到那青色的手了。

「王亞明，噯……醒醒吧……」我還沒有直接招呼過她的名字，感到生澀和直硬。

「喝喝……睡著啦！」她每逢說話總是開始鈍重的笑笑。

「華提……賊死，右……愛……[6]」她還沒找到書上的字就讀起來。

---

6 右……愛……英語 you（你）、I（我）的音譯。

「華提……賊死，這英國話，真難……不像咱們中國字：什麼字旁，什麼字頭……這個：曲裏拐彎的，好像長蟲爬在腦子裏，越爬越糊塗，越爬越記不住。英文先生也說不難，不難，我看你們也不難。我的腦筋笨，鄉下人的腦筋沒有你們那樣靈活。我的父親還不如我，他說他年青的時候，就記他這個『王』字，記了半頓飯的工夫還沒記住。右……愛……右……阿兒……」說完一句話，在末尾不相干的她又讀起單字來。

風車嘩啦嘩啦的響在壁上，通氣窗時時有小的雪片飛進來，在窗台上結著些水珠。

她的眼睛完全爬滿著紅絲條；貪婪，把持，和那青色的手一樣在爭取她那不能滿足的願望。

在角落裏，在只有一點燈光的地方我都看到過她，好像老鼠在齧嚼什麼東西似的。

她的父親第一次來看她的時候，說她胖了：「媽的，吃胖了，這裏吃的比自家吃的好，是不是？好好幹吧！幹下三年來，不成聖人吧，也總算明白明白人情大道理。」在課堂上，一個星期之內人們都是學著王亞明的父親。第二次，她的父親又來看他，她向她父親要一雙手套。

「就把我這副給你吧！書，好好唸書，要一副手套還沒有嗎？等一等，不用忙……要戴就先戴這副，開春啦！我又不常出什麼門，明子，上冬咱們再買，是不是？明子！」在接見室的門口嚷嚷著，四周已經是圍滿著同學，於是他又喊著明子明子的，又說了一些事情：「三妹妹到二姨家去串門啦，去啦兩三天啦！小肥豬每天又多加兩把豆子，胖得那樣你沒看見，耳朵都掙掙起來了，……姐姐又來家醃了兩罐子鹹蔥……」

正講得他流汗的時候，女校長穿著人群站到前面去：

「請到接見室裏面坐吧——」

「不用了，不用了，耽擱工夫，我也是不行的，我還就要去趕火車⋯⋯趕回去，家裏一群孩子，放不下心⋯⋯」他把皮帽子放在手上，向校長點著頭，頭上冒著氣，他就推開門出去了。好像校長把他趕走似的。可是他又轉回身來，把手套脫下來。

「爹，你戴著吧，我戴手套本來是沒用的。」

她的父親也是青色的手，比王亞明的手更大更黑。

在閱報室裏，王亞明問我：

「你說，是嗎？到接見室去坐下談話就要錢的嗎？」

「哪裏要錢！要的什麼錢！」

「你小點聲說，叫她們聽見，她們又談笑話了。」她用手掌指點著我讀著的報紙，「我父親說的，他說接見室擺著茶壺和茶碗，若進去，怕是校役就給倒茶了，倒茶就要錢了。我說不要，他可是不信，他說連小店房進去喝一碗水也多少得賞點錢，何況學堂呢？你想學堂是多麼大的地方！」

校長已說過她幾次：

「你的手，就洗不淨了嗎？多加點肥皂！好好洗洗，用熱水燙一燙。早操的時候，在操場上豎起來的幾百條手臂都是白的，就是你，特別呀！真特別。」女校長用她貧血的和化石一般透明的手指去觸動王亞明的青色手，看那樣子，她好像是害怕，好像微微有點抑止著呼吸，就如同讓她去接觸黑色的已經死掉的鳥類似的。「是褪得很多了，手心可以看到皮膚了。比你來的時候強得多，那時候，那簡直是鐵手……你的功課趕得上了嗎？多用點功，以後，早操你就不用上，學校的牆很低，春天裏散步的外國人又多，他們常常停在牆外看的。等你的手褪掉顏色再上早操吧！」校長告訴她，停止了她的早操。

「我已經向父親要到了手套，戴起手套來不就看不見了嗎？」打開了書箱，取出她父親的手套來。

校長笑得發著咳嗽，那貧血的面孔立刻旋動著紅的顏色：「不必了！既然是不整齊，戴手套也是不整齊。」

假山上面的雪消融了去，校役把鈴子也打得似乎更響些，窗前的楊樹抽著芽，操場好像冒著煙似的，被太陽蒸發著。上早操的時候，那指揮官的口笛振鳴得也遠了，和窗外樹叢中的人家起著回應。

我們在跑在跳，和群鳥似的在噪雜。帶著糖質的空氣迷漫著我們，從樹梢上面吹下來的風混和著嫩芽的香味。被冬天枷鎖了的靈魂和被束掩的棉花一樣舒展開來。

正當早操剛收場的時候，忽然聽到樓窗口有人在招呼什麼，那聲音被空氣負載著向天空響去似的：

「好和暖的太陽！你們熱了吧？你們……」在抽芽的楊樹後面，那窗口站著王亞明。

等楊樹已經長了綠葉，滿院結成了蔭影的時候，王亞明卻漸漸變成了乾縮，眼睛的邊緣發著綠色，耳朵也似乎薄了一些，至於她的肩頭一點也不再顯出蠻野和強壯。當她偶然出現在樹蔭下，那開始陷下的胸部使我立刻從她想到了生肺病的人。

「我的功課，校長還說跟不上，倒也是跟不上，到年底若再跟不上，喝喝！真會留級的嗎？」她講話雖然仍和從前一樣「喝喝」的，但她的手卻開始畏縮起來，左手背在背後，右手在衣襟下面突出個小丘。

我們從來沒有看到她哭過，大風在窗外倒拔著楊樹的那天，她背向著教室，也背向著我們，對著窗外的大風哭了。那是那些參觀的人走了以後的事情，她用那已經開始在褪著色的青手捧著眼淚。

「還哭！還哭什麼？來了參觀的人，還不躲開。你自己看看，誰像你這樣特別！兩隻藍手還不說，你看看，你這件上衣，快變成灰的了！別人都是藍上衣，哪有你這樣特別，太舊的衣裳顏色是不整齊的……不能因為你一個人而破壞了制服的規律性……」她一面嘴唇與嘴唇切合著，一面用她慘白的手指去撕著王亞明的領口：「我是叫你下樓，等參觀的走了再上來，誰叫你就站在過道呢？在過道，你想想：他們看不到你嗎？你倒戴起了這樣大的一副手套……」

說到「手套」的地方，校長的黑色漆皮鞋，那晶亮的鞋尖去踢了一下已經落到地板上的一隻：

「你覺得你戴上了手套站在這地方就十分好了嗎？這叫什麼玩藝？」她又在手套上踏了一下，她看到那和馬車伕一樣肥大的手套，抑止不住的笑出聲來了。

王亞明哭了這一次，好像風聲都停止了，她還沒有停止。

暑假以後，她又來了。夏末簡直和秋天一樣涼爽，黃昏以前的太陽染在馬路上使那些鋪路的石塊都變成了朱紅色。我們集著群在校門裏的山丁樹下吃著山丁。就是這時候，王亞明坐著的馬車從「喇嘛台」那邊嘩啦嘩啦地跑來了。只要馬車一停下，那就全然寂靜下去，她的父親搬著行李，她抱著面盆和一些零碎。走上台階來了，我們並不立刻為她閃開，有的說著：「來啦！」「你來啦！」有的完全向她張著嘴。

等她父親腰帶上掛著的白毛巾一抖一抖的走上了台階，就有人在說：

「怎麼！在家住了一個暑假，她的手又黑了呢？那不是和鐵一樣了嗎？」

秋季以後，宿舍搬家的那天，我才真正注意到這鐵手：我似乎已經睡著了，但能聽到隔壁在吵叫著：

「我不要她，我不和她並牀……」

「我也不和她並牀。」

我再細聽了一些時候，就什麼也聽不清了，只聽到嗡嗡的笑聲和絞成一團的吵嚷。夜裏我偶然起來到過道去喝了一次水。長椅上睡著一個人，立刻就被我認出來，那是王亞明。兩隻黑手遮著臉孔，被子一半脫落在地板上，一半掛在她的腳上。我想她一定又是借著過道的燈光在夜裏讀書，可是她的旁邊也沒有什麼書本，並且她的包袱和一些零碎就在地板上圍繞著她。

第二天的夜晚，校長走在王亞明的前面，一面走一面響著鼻子，她穿著牀位，她用她的細手推動那一些連成排的鋪平的白牀單：

「這裏，這裏的一排七張牀，只睡八個人，六張牀還睡九個呢！」她翻著那被子，把它排開一點，讓王亞明把被子就夾在這地方。

王亞明的被子展開了，為著高興的緣故，她還一邊鋪著牀鋪，一邊嘴裏似乎打著哨子，我還從沒聽到過這個，在女學校裏邊，沒有人用嘴打過哨子。

她已經鋪好了，她坐在牀上張著嘴，把下顎微微向前抬起一點，像是安然和舒暢在鎮壓著她似的。校長已經下樓了，或者已經離開了宿舍，回家去了。但，舍監這老太太，鞋子在地板上擦擦著，頭髮完全失掉了光澤，她跑來跑去：

「我說，這也不行……不講衛生，身上生著蟲類，什麼人還不想躲開她呢？」她又向角落裏走了幾步，我看到她的白眼球好像對著我似的：「看這被子吧！你們去嗅一嗅！隔著二尺遠都有氣味了……挨著她睡覺，滑稽不滑稽！誰知道……蟲類不會爬了滿身嗎？去看看，那棉花都黑得什麼樣子啦！」

舍監常常講她自己的事情，她的丈夫在日本留學的時候，她也在日本，也算是留學。同學們問她：

「學的什麼呢？」

「不用專學什麼！在日本說日本話，看看日本風俗，這不也是留學嗎？」她說話總離不了「不衛生，滑稽不滑稽……骯髒」，她叫蝨子特別要叫蟲類。

「人骯髒手也骯髒。」她的肩頭很寬，說著骯髒她把肩頭故意抬高了一下，好像寒風忽然吹到她似的，她跑出去了。

「這樣的學生，我看校長可真是……可真是多餘要……」打過熄燈鈴之後，舍監還在過道裏和別的一些同學在講說著。

第三天夜晚，王亞明又提著包袱，捲著行李，前面又是走著白臉的校長。

「我們不要，我們的人數夠啦！」

校長的指甲還沒接觸到她們的被邊時，她們就嚷了起來，並且換了一排牀鋪也是嚷了起來：

「我們的人數也夠啦！還多了呢！六張牀，九個人，還能再加了嗎？」

「一二三四……」校長開始計算：「不夠，還可以再加一個，四張牀，應該六個人，你們只有五人……來！王亞明！」

「不，那是留給我妹妹的，她明天就來……」那個同學跑過去，把被子用手按住。

最後，校長把她帶到別的宿舍去了。

「她有蝨子，我不挨著她……」

「我也不挨著她……」

「王亞明的被子沒有被裏，棉花貼著身子睡，不信，校長看看！」

後來她們就開著玩笑，甚至於說出害怕王亞明的黑手而不敢接近她。

以後，這黑手人就睡在過道的長椅上。我起得早的時候，就遇到她在捲著行李，並且提著行李下樓去。我有時也在地下儲藏室遇到她，那當然是夜晚，所以她和我談話的時候，我都是看看牆上的影子，她搔著頭髮的手，那影子印在牆上也和頭髮一樣顏色。

「慣了，椅子也一樣睡，就是地板也一樣，睡覺的地方，就是睡覺，管什麼好歹！唸書是要緊的……我的英文，不知在考試的時候，馬先生能給我多少分數？不夠六十分，年底要留級的嗎？」

「不要緊，一門不能夠留級。」我說。

「爹爹可是說啦！三年畢業，再多半年，他也不能供給我學費……這英國話，我的舌頭可真轉不過彎來。喝喝……」

全宿舍的人都在厭煩她，雖然她是住在過道裏。因為她夜裏總是咳嗽著……同時在宿舍裏邊她開始用顏料染著襪子和上衣。

「衣裳舊了，染染差不多和新的一樣。比方，夏季制服，染成灰色就可以當秋季制服穿……比方，買白襪子，把它染成黑色，這都可以……」

「為什麼你不買黑襪子呢？」我問她。

「黑襪子，他們是用機器染的，礬太多……不結實，一穿就破的……還是咱們自己家染的好……一雙襪子好幾毛錢……破了就破了還得了嗎？」

禮拜六的晚上，同學們用小鐵鍋煮著雞子。每個禮拜六差不多總是這樣，她們要動手燒一點東西來吃。從小鐵鍋煮好的雞子，我也看到的，是黑的，我以為那是中了毒。那端著雞子的同學，幾乎把眼鏡咆哮得掉落下來：

「誰幹的好事！誰？這是誰？」

王亞明把面孔向著她們來到了廚房，她擁擠著別人，嘴裏喝喝的：

「是我，我不知道這鍋還有人用，我用它煮了兩雙襪子……喝喝……我去……」

「你去幹什麼？你去……」

「我去洗洗它！」

「染臭襪子的鍋還能煮雞子吃！還要它？」鐵鍋就當著眾人在地板上光郎、光郎的跳著，人咆哮著，戴眼鏡的同學把黑色的雞子好像抛著石頭似的用力抛在地上。

人們都散開的時候，王亞明一邊拾著地板上的雞子，一邊在自己說著話：

「喲！染了兩雙新襪子，鐵鍋就不要了！新襪子怎麼會臭呢？」

冬天，落雪的夜裏，從學校出發到宿舍去，所經過的小街完全被雪片佔據了。我們向前衝著，撲著，若遇到大風，我們就風雪中打著轉，倒退著走，或者是橫著走。清早，照例又要從宿舍出發，在十二月裏，每個人的腳都凍木了，雖然是跑著也要凍木的。所以我們咒詛和怨恨，甚至於有的同學已經在罵著，罵著校長是「混蛋」，不應該把宿舍離開學校這樣遠，不應該在天還不亮就讓學生們從宿舍出發。

有些天，在路上我單獨的遇到王亞明。遠處的天空和遠處的雪都在閃著光，月亮使得我和她踏著影子前進。大街和小街都看不見行人。風吹著路旁的樹枝在發響，也時時聽到路旁的玻璃窗被雪打著在呻叫。我和她談話的聲音，被零度以下的氣溫所反應也增加了硬度。等我們的嘴唇也和我們的腿部一樣感到了不靈活，這時候，我們總是終止了談話，只聽著腳下被踏著的雪，乍乍乍的響。

手在按著門鈴，腿好像就要自己脫離開，膝蓋向前時時要跪了下去似的。

我記不得哪一個早晨，腋下帶著還沒有讀過的小說，走出了宿舍，我轉過身去，把欄柵門拉緊。但心上總有些恐懼，越看遠處模糊不清的房子，越聽後面在掃著的風雪，就越害怕起來。星光是那樣微小，月亮也許落下去了，也許被灰色的和土色的雲彩所遮蔽。

走過一丈遠，又像增加了一丈似的，希望有一個過路的人出現，但又害怕那過路人，因為在沒有月亮的夜裏，只能聽到聲音而看不見人，等一看見人影那就從地面突然長了起來似的。

我踏上了學校門前的石階，心臟仍在發熱，我在按鈴的手，似乎已經失去了力量。突然石階又有一個人走上來了：

「誰？誰？」

「我！是我。」

「你就走在我的後面嗎？」因為一路上我並沒聽到有另外的腳步聲，這使我更害怕起來。

「不，我沒走在你的後面，我來了好半天了。校役他是不給開門的，我招呼了不知道多大工夫了。」

「你沒按過鈴嗎？」

「按鈴沒有用，喝喝，校役開了燈，來到門口，隔著玻璃向外看看……可是到底他不給開。」

裏邊的燈亮起來，一邊罵著似的光郎郎郎的把門給閃開了：

「半夜三更叫門……該考背榜不是一樣考背榜嗎？」

「幹什麼？你說什麼？」我這話還沒有說出來，校役就改變了態度：

「蕭先生，您叫門叫了好半天了吧？」

我和王亞明一直走進了地下室，她咳嗽著，她的臉蒼黃得幾乎是打著皺紋似的顫索了一些時候。被風吹得而掛下來的眼淚還停留在臉上，她就打開了課本。

「校役為什麼不給你開門？」我問。

「誰知道？他說來得太早，讓我回去，後來他又說校長的命令。」

「你等了多少時候了？」

「不算多大工夫，等一會，就等一會，一頓飯這個樣子。喝喝……」

她讀書的樣子完全和剛來的時候不一樣，那喉嚨漸漸窄小了似的，只是喃喃著，並且那兩邊搖動的肩頭也顯著緊縮和褊狹，背脊已經弓了起來，胸部卻平了下去。

我讀著小說，很小的聲音讀著，怕是攪擾了她；但這是第一次，我不知道為什麼這只是第一次？

她問我讀的什麼小說，讀沒讀過《三國演義》？有時她也拿到手裏看看書面，或是翻翻書頁。「像你們多聰明！功課連看也不看，到考試的時候也一點不怕。我就不行，也想歇一會，看看別的書……可是那就不成了……」

有一個星期日，宿舍裏面空朗朗的，我就大聲讀著《屠場》上正是女工馬利亞昏倒在雪地上的那段，我一面看著窗外的雪地一面讀著，覺得很感動。王亞明站在我的背後，我一點也不知道。

「你有什麼看過的書，也借給我一本，下雪天氣，實在沉悶，本地又沒有親戚，上街又沒有什麼買的，又要花車錢……」

「你父親很久不來看你了嗎？」我以為她是想家了。

「哪能來！火車錢，一來回就是兩元多……再說家裏也沒有人……」

我就把《屠場》放在她的手上，因為我已經讀過了。

她笑著，「喝喝」著，她把牀沿顫了兩下，她開始研究著那書的封面。等她走出去時，我聽在過道裏她也學著我把那書開頭的第一句讀得很響。

以後，我又不記得是哪一天，也許又是什麼假日，總之，宿舍是空朗朗的，一直到月亮已經照上窗子，全宿舍依然被剩在寂靜中。我聽到牀頭上有沙沙的聲音，好像什麼人在我的牀頭摸索著，我仰過頭去，在月光下我看到了是王亞明的黑手，並且把我借給她的那本書放在我的旁邊。

我問她：「看得有趣嗎？好嗎？」

起初，她並不回答我，後來她把臉孔用手掩住，她的頭髮也像在抖著似的，她說：

「好。」

我聽她的聲音也像在抖著，於是我坐了起來。她卻逃開了，用著那和頭髮一樣顏色的手橫在臉上。

過道的長廊空朗朗的，我看著沉在月光裏的地板的花紋。

「馬利亞，真像有這個人一樣，她倒在雪地上，我想她沒有死吧！她不會死吧……那醫生知道她是沒有錢的人，就不給她看病……喝喝！」很高的聲音她笑了，借著笑的抖動眼淚才滾落下來：「我也去請過醫生，我母親生病的時候，你看那醫生他來嗎？他先向我要馬車錢，我說錢在家裏，先坐車來吧！人要不行了……你看他來嗎？他站在院心問我：『你家是幹什麼的？你家開染缸房嗎？』不知為什麼，一告訴他是開『染缸房』的，他就拉開門進屋去了……

我等他，他沒有出來，我又去敲門，他在門裏面說：『不能去看這病，你回去吧！』我回來了……」她又擦了擦眼睛才說下去，「從這時候我就照顧著兩個弟弟和兩個妹妹。爹爹染黑的和藍的，姐姐染紅的……姐姐定親的那年，上冬的時候，她的婆婆從鄉下來住在我們家裏，一看到姐姐她就說：「唉呀！那殺人的手！『從這起，爹爹就說不許某個人專染紅的；某個人專染藍的。我的手是黑的，細看才帶點紫色，那兩個妹妹也都和我一樣。」

「你的妹妹沒有讀書？」

「沒有，我將來教她們，可是我也不知道我讀得好不好，讀不好連妹妹都對不起……染一匹布多不過三毛錢……一個月能有幾匹布來染呢？衣裳每件一毛錢，又不論大小，送來染的都是大衣裳居多……去掉火柴錢，去掉顏料錢……那不是嗎！我的學費……把他們在家吃鹹鹽的錢都給我拿來啦……我哪能不用心唸書，我哪能？」她又去摸觸那書本。

我仍然看著地板上的花紋，我想她的眼淚比我的同情高貴得多。

還不到放寒假時，王亞明在一天的早晨，整理著手提箱和零碎，她的行李已經束得很緊，立在牆根的地方。

並沒有人和她去告別，也沒有人和她說一聲再見。我們從宿舍出發，一個一個的經過夜裏王亞明睡覺的長椅，她向我們每個人笑著，同時也好像從窗口在望著遠方。我們使過道起著沉重的騷音，我們下著樓梯，經過了院宇，在欄柵門口，王亞明也趕到了，呼喘並且張著嘴：

「我的父親還沒有來，多學一點鐘是一點鐘……」她向著大家在說話一樣。

這最後的每一點鐘都使她流著汗，在英文課上她忙著用小冊子記下來黑板上所有的生字。

同時讀著，同時連教師隨手寫的已經是不必要的讀過的熟字她也記了下來，在第二點鐘地理課上她又費著力氣模仿著黑板上教師畫的地圖，她在小冊子上也畫了起來……好像所有這最末一天經過她的思想都重要起來，都必得留下一個痕跡。

在下課的時間，我看了她的小冊子，那完全記錯了：英文字母，有的脫落一個，有的她多加上一個……她的心情已經慌亂了。

夜裏，她的父親也沒有來接她，她又在那長椅上展了被褥，只有這一次，她睡得這樣早，睡得超過平常以上的安然。頭髮接近著被邊，肩頭隨著呼吸放寬了一些。今天她的左右並不擺著書本。

早晨，太陽停在顫抖的掛著雪的樹枝上面，鳥雀剛出巢的時候，她的父親來了。停在樓梯口，他放下肩上背來的大氈靴，他用圍著脖子的白毛巾擄去鬍鬚上的冰溜．

「你落了榜嗎？你……」冰溜在樓梯上溶成小小的水珠。

「沒有，還沒考試，校長告訴我，說我不用考啦，不能及格的……」

她的父親站在樓梯口，把臉向著牆壁，腰間掛著的白手巾動也不動。

行李拖到樓梯口了，王亞明又去提著手提箱，抱著面盆和一些零碎，她把大手套還給她的父親。

「我不要，你戴吧！」她父親的氈靴一移動就在地板上壓了幾個泥圈圈。

因為是早晨，來圍觀的同學們很少。王亞明就在輕微的笑聲裏邊戴起了手套。

「穿上氈靴吧！書沒唸好，別再凍掉了兩隻腳。」她的父親把兩隻靴子相連的皮條解開。

靴子一直掩過了她的膝蓋，她和一個趕馬車的人一樣，頭部也用白色的絨布包起。

「再來，把書回家好好讀讀再來。喝……喝。」不知道她向誰在說著。當她又提起了手提箱，她問她的父親：

「叫來的馬車就在門外嗎？」

「馬車，什麼馬車，走著上站吧……我背著行李……」

王亞明的氈靴在樓梯上撲撲地拍著。父親走在前面，變了顏色的手抓著行李的兩角。

那被朝陽拖得苗長的影子，跳動著在人的前面先爬上了木柵門。從窗子看去，人也好像和影子一般輕浮，只能看到他們，而聽不到關於他們的一點聲音。

出了木柵門，他們就向著遠方，向著迷漫著朝陽的方向走去。

雪地好像碎玻璃似的，越遠那閃光就越剛強。我一直看到那遠處的雪地刺痛了我的眼睛。

一九三六年三月

（原刊一九三六年四月《作家》第一卷第一號）

牛車上

金花菜在三月的末梢就開遍了溪邊。我們的車子在朝陽裏軋著山下的紅綠顏色的小草，走出了外祖父的村梢。

車伕是遠族上的舅父，他打著鞭子，但那不是打在牛的背上，只是鞭梢在空中繞來繞去。

「想睡了嗎？車剛走出村子呢！喝點梅子湯吧！等過了前面的那道溪水再睡。」外祖父家的女傭人，是到城裏去看她的兒子的。

「什麼溪水，剛才不是過的嗎？」從外祖父家帶回來的黃貓，也好像要在我的膝頭上睡覺了。

「後塘溪。」她說。

「什麼後塘溪？」我並沒有注意她，因為外祖父家留在我們的後面，什麼也看不見了，只有村梢上廟堂前的紅旗桿還露著兩個金頂。

「喝一碗梅子湯吧，提一提精神。」她已經端了一杯深黃色的梅子湯在手裏，一邊又去蓋著瓶口。

「我不提，提什麼精神，你自己提吧！」

他們都笑了起來，車伕立刻把鞭子抽響了一下。

「你這姑娘……頑皮……巧舌頭……我……我……」他從車轅轉過身來，伸手要抓我的頭髮。

我縮著肩跑到車尾上去。村裏的孩子沒有不怕他的，說他當過兵，說他捏人的耳朵也很痛。

王雲嫂下車去給我採了這樣的花，又採了那樣的花，曠野上的風吹得更強些，所以她的頭巾好像是在飄著，因為鄉村留給我尚沒有忘卻的記憶，我時時把她的頭巾看成烏鴉或是鵲雀。她幾乎是跳著，幾乎和孩子一樣。回到車上，她就唱著各種花朵的名字，我從來沒有看到過她像這樣放肆一般地歡喜。

車伕也在前面哼著低粗的聲音，但那分不清是什麼詞句。那短小的煙管順著風時時送著煙氛。我們的路途剛一開始，希望和期待都還離得很遠。

我終於睡了，不知是過了後塘溪，或是什麼地方，我醒過一次，模模糊糊的好像那管鴨的孩子仍和我打著招呼，也看到了坐在牛背上的小根和我告別的情景……也好像外祖父拉我的手又在說：「回家告訴你爺爺，秋涼的時候讓他來鄉下走走……你就說你姥爺醃的鵪鶉和頂好的高粱酒等著他來一塊喝呢……你就說我動不了，若不然，這兩年，我總也去……」

喚醒我的不是什麼人，而是那空空響的車輪。我醒來，第一下看到的是那黃牛自己走在大道上，車伕並不坐在車轅上。在我尋找的時候，他被我發現在車尾上。手上的鞭子被他的煙管代替著，左手不住地在擦著下顎，他的眼睛順著地平線望著遼闊的遠方。

我尋找黃貓的時候，黃貓坐到五雲嫂的膝頭上去了，並且她還撫摸貓的尾巴。我看著她的藍布頭巾已經蓋過了眉頭，鼻子上顯明的皺紋因為掛了塵土，更顯明起來。

他們並沒有注意到我的醒轉。

「到第三年，他就不來信啦！你們這當兵的人……」

我就問她：「你丈夫也是當兵的嗎？」

趕車的舅舅，抓了我的辮髮，把我向後拉了一下。

「那麼以後……就總也沒有信來？」他問她。

「你聽我說呀！八月節剛過……可記不得哪一年啦，吃完了早飯我就在門前餵豬，一邊啌啌地敲著槽子，一邊嗃嘮嗃嘮地叫著豬。……哪裏聽得著呢？南村王家的二姑娘喊著：『五雲嫂，五雲嫂……』一邊跑著一邊喊：『我娘說，許是五雲哥給你捎來的信！』真是，在我眼前的真是一封信，等我把信拿到手哇！看看……我不知為什麼就止不住心酸起來……他還活著嗎！他……眼淚就掉在那紅箋條上，我就用手去擦，一擦，這紅圈子就印到白的上面去。把豬食就丟在院心……進屋摸了件乾淨衣裳，我就趕緊跑。跑到南村的學房，見了學房的先生，我一面笑著，就一面流著眼淚……我說：『是外頭人來的信，請先生看看……一年來的沒來過一個字。』學房先生接到手裏一看，就說不是我的。那信我就丟在學房裏跑回來啦……豬也沒有餵，雞也沒有上架，我就躺在坑上啦……好幾天，我像失了魂似的。」

「從此就沒有來信？」

「沒有。」她打開了梅子湯的瓶口，喝了一碗，又喝一碗。

「你們這當兵的人，只說三年二載……可是回來，回來個什麼呢！回來個靈魂給人看看吧……」

「什麼？」車伕說，「莫不是陣亡在外嗎……」

「是，就算吧！音信皆無過了一年多。」

「是陣亡？」車伕從車上跳下去，拿了鞭子，在空中抽了兩下，似乎是什麼爆裂的聲音。

「還問什麼……這當兵的人真是凶多吉少。」她摺皺的嘴唇好像撕裂了的綢片似的，顯著輕浮和單薄。

車子一過黃村，太陽就開始斜了下去，青青的麥田上飛著鵲雀。

「五雲哥陣亡的時候，你哭嗎？」我一面捉弄著黃貓的尾巴，一面看著她。但她沒有睬我，自己在整理著頭巾。

等車伕顛跳著來在了車尾，扶了車欄，他一跳就坐在了車上。在他沒有抽煙之前，他的厚嘴唇好像關緊了的瓶口似的嚴密。

五雲嫂的說話，好像落著小雨似的，我又順著車欄睡下了。

等我再醒來，車子停在一個小村頭的井口邊，牛在飲著水，五雲嫂也許是哭過，她陷下的眼睛高起來了，並且眼角的皺紋也張開來。車伕從井口攪了一桶水提到車子旁邊：

「不喝點嗎？清涼清涼……」

「不喝。」她說。

「喝點吧，不喝，就是用涼水洗洗臉也是好的。」他從腰帶上取下手巾來，浸了浸水，

「揩一揩！塵土迷了眼睛……」

當兵的人，怎麼也會替人拿手巾？我感到了驚奇。我知道的當兵的人就會打仗，就會打女

人，就會捏孩子們的耳朵。

「那年冬天，我去趕年市，……我到城裏去賣豬鬃，我在年市上喊著：『好硬的豬鬃來……好長的豬鬃來……』後一年，我好像把他爹忘下啦……心上也不牽掛……想想那沒有個好，這些年，人還會活著！到秋天，我也到田上去割高粱，看我這手，也吃過氣力……春天就帶著孩子去做長工，兩個月三個月的就把家拆了。冬天又把家歸攏起來。什麼牛毛啦……豬毛啦……還有些收拾來的鳥雀的毛。冬天就在家裏收拾，收拾乾淨啦呀……就選一個暖和的天氣進城去賣。若有順便進城去的車呢！把禿子也就帶著……那一次沒有帶禿子。偏偏天氣又不好，天天下清雪，年市上不怎麼熱鬧；沒有幾捆豬鬃也總賣不完。一早就蹲在市上，一直蹲到太陽偏西。在十字街口一家大買賣的牆頭上貼著一張大紙，人們來來往往地在那裏看，像是從一早那張紙就貼出來了！也許是晌午貼的……有的還一邊看一邊唸出來幾句。我不懂得那一套……人們說是『告示，告示』，可是告的什麼，我不懂那一套……『告示』倒知道，是官家的事情，與我們做小民的有什麼長短！可不知為什麼看的人就那麼多，……聽說麼，是捉逃兵的『告示』……又聽說麼……又聽說幾天就要送到縣城槍斃……」

「哪一年？民國十年槍斃逃兵二十多個的那回事嗎？」車伕把捲起的衣袖在下意識裏把它放下來，又用手掃著下頦。

「我不知道那叫什麼年……反正槍斃不槍斃與我何干，反正我的豬鬃賣不完就不走運氣……」她把手掌互相擦了一會，猛然，像是拍著蚊蟲似的，憑空打了一下：

「有人唸著逃兵的名字……我看著那穿黑馬褂的人……我就說：『你再唸一遍。』起先豬毛還拿在我的手上……我聽到了姜五雲姜五雲的，好像那名字響了好幾遍……我過了一些時候才想要嘔吐……喉管裏像有什麼腥氣的東西噴上來，我想嚥下去！……又嚥不下去！……眼睛冒著火苗……那些看告示的人往上擠著，我就退在了旁邊，我再上前去看看，腿就不做主啦！看『告示』的人越多，我就退下來了！越退越遠啦……」

她的前額和鼻頭都流下汗來。

「跟了車，回到鄉裏，就快半夜了。一下車的時候，我才想起了豬毛……哪裏還記得起豬毛……耳朵和兩張木片似的啦……包頭巾也許是掉在路上，也許是掉在城裏……」

她把頭巾掀起來，兩個耳朵的下梢完全丢失了。

「看看，這是當兵的老婆……」

這回她把頭巾束得更緊了一些，所以隨著她的講話，那頭巾的角部也起著小小的跳動。

「五雲倒還活著，我就想看看他，也算夫婦一回……」

「……二月裏，我就背著禿子，今天進城，明天進城……『告示』聽說又貼了幾回，我不去看那玩藝兒，我到衙門去問，他們說：『這裏不管這事。』讓我到兵營裏去！……我從小就怕見官……鄉下孩子，沒有見過。那些帶刀掛槍的，我一看到就發顫……去吧！反正他們也不是見人就殺……後來常常去問，也就不怕了。反正一家三口，已經有一口拿在他們的手心裏……他們告訴我，逃兵還沒有送過來。我說什麼時候才送過來呢？他們說：『再過一個月吧！』……等我一回到鄉下，就聽說逃兵已從什麼縣城，那是什麼縣城？到今天我也記不住那是什麼縣城……就是聽說送過來啦就是啦……都說若不快點去看，人可就沒有了。我再背著禿子，再進城……去問問，兵營的人說：『好心急，你還要問個百八十回。不知道，也許就不送過來。』……有一天，我看著一個大官，坐著馬車，叮咚叮咚地響著鈴子，從營房走出來了……我把禿子放在地上，我就跑過去，正好馬車是向著這邊來的，我就跪下了，也不怕馬蹄就踏在我的頭上。」

「『大老爺，我的丈夫……姜五……』我還沒有說出來，就覺得肩膀上很沉重……那趕馬車的把我往後面推倒了，好像跌了跤似的我爬在道邊去。只看到那趕馬車的也戴著兵帽子。」

「我站起來，把禿子又背在背上……營房的前邊，就是一條河，一個下半天都在河邊上看著水。有些釣魚的，也有些洗衣裳的。遠一點，在那河灣上，那水就深了，看著那浪頭一排排的從眼前過去。不知道幾百條浪頭都坐著看過去了。我想把禿子放到河邊上，我一跳就下去吧！留他一條小命，他一哭就會有人把他收了去。」

「我拍著那個小胸脯，我好像說：『禿兒，睡吧。』我還摸摸那圓圓的耳朵，那孩子的耳朵，真是，長得肥滿，和他爹的一模一樣，一看到那孩子的耳朵，就看到他爹了。」

她為了讚美而笑了笑。

「我又拍著那小胸脯，我又說：『睡吧！禿兒。』我想起了，我還有幾吊錢，也放在孩子的胸脯裏吧！正在伸，伸手去放……放的時節……孩子睜開眼睛了……又加上一隻風船轉過河灣來，船上的孩子喊媽的聲音我一聽到，我就從沙灘上面……把禿子抱……抱在……懷裏了……」

她用包頭巾像是緊了緊她的喉嚨，隨著她的手，眼淚就流了下來。

「還是……還是背著他回家吧！哪怕討飯，也是有個親娘……親娘的好……」

那藍色頭巾的角部，也隨著她的下頦顫抖了起來。

我們車子的前面正過著一堆羊群，放羊的孩子口裏響著用柳條做成的叫子，野地在斜過去的太陽裏邊分不出什麼是花什麼是草了！只是混混黃黃的一片。

車伕跟著車子走在旁邊，把鞭梢在地上蕩起著一條條的煙塵。

「……一直到五月，營房的人才說：『就要來的，就要來的。』」

「……五月的末梢，一隻大輪船就停在了營房門前的河沿上。不知怎麼這樣多的人！比七月十五看河燈的人還多……」

她的兩隻袖子在招搖著。

「逃兵的家屬，站在右邊……我也站過去，走過一個戴兵帽子的人，還每人給掛了一張牌子。……誰知道，我也不認識那字……」

「要搭跳板的時候，就來了一群兵隊，把我們這些掛牌子的……就圈了起來……『離開河沿遠點，遠點……』他們用槍把我們趕到離開那輪船有三四丈遠。……站在我旁邊的，一個白鬍子的老頭，他一隻手裏提著一個包裹，我問他：『老伯，為啥還帶來這東西？』……『哼！不！我有一個兒子和一個姪子……一人一包……回陰曹地府，不穿潔淨衣裳是不上高的……』」

「跳板搭起來了……一看跳板搭起來就有哭的……我是不哭，我把腳跟立得穩穩當當的，眼睛往船上看著……可是，總不見出來……過了一會，一個兵官，挎著洋刀，手扶著欄杆說：

『讓家屬們再往後退退……就要下船……』聽著『吭唠』一聲，那些兵隊又用槍把子把我們向後趕了過去，一直趕上道旁的豆田，我們就站在豆秧上，跳板又呼隆隆地搭起了一塊……走下來了，一個兵官領頭……那腳鐐子，嘩啦嘩啦的……我還記得，第一個還是個小矮個……走下來五六個啦……沒有一個像禿子他爹寬寬肩膀的，是真的，很難看……兩條胳臂直伸伸的……我看了半天功夫才看出手上都是帶了銬子的。旁邊的人越哭，我就格外更安靜。我只把眼睛看著那跳板……我要問問他爹『為啥當兵不好好當，要當逃兵……你看看，你的兒子，對得起嗎？』」

「二十來個，我不知道哪個是他爹，遠看都是那麼個樣兒。一個青年的媳婦……還穿了件綠衣裳，發瘋了似的，穿開了兵隊搶過去了……當兵的哪肯叫她過去……就把她抓回來，她就在地上打滾，她喊：『當了兵還不到三個月呀……還不到……』兩個兵隊的人就把她抬回來，那頭髮都披散開啦。又過了一袋煙的工夫，才把我們這些掛牌子的人帶過去……越走越近了，越近也就越看不清楚哪個是禿子他爹……眼睛起了白蒙……又加上別人都嗚嗚啕啕的，哭得我多少也有點心慌……」

「還有的嘴上抽著煙捲，還有的罵著……就是笑的也有。當兵的這種人……不怪說，當兵的不信命……」

「我看看，真是沒有禿子他爹，哼！這可怪事……我一回身，就把一個兵官的皮帶抓住，『姜五雲呢？』『他是你的什麼人？』『是我的丈夫。』我把禿子可就放在地上啦……放在地上，那不作美的就哭起來，我啪的一聲，給禿子一個嘴巴……接著我就打了那兵官：『你們把人消滅到什麼地方去啦？！』」

「『好的……好傢伙……夠朋友……』那些逃兵們就連起聲來跺著腳喊。兵官看看這情形，趕快叫當兵的把我拖開啦……他們說：『不只姜五雲一個人，還有兩個沒有送過來，明後天，下一班船就送來……逃兵裏他們三個是頭目。』」

「我背著孩子就離開了河沿，我就掛著牌子走下去了。我一路走，一路兩條腿發顫。奔來看熱鬧的人滿街滿道啦……我走過了營房的背後，兵營的牆根下坐著拿兩個包裹的老頭，他的包裹只剩了一個。我說：『老伯伯，你的兒子也沒來嗎？』我一問他，他就把背脊弓了起來，用手把鬍子放在嘴唇上，咬著鬍子就哭啦！」

「他還說：『因為是頭目，就當地正法了咧！』當時我還不知道這『正法』是什麼……」

她再說下去，那是完全不相接連的話頭。

「又過三年，禿子八歲的那年，把他送進了豆腐房……就是這樣：一年我來看他兩回。二年回家一趟……回來也就是十天半月的……」

車伕離開車子，在小毛道上走著，兩隻手放在背後，太陽從横面把他拖成一條長影，他每走一步，那影子就分成了一個叉形。

「我也有家小……」他的話從嘴唇上流了下來似的，好像他對著曠野說的一般。

「喲！」五雲嫂把頭巾放鬆了些。

「什麼！」她鼻子上的摺皺抖動了一些時候，「可是真的……兵不當啦也不回家……」

「哼！回家！就背著兩條腿回家？」車伕把肥大的手揩扭著自己的鼻子笑了。

「這幾年，還沒多少賺幾個？」

「都是想賺幾個呀！才當逃兵去啦！」他把腰帶更束緊了一些。

我加了一件棉衣，五雲嫂披了一張毯子。

「嗯！還有三里路……這若是套的馬……嗯！一顛搭就到啦，牛就不行！這牲口性子沒緊沒慢，上陣打仗，牛就不行……」車伕從草包取出棉襖來，那棉襖順著風飛著草末，他就穿上了。

黃昏的風，卻是和二月裏的一樣。車伕在車尾上打開了外祖父給祖父帶來的酒罐。

「喝吧！半路開酒罐，窮人好賭錢。……喝上兩杯……」他喝了幾杯之後，把胸膛就完全露在外面。他一面嚙嚼著肉乾，一邊嘴上起著泡沫，風從他的嘴邊走過時，他唇上的泡沫也宏大了一些。

我們將奔到的那座城，在一種灰色的氣候裏，只能夠辨別那不是曠野，也不是山岡，又不是海邊，又不是樹林……

車子越往前進，城座看來越退越遠。臉孔和手上，都有一種黏黏的感覺……再往前看，連道路也看不到盡頭……

車伕收拾了酒罐，拾起了鞭子……這時候，牛角也模糊了去。

「你從出來就沒回過家？家也不來信？」五雲嫂的問話，車伕一定沒有聽到，他打著口哨，招呼著牛。後來他跳下車去，跟著牛在前面走著。

對面走過一輛空車，車轅上掛著紅色的燈籠。

「大霧！」

「好大的霧！」車伕彼此招呼著。

「三月裏大霧……不是兵災，就是荒年。……」

兩個車子又過去了。

一九三六年

（原刊一九三六年《文季》月刊第一卷第五期）

後花園

後花園五月裏就開花的，六月裏就結果子，黃瓜、茄子、玉蜀黍、大芸豆、冬瓜、西瓜、番茄，還有爬著蔓子的倭瓜。這倭瓜秧往往會爬到牆頭上去，而後從牆頭它出去了，出到院子外邊去了。就向著大街，這倭瓜蔓上開了一朵大黃花。

正臨著這熱鬧鬧的後花園，有一座冷清清的黑洞洞的磨房，磨房的後窗子就向著花園。剛巧沿著窗外的一排種的是黃瓜。這黃瓜雖然不是倭瓜，但同樣會爬蔓子的，於是就在磨房的窗欞上開了花，而且巧妙的結了果子。

在朝露裏，那樣嫩弱的鬚蔓的梢頭，好像淡綠色的玻璃抽成的，不敢去觸，一觸非斷不可的樣子。同時一邊結著果子，一邊攀著窗欞往高處伸張，好像它們彼此學著樣，一個跟一個都爬上窗子來了。到六月，窗子就被封滿了，而且就在窗欞上掛著滴滴嘟嘟的大黃瓜、小黃瓜；瘦黃瓜、胖黃瓜，還有最小的小黃瓜紐兒，頭頂上還正在頂著一朵黃花還沒有落呢。

於是隨著磨房裏打著銅篩羅的震抖，而這些黃瓜也就在窗子上搖擺起來了。銅羅在磨夫的腳下，東踏一下它就「咚」，西踏一下它就「咚」；這些黃瓜也就在窗子上滴滴嘟嘟的跟著東邊「咚」，西邊「咚」。

六月裏，後花園更熱鬧起來了，蝴蝶飛，蜻蜓飛，螳螂跳，螞蚱跳。大紅的外國柿子都紅了，茄子青的青、紫的紫，溜明湛亮，又肥又胖，每一棵茄秧上結著三四個、四五個。玉蜀黍的纓子剛剛才茁芽，就各色不同，好比女人繡花的絲線夾子打開了，紅的綠的，深的淺的，乾淨得過分了，簡直不知道它為什麼那樣乾淨，不知怎樣它才那樣乾淨的，不知怎樣才做到那樣的，或者說它是剛剛用水洗過，或者說它是用膏油塗過。但是又都不像，那簡直是乾淨得連手都沒有上過。

然而這樣漂亮的纓子並不發出什麼香氣，所以蜂子、蝴蝶永久不在它上邊搔一搔，或是吮一吮。

卻是那些蝴蝶亂紛紛的在那些正開著的花上鬧著。

後花園沿著主人住房的一方面，種著一大片花草。因為這園主並非怎樣精細的人，而是一位厚敦敦的老頭。所以他的花園多半變成菜園了。其餘種花的部分，也沒有什麼好花，比如馬蛇菜、爬山虎、胭粉豆、小龍豆……這都是些草本植物，沒有什麼高貴的。到冬天就都埋在大雪裏邊，它們就都死去了。春天打掃乾淨了這個地盤，再重種起來。有的甚或不用下種，它就自己出來了，好比大菽茨，那就是每年也不用種，它就自己出來的。

它自己的種子，今年落在地上沒有人去拾它，明年它就出來了；明年落了子，又沒有人去採它，它就又自己出來了。

這樣年年代代，這花園無處不長著大花。牆根上，花架邊，人行道的兩旁，有的竟長在倭瓜或者黃瓜一塊去了。那討厭的倭瓜的絲蔓竟纏繞在它的身上，纏得多了，把它拉倒了。

可是它就倒在地上仍舊開著花。

鏟地的人一遇到它，總是把它拔了，可是越拔它越生得快，那第一班開過的花子落下，落在地上，不久它就生出新的來。所以鏟也鏟不盡，拔也拔不盡，簡直成了一種討厭的東西了。還有那些被倭瓜纏住了的，若想拔它，把倭瓜也拔掉了，所以只得讓它橫躺豎臥的在地上，也不能不開花。

長得非常之高，五六尺高，和玉蜀黍差不多一般高，比人還高了一點，紅辣辣地開滿了一片。

人們並不把它當做花看待，要折就折，要斷就斷，要連根拔也都隨便。到這園子裏來玩的孩子隨便折了一堆去，女人折了插滿了一頭。

這花園從園主一直到來遊園的人，沒有一個人是愛護這花的。這些花從來不澆水，任著風吹，任著太陽曬，可是卻越開越紅，越開越旺盛，把園子炫耀得閃眼，把六月誇獎得和水滾著那麼熱。

胭粉豆、金荷葉、馬蛇菜都開得像火一般。

其中尤其是馬蛇菜，紅得鮮明晃眼，紅得它自己隨時要破裂流下紅色汁液來。

從磨房看這園子，這園子更不知鮮明了多少倍，簡直是金屬的了，簡直像在火裏邊燒著那麼熱烈。

可是磨房裏的磨倌是寂寞的。

他終天沒有朋友來訪他，他也不去訪別人，他記憶中的那些生活也模糊下去了，新的一樣也沒有。他三十多歲了，尚未結過婚，可是他的頭髮白了許多，牙齒脫落了好幾個，看起來像是個青年的老頭。陰天下雨，他不曉得；春夏秋冬，在他都是一樣。和他同院的住些什麼人，他不去留心；他的鄰居和他住得很久了，他沒有記得；住的是什麼人，他沒有記得。

他什麼都忘了，他什麼都記不得，因為他覺得沒有一件事情是新鮮的。人間在他是全然呆板的了。他只知道他自己是個磨倌，磨倌就是拉磨，拉磨之外的事情都與他毫無關係。

所以鄰家的女兒，他好像沒有見過；見過是見過的，因為他沒有印象，就像沒見過差不多。

磨房裏，一匹小驢子圍著一盤青白的圓石轉著。磨道下面，被驢子經年地踢踏，已經陷下去一圈小窪槽。小驢的眼睛是戴了眼罩的，所以牠什麼也看不見，只是繞著圈瞎走。嘴上也給戴上了籠頭，怕牠偷吃磨盤上的麥子。

小驢知道，一上了磨道就該開始轉了，所以走起來一聲不響，兩個耳朵尖尖的豎得筆直。

磨倌坐在羅架上，身子有點向前探著。他的面前豎了一個木架，架上橫著一個用木做成的樂器，那樂器的名字叫：「梆子。」

每一個磨倌都用一個，也就是每一個磨房都有一個。舊的磨倌走了，新的磨倌來了，仍然打著原來的梆子。梆子漸漸變成個元寶的形狀，兩端高而中間陷下，所發出來的音響也就不好聽了，不響亮，不脆快，而且「踏踏」的沉悶的調子。

馮二成的梆子正是已經舊了的。他自己說：

「這梆子有什麼用？打在這梆子上就像打在老牛身上一樣。」

他儘管如此說，梆子他仍舊是打的。

磨眼上的麥子沒有了，他去添一添。從磨漏下來的麥粉滿了一磨盤，他過去掃了掃。小驢的眼罩鬆了，他替牠緊一緊。若是麥粉磨得太多了，應該上風車子了，他就把風車添滿，搖著風車的大手輪，吹了起來，把麥皮都從風車的後部吹了出去。那風車是很大的，好像大象那麼大。尤其是當那手輪搖起來的時候，呼呼的作響，麥皮混著冷風從洞口噴出來。這風車搖起來是很好看的，同時很好聽。可是風車並不常吹，一天或兩天才吹一次。

除了這一點點工作，馮二成子多半是站在羅架上，身子向前探著，他的左腳踏一下，右腳踏一下，羅底蓋著羅牀，那力量是很大的，連地皮都抖動了，和蓋新房子時打地基的工夫差不多，啌啌的，又沉重，又悶氣，使人聽了要睡覺的樣子。

所有磨房裏的設備都說過了，只不過還有一件東西沒有說，那就是馮二成子的小炕了。那小炕沒有什麼好記載的。總之這磨房是簡單、寂靜、呆板。看那小驢豎著兩個尖尖的耳朵，好像也不吃草也不喝水，只曉得拉磨的樣子。

馮二成子一看就看到小驢那兩個直豎豎的耳朵，再看就看到牆下跑出的耗子，那滴溜溜亮的眼睛好像兩盞小油燈似的。再看也看不見別的，仍舊是小驢的耳朵。

所以他不能不打梆子，從午間打起，一打打個通宵。

花兒和鳥兒睡著了，太陽回去了。大地變得清涼了好些。從後花園透進來的熱氣，涼爽爽的，風也不吹了，樹也不搖了。

窗外蟲子的鳴叫，遠處狗的夜吠，和馮二成子的梆子混在一起，好像三種樂器似的。

磨房的小油燈忽咧咧的燃著（那小燈是刻在牆壁中間的，好像古墓裏邊站的長明燈似的），和有風吹著它似的。這磨房只有一扇窗子，還被掛滿了黃瓜，把窗子遮得風雨不透。可是從哪裏來的風？小驢也在響著鼻子抖擻著毛，好像小驢也著了寒了。

每天是如此：東方快啓明的時候，朝露就先下來了，伴隨著朝露而來的，是一種陰森森的冷氣，這冷氣冒著白煙似的沉重重地壓到地面上來了。

落到屋瓦上，屋瓦從淺灰變到深灰色，落到茅屋上，那本來是淺黃的草，就變成深黃的了。因為露珠把它們打濕了，它們吸收了露珠的緣故。

惟有落到花上、草上、葉子上，那露珠是原形不變，並且由小聚大。大葉子上聚著大露珠，小葉子上聚著小露珠。

玉蜀黍的纓穗掛上了霜似的，毛絨絨的。

倭瓜花的中心抱著一顆大水晶球。

劍形草是又細又長的一種野草，這野草頂不住太大的露珠，所以它的周身都是一點點的小粒。

等到太陽一出來時，那亮晶晶的後花園無異於昨天灑了銀水了。

馮二成子看一看牆上的燈碗，在燈芯上結了一個紅橙橙的大燈花。他又伸手去摸一摸那生長在窗欞上的黃瓜，黃瓜跟水洗的一樣。

他知道天快亮了，露水已經下來了。

這時候，正是人們睡得正熟的時候，而馮二成子就像更煥發了起來。他的梆子就更響了，他拚命地打，他用了全身的力量，使那梆子響得爆豆似的。不但如此，那磨房唱了起來了，他大聲急呼的。好像他是照著民間所流傳的，他是招了鬼了。他有意要把遠近的人家都驚動起來，他竟亂打起來，他不把梆子打斷了，他不甘心停止似的。

有一天下雨了。

雨下得很大，青蛙跳進磨房來好幾個，有些蛾子就不斷地往小油燈上撲，撲了幾下之後，被燒壞了翅膀就掉在油碗裏溺死了，而且不久蛾子就把油燈碗給掉滿了，所以油燈漸漸地不亮下去，幾乎連小驢的耳朵都看不清楚。

馮二成子想要添些燈油，但是燈油在上房裏，在主人的屋裏。

他推開門一看，雨真是大得不得了，瓢潑的一樣，而且上房裏也怕是睡下了，燈光不很大，只是影影綽綽的。也許是因為下雨上了風窗的關係，才那樣黑混混的。

——十步八步跑過去，拿了燈油就跑回來。——馮二成子想。

但雨也是太大了，衣裳非都濕了不可；濕了衣裳不要緊，濕了鞋子可得什麼時候乾。

他推開房門看了好幾次，也都是把房門關上了，沒有跑過去。

可是牆上的燈又一會一會地要滅了，小驢的耳朵簡直看不見了。他又打開門向上房看看，上房滅了燈了，院子裏什麼也看不見，只有隔壁趙老太太那屋還亮通通的，窗裏還有格格的笑聲。

那笑的是趙老太太的女兒。馮二成子不知為什麼心裏好不平靜，他趕快關了門，趕快去撥燈碗，趕快走到磨架上，開始很慌張地打動著篩羅。可是無論如何那窗裏的笑聲好像還在那兒笑。

馮二成子打起梆子來，打了不幾下，很自然地就會停住，又好像很願意再聽到那笑聲似的。

——這可奇怪了，怎麼像第一天那邊住著人。——他自己想。

第二天早晨，雨過天晴了。

馮二成子在院子裏曬他的那雙濕得透透的鞋子時，偶一抬頭看見了趙老太太的女兒，跟他站了個對面。

馮二成子從來沒和女人接近過，他趕快低下頭去。

那鄰家女兒是從井邊來，提了滿滿的一桶水，走得非常慢。等她完全走過去了，馮二成子才抬起頭來。

她那向日葵花似的大眼睛，似笑非笑的樣子，馮二成子一想起來就無緣無故地心跳。

有一天，馮二成子用一個大盆在院子裏洗他自己的衣裳，洗著洗著，一不小心，大盆從木凳滑落而打碎了。

趙老太太也在窗下縫著針線，連忙就喊她的女兒，把自家的大盆搬出來，借給他用。

馮二成子接過那大盆時，他連看都沒看趙姑娘一眼，連抬頭都沒敢抬頭，但是趙姑娘的眼睛像向日葵花那麼大，在想象之中他比看見來得清晰。於是他的手好像抖著似的把大盆接過來了。他又重新打了點水，沒有打很多的水，只打了一大盆底。

恍恍忽忽地衣裳也沒有洗乾淨，他就曬起來了。

從那之後，他也並不常見趙姑娘，但他覺得好像天天見面的一樣。尤其是到了深夜，他常常聽到隔壁的笑聲。

有一天，他打了一夜梆子。天亮了，他的全身都酸了。他把小驢子解下來，拉到下過朝露的潮濕的院子裏，看著那小驢打了幾個滾，而後把小驢拴到槽子上去吃草。他也該是睡覺的時候了。

他剛躺下，就聽到隔壁女孩的笑聲，他趕快抓住被邊把耳朵掩蓋起來。

但那笑聲仍舊在笑。

他翻了一個身，把背脊向著牆壁，可是仍舊不能睡。

他和那女孩相鄰的住了兩年多了，好像他聽到她的笑還是最近的事情。他自己也奇怪起來。

那邊雖是笑聲停止了，但是又有別的聲音了：刷鍋，劈柴發火的聲音，件件樣樣都聽得清清晰晰。而後，吃早飯的聲音他都感覺到了。

這一天，他實在睡不著，他躺在那裏心中十分悲哀，他把這兩年來的生活都回想了一遍……

剛來的那年，母親來看過他一次。從鄉下給他帶來一筐子黃米豆包。母親臨走的時候還流了眼淚說：「孩兒，你在外邊好好給東家做事，東家錯待不了你的……你老娘這兩年身子不大硬實。一旦有個一口氣不來，只讓你哥哥把老娘埋起來就算了事。人死如燈滅，你就是跑到家又能怎樣！……可千萬要聽娘的話，人家拉磨，一天拉好多麥子，是一定的，耽誤不得，可要記住老娘的話。……」

那時，馮二成子已經三十六歲了，他仍很小似的，聽了那話就哭了。他抬起頭看看母親，母親確是瘦得厲害，而且也咳嗽得厲害。

「不要這樣傻氣，你老娘說是這樣說，哪就真會離開了你們的。你和你哥哥都是三十多歲了，還沒成家，你老娘還要看到你們……」

馮二成子想到「成家」兩個字，臉紅了一陣。

母親回到鄉下去，不久就死了。

他沒有照著母親的話做，他回去了，他和哥哥親自送的葬。

是八月裏辣椒紅了的時候，送葬回來，沿路還摘了許多紅辣椒，炒著吃了。

以後再想一想，就想不起什麼來了。拉磨的小驢子仍舊是原來的小驢子。磨房也一點沒有改變，風車也是和他剛來時一樣，黑洞洞地站在那裏，連個方向也沒改換。篩羅子一踏起來它就「咚咚」響。他向篩羅子看了一眼，宛如他不去踏它，它也在響的樣子。

一切都習慣了，一切都照著老樣子。他想來想去什麼也沒有變，什麼也沒有多，什麼也沒有少。這兩年是怎樣生活的呢？他自己也不知道，好像他沒有活過的一樣。他伸出自己的手來，看看也沒有什麼變化；捏一捏手指的骨節，骨節也是原來的樣子，尖銳而突出。

他又回想到他更遠的幼小的時候去，在沙灘上煎著小魚，在河裏脫光了衣裳洗澡；冬天堆了雪人，用綠豆給雪人做了眼睛，用紅豆做了嘴唇；下雨的天氣，媽媽打來了，就往水窪中跑……媽媽因此而打不著他。

再想又想不起什麼來，這時候他昏昏沉沉地要睡了去。

剛要睡著，他又被驚醒了，好幾次都是這樣。也許是炕下的耗子，也許是院子裏什麼人說話。

但他每次睜開眼睛，都覺得是鄰家女兒驚動了他。他在夢中羞怯怯地紅了好幾次臉。

從這以後，他早晨睡覺時，他先站在地中心聽一聽，鄰家是否有了聲音。若是有了聲音，他就到院子裏拿著一把馬刷子刷那小驢。

但是巧得很，那女孩子一清早就到院子來走動，一會出來拿一捆柴，一會出來潑一瓢水。總之，他與她從這以後，好像天天相見。

這一天八月十五，馮二成子穿了嶄新的衣裳，剛剛理過頭髮回來，上房就嚷著：「喝酒了，喝酒啦……」

因為過節是和東家同桌吃的飯，什麼臘肉，什麼松花蛋，樣樣皆有。其中下酒最好的要算涼拌粉皮，粉皮裏外加著一束黃瓜絲，還有辣椒油灑在上面。

馮二成子喝足了酒，退出來了，連飯也沒有吃，他打算到磨房去睡一覺。常年也不喝酒，喝了酒頭有些昏。他從上房走出來，走到院子裏碰到了趙老太太，她手裏拿著一包月餅，正要到親戚家去。她一見了馮二成子，她連忙喊著女兒說：

「你快拿月餅給老馮吃。過節了，在外邊的跑腿人，不要客氣。」

說完了，趙老太太就走了。

馮二成子接過月餅在手裏，他看那姑娘滿身都穿了新衣裳，臉上塗著胭脂和香粉。因為他怕難為情，他想說一聲謝謝也沒說出來，回身就進了磨房。

磨房比平日更冷清了，小驢也沒有拉磨，磨盤上供著一塊黃色的牌位，上面寫著「白虎神之位」，燃了兩根紅蠟燭，燒著三炷香。

馮二成子迷迷昏昏地吃完了月餅，靠著羅架站著，眼睛望著窗外的花園。他一無所思的往外看著，正這時又有了女人的笑聲，並且這笑聲是熟悉的，但不知這笑聲是從哪方面來的，後花園還是隔壁？

他一回身，就看見了鄰家的女兒站在大開著的門口。

她的嘴是紅的，她的眼睛是黑的，她的周身發著光輝，帶著吸力。

他怕了，低了頭不敢再看。

那姑娘自言自語地說：

「這兒還供著白虎神呢！」

說著，她的一個小同伴招呼著她就跑了。

馮二成子幾乎要昏倒了，他堅持著自己，他睜大了眼睛，看一看自己的周遭，看一看是否在做夢。

這哪裏是在做夢，小驢站在院子裏吃草，上房還沒有喝完酒的劃拳的吵鬧聲仍還沒有完結。他站到磨房外邊，向著遠處都看了一遍。遠處的人家，有的在樹林中，有的在白雲中露著屋角，而附近的人家，就是同院子住著的也都恬靜的在節日裏邊升騰著一種看不見的歡喜，流蕩著一種聽不見的笑聲。

但馮二成子看著什麼都是空虛的。寂寞的秋空的遊絲，飛了他滿臉，掛住了他的鼻子，繞住了他的頭髮。他用手把遊絲揉擦斷了，他還是往前看去。

他的眼睛充滿了亮晶晶的眼淚，他的心中起了一陣莫名其妙的悲哀。

他羨慕在他左右跳著的活潑的麻雀，他妒恨房脊上咕咕叫的悠閒的鴿子。

他的感情軟弱得像要癱了的蠟燭似的。他心裏想：鴿子你為什麼叫？叫得人心慌！你不能不叫嗎？遊絲你為什麼繞了我滿臉？你多可恨！

恍恍忽忽他又聽到那女孩子的笑聲。

而且和閃電一般，那女孩子來到他的面前了，從他面前跑過去了，一轉眼跑得無影無蹤的。

馮二成子彷彿被捲在旋風裏似的，迷迷離離的被捲了半天，而後旋風把他丟棄了。旋風自己跑去了，他仍舊是站在磨房外邊。

從這以後，可憐的馮二成子害了相思病，臉色灰白，眼圈發紫，茶也不想吃，飯也嚥不下，他一心一意地想著那鄰家的姑娘。

讀者們，你們讀到這裏，一定以為那磨房裏的磨倌必得要和鄰家女兒發生一點關係。其實不然的。後來是另外的一位寡婦。

世界上竟有這樣謙卑的人，他愛了她，他又怕自己的身份太低，怕毀壞了她。他偷著對她寄託一種心思，好像他在信仰一種宗教一樣。鄰家女兒根本不曉得有這麼一回事。

不久，鄰家女兒來了說媒的，不久那女兒就出嫁去了。

婆家來娶新媳婦的那天，抬著花轎子，打著鑼鼓，吹著喇叭，就在磨房的窗外，連吹帶打的熱鬧了起來。

馮二成子把頭伏在梆子上，他閉了眼睛，他一動也不動。那邊姑娘穿了大紅的衣裳，搽了胭脂粉，滿手抓著銅錢，被人抱上了轎子。放了一陣炮仗，敲了一陣銅鑼，抬起轎子來走了。

走得很遠很遠了，走出了街去，那打鑼聲只能絲絲拉聽到一點。

馮二成子仍舊沒有把頭抬起，一直到那轎子走出幾里路之外，就連被娶親驚醒了的狗叫也都平靜下去時，他才抬起頭來。

那小驢蒙著眼罩靜靜地一圈一圈地在拉著空磨。

他看一看磨眼上一點麥子也沒有了，白花花的麥粉流了滿地。

那女兒出嫁以後，馮二成子常常和趙老太太攀談，有的時候還到老太太的房裏坐一坐。他不知為什麼總把那老太太當做一位近親來看待，早晚相見時，總是彼此笑笑。

這樣也就算了，他覺得那女兒出嫁了反而隨便了些。

可是這樣過了沒多久，趙老太太也要搬家了，搬到女兒家去。

馮二成子幫著去收拾東西。在他收拾著東西時，他看見針線簍裏有一個細小的白骨頂針。他想：這可不是她的？那姑娘又活躍躍地來到他的眼前。他看見了好幾樣東西，都是那姑娘的。刺花的圍裙捲放在小櫃門裏，一團紮過了的紅頭繩子洗得乾乾淨淨的，用一塊紙包著。他在許多亂東西裏拾到這紙包，他打開一看，他問趙老太太，這頭繩要放在哪裏？老太太說：

「放在小梳頭匣子裏吧，我好給她帶去。」

馮二成子打開了小梳頭匣，他看見幾根扣髮針和一個假燒藍翠的戒指仍放在裏邊。他嗅到一種梳頭油的香氣。他想這一定是那姑娘的，他把梳頭匣關了。

他幫著老太太把東西收拾好，裝上了車，還牽著拉車的大黑騾子上前去送了一程。送到郊外，迎面的菜花都開了，滿野飄著香氣。老太太催他回來，他說他再送一程。他好像對著曠野要高歌的樣子，他的胸懷像飛鳥似地張著，他面向著前面，放著大步，好像他一去就不回來的樣子。

可是馮二成子回來的時候，太陽還正晌午。雖然是秋天了，沒有夏天那麼鮮豔，但是到處飄著香氣。高粱成熟了，大豆黃了秧子，野地上仍舊是紅的紅綠的綠。馮二成子沿著原路往回走。走了一程，他還轉回身去，向著趙老太太走去的遠方望一望。但是連一點影子也看不見了。

藍天凝結得那麼嚴酷，連一些皺褶也沒有，簡直像是用藍色紙剪成的。他用了他所有的目力，探究著藍色的天邊處，是否還存在著一點點黑點，若是還有一個黑點，那就是趙老太太的車子了。可是連一個黑點也沒有，實在是沒有的，只有一條白亮亮的大路，向著藍天那邊爬去，爬到藍天的盡頭，這大路只剩了窄狹的一條。

趙老太太這一去什麼時候再能夠見到，沒有和她約定時間，也沒有和她約定地方。他想順著大路跑去，跑到趙老太太的車子前面，拉住大黑騾子，他要向她說：

「不要忘記了你的鄰居，上城裏來的時候可來看我一次。」

但是車子一點影也沒有了，追也追不上了。

他轉回身來，仍走他的歸途，他覺得這回來的路，比去的時候不知遠了多少倍。

他不知為什麼這次送趙老太太，比送他自己的親娘還更難過。他想：人活著為什麼要分別？既然永遠分別，當初又何必認識！人與人之間又是誰給造了這個機會？既然造了機會，又是誰把機會給取消了？

他越走他的腳越沉重，他的心越空虛，就在一個有樹蔭的地方坐下來。他往四方左右望一望，他望到的，都是在勞動著的，都是在活著的，趕車的趕車，拉馬的拉馬，割高粱的人，滿頭流著大汗。還有的手被高粱稈扎破了，或是腳被扎破了，還浸浸地沁著血，而仍是不停地在割。他看了一看，他不能明白，這都是在做什麼；他不明白，這都是為著什麼。他想：你們那些手拿著的，腳踏著的，到了終歸，你們是什麼也沒有的。你們沒有了母親，你們的父親早早死了，你們該娶的時候，娶不到你們所想的；你們到老的時候，看不到你們的子女成人，你們就先累死了。

馮二成子看一看自己的鞋子掉底了，於是脫下鞋子用手提鞋子，站起來光著腳走。他越走越奇怪，本來是往回走，可是心越走越往遠處飛。究竟飛到哪裏去了，他自己也把捉不定。總之，他越往回走，他就越覺得空虛。路上他遇上一些推手車的，挑擔的，他都用了奇怪的眼光看了他們一下：

你們是什麼也不知道，你們只知道為你們的老婆孩子當一輩子牛馬，你們都白活了，你們自己還不知道。你們要吃的吃不到嘴，要穿的穿不上身，你們為了什麼活著，活得那麼起勁！

他看見幾個賣豆腐腦的，搭著白布篷，篷下站著好幾個人在吃。有的爭著要多加點醬油，而那賣豆腐腦的偏偏給他加上幾粒鹽。賣豆腐腦的說醬油太貴，多加要賠本的。於是為著點醬油爭吵了起來。馮二成子老遠地就聽他們在嚷嚷。他用斜眼看了那賣豆腐腦的：

你這個小氣人，你為什麼那麼苛刻？你都是為了老婆孩子！你要白白活這一輩子，你省吃儉用，到頭你還不是個窮鬼！

馮二成子這一路上所看到的幾乎完全是這一類人。

他用各種眼光批評了他們。

他走了一會，轉回身去看看遠方，並且站著等了一會，好像遠方會有什麼東西自動向他飛來，又好像遠方有誰在招呼著他。他幾次三番地這樣停下來，好像他側著耳朵細聽。但只有雀子的叫聲從他頭上飛過，其餘沒有別的了。

他又轉身向回走，但走得非常遲緩，像走在荊蓁的草中。彷彿他走一步，被那荊蓁拉住過一次。

終於他全然沒有了氣力，全身和頭腦。他找到一片小樹林，他在那裏伏在地上哭了一袋煙的工夫。他的眼淚落了一滿樹根。

他回想著那姑娘束了花圍裙的樣子，那走路的全身愉快的樣子。他再想那姑娘是什麼時候搬來的，他連一點印象也沒有記住，他後悔他為什麼不早點發現她。她的眼睛看過他兩三次，他雖不敢直視過去，但他感覺得到，那眼睛是深黑的，含著無限情意的。他想到了那天早晨他與她站了個對面，那眼睛是多麼大！那眼光是直逼他而來的。他一想到這裏，他恨不得站起來撲過去。但是現在都完了，都去得無聲無息的那麼遠了，也一點痕跡沒有留下，也永久不會重來了。

這樣廣茫茫的人間，讓他走到哪方面去呢？是誰讓人如此，把人生下來，並不領給他一條路子，就不管他了。

黃昏的時候，他從地面上抓了兩把泥土，他昏昏沉沉地站起來，仍舊得走著他的歸路。

他好像失了魂魄的樣子，回到了磨房。

看一看籮架好好的在那兒站著，磨盤好好的在那兒放著，一切都沒有變動。吹來的風依舊是很涼爽的。從風車吹出來的麥皮仍舊在大簍子裏盛著，他抓起一把放在手心上擦了擦，這都是昨天磨的麥子，昨天和今天是一點也沒有變。他拿了刷子刷了一下磨盤，殘餘的麥粉冒了一陣白煙。這一切都和昨天一樣，什麼也沒有變。耗子的眼睛仍舊是很亮很亮的跑來跑去。後花園靜靜的和往日裏一樣的沒有聲音。上房裏，東家的太太抱著孫兒和鄰居講話，講得仍舊和往常一樣熱鬧。擔水的往來在井邊，有談有笑的放著大步往來的跑，絞著井繩的轉車喀啦喀啦的大大方方地響著。一切都是快樂的，有意思的。就連站在槽子那裏的小驢，一看馮二成子回來了，也表示歡迎似的張開大嘴來叫了幾聲。馮二成子走上前去，摸一摸小驢的耳朵，而後從草包取一點草散在槽子裏，而後又領著那小驢到井邊去飲水。

他打算再工作起來，把小驢仍舊架到磨上，而他自己還是願意鼓動著勇氣打起梆子來。但是他未能做到，他好像丟了什麼似的，好像是被人家搶去了什麼似的。

他沒有拉磨，他走到街上來蕩了半夜，二更之後，街上的人稀疏了，都回家去睡覺去了。

他經過靠著縫衣裳來過活的老王那裏，看她的燈還未滅，他想進去歇一歇腳也是好的。

老王是一個三十多歲的寡婦，因為生活的憂心，頭髮白了一半了。

她聽了是馮二成子來叫門，就放下了手裏的針線來給他開門了。

還沒等他坐下，她就把縫好的馮二成子的藍單衫取出來了，並且說著：

「我這兩天就想要給你送去，為著這兩天活計多，多做一件，多賺幾個，還讓你自家來拿……」

她抬頭一看馮二成子的臉色是那麼冷落，她忙著問：

「你是從街上來的嗎？是從哪兒來的？」

一邊說著一邊就讓馮二成子坐下。

他不肯坐下，打算立刻就要走，可是老王說：

「有什麼不痛快的？跑腿子在外的人，要舒心坦意。」

馮二成子還是沒有響。

老王跑出去給馮二成子買了些燒餅來，那燒餅還是又脆又熱的，還買了醬肉。老王手裏有錢時，常常自己喝一點酒，今天也買了酒來。

酒喝到三更，王寡婦說：「人活著就是這麼的，有孩子的為孩子忙，有老婆的為老婆忙，反正做一輩子牛馬。年輕的時候，誰還不是像一棵小樹似的，盼著自己往大了長，好像有多少黃金在前邊等著。可是沒有幾年，體力也消耗完了，頭髮黑的黑，白的白……」

她給他再斟一盅酒。

她斟酒時，馮二成子看她滿手都是筋絡，蒼老得好像大麻的葉子一樣。

但是她說的話，他覺得那是對的，於是他把那盅酒舉起來就喝了。

馮二成子也把近日的心情告訴了她。他說他對什麼都是煩躁的，對什麼都沒有耐性了。他所說的，她都理解得很好，接著他的話，她所發的議論也和他的一樣。

喝過了三更以後，馮二成子也該回去了。他站起來，抖擻一下他的前襟，他的感情寧靜多了，他也清晰得多了，和落過雨後又復見了太陽似的，他還拿起老王在縫著的衣裳看看。問她一件夾襖的手工多少錢。

老王說：「那好說，那好說，有夾襖儘管拿來做吧。」

說著，她就拿起一個燒餅，把剩下的醬肉通通夾在燒餅裏，讓馮二成子帶著：

「過了半夜，酒要往上返的，吃下去壓一壓酒。」

馮二成子百般的沒有要，開了門，出來了，滿天都是星光；中秋以後的風，也有些涼了。

「是個月黑頭夜，可怎麼走！我這兒也沒有燈籠……」

馮二成子說：「不要，不要！」就走出來了。

在這時，有一條狗往屋裏鑽，老王罵著那狗：

「還沒有到冬天，你就怕冷了，你就往屋裏鑽！」

因為是夜深了的緣故，這聲音很響。

馮二成子看一看附近的人家都睡了。王寡婦也在他的背後閂上了門，適才從門口流出來的那道燈光，在閂門的聲音裏邊，又被收了回去。

馮二成子一邊看著天空的北斗星，一邊來到了小土坡前。那小土坡上長著不少野草，腳踏在上邊，絨絨乎乎的。於是他蹲了雙腿，試著用指尖搔一搔，是否這地方可以坐一下。

他坐在那裏非常寧靜，前前後後的事情，他都忘得乾乾淨淨，他心裏邊沒有什麼騷擾，什麼也沒有想，好像什麼也想不起來了。晌午他送趙老太太走的那回事，似乎是多少年前的事情。現在他覺得人間並沒有許多人，所以彼此沒有什麼妨害，他的心境自由得多了，也寬舒得多了，任著夜風吹著他的衣襟和褲腳。

他看一看遠近的人家，差不多都睡覺了，尤其是老王的那一排房子，通通睡了，只有王寡婦的窗子還透著燈光。他看了一會，他又把眼睛轉到另外的方向去，有的透著燈光的窗子，眼睛看著看著，窗子忽然就黑了一個，忽然又黑了一個。屋子滅掉了燈，竟好像沉到深淵裏邊去的樣子，立刻消滅了。

而老王的窗子仍舊是亮的，她的四周都黑了，都不存在了，那就更顯得她單獨的停在那裏。

「她還沒有睡呢！」他想。

她怎麼還不睡？他似乎這樣想了一下。是否他還要回到她那邊去，他心裏很猶疑。

等他不自覺的又回到老王的窗下時，他終於敲了她的門。裏邊應著的聲音並沒有驚奇，開了門讓他進去。

這夜，馮二成子就在王寡婦家裏結了婚了。

他並不像世界上所有的人結婚那樣：也不跳舞，也不招待賓客；也不到禮拜堂去。而也並不像鄰家姑娘那樣打著銅鑼，敲著大鼓。但是他們莊嚴得很，因為百感交集，彼此哭了一遍。

第二年夏天，後花園裏的花草又是那麼熱鬧，倭瓜淘氣地爬上了樹了，向日葵開了大花，惹得蜂子成群地鬧著，大菽茨、爬山虎、馬蛇菜、胭粉豆，樣樣都開了花。耀眼的耀眼，散著香氣的散著香氣。年年爬到磨房窗櫺上來的黃瓜，今年又照樣的爬上來了；年年結果子的，今年又照樣的結了果子。

惟有牆上的狗尾草比去年更為茂盛，因為今年雨水多而風少。

園子裏雖然是花草鮮豔，而很少有人到園子裏來，是依然如故。

偶然園主的小孫女跑進來折一朵大菽茨花，聽到屋裏有人喊著：

「小春，小春……」

她轉身就跑回屋去，而後把門又輕輕的閂上了。

算起來就要一年了，趙老太太的女兒就是從這靠著花園的廂房出嫁的。在街上，馮二成子碰到那出嫁的女兒一次，她的懷裏抱著一個小孩。

可是馮二成子也有了小孩了。磨房裏拉起了一張白布簾子來，簾子後邊就藏著出生不久的嬰孩和孩子的媽媽。

又過了兩年，孩子的媽媽死了。

馮二成子坐在羅架上打篩羅時，就把孩子騎在梆子上。夏晝十分熱了，馮二成子把頭垂在孩子的腿上，打著瞌睡。

不久，那孩子也死了。

後花園裏經過了幾度繁華，經過了幾次凋零，但那大菽茨花它好像世世代代要存在下去的樣子，經冬復歷春，年年照樣的在園子裏邊開著。

園主人把後花園裏的房子都翻了新了，只有這磨房連動也沒動，說是磨房用不著好房子的，好房子也讓篩羅「咚咚」的震壞了。

所以磨房的屋瓦，為著風吹，為著雨淋，一排一排的都脫了節。每颳　次大風，屋瓦就要隨著風在半天空裏飛走了幾塊。

夏晝，馮二成子伏在梆子上，每每要打瞌睡。他瞌睡醒來時，昏昏庸庸的他看見眼前跳躍著無數條光線，他揉一揉眼睛，再仔細看一看，原來是房頂露了天了。

以後兩年三年，不知多少年，他仍舊在那磨房裏平平靜靜地活著。

後花園的園主也老死了，後花園也拍賣了。這拍賣只不過給馮二成子換了個主人。這個主人並不是個老頭，而是個年輕的、愛漂亮、愛說話的，常常穿了很乾淨的衣裳來磨房的窗外，看那磨倌怎樣打他的篩羅，怎樣搖他的風車。

一九四零年四月

（原載香港一九四零年四月十日至二十五日《大公報》及《學生界》）

王阿嫂的死

一

草葉和菜葉都蒙蓋上灰白色的霜。山上黃了葉子的樹，在等候太陽。太陽出來了，又走進朝霞去。野甸上的花花草草，在飄送著秋天零落淒迷的香氣。

霧氣像雲煙一樣蒙蔽了野花、小河、草屋，蒙蔽了一切聲息，蒙蔽了遠近的山崗。

王阿嫂拉著小環，每天在太陽將出來的時候，到前村廣場上給地主們流著汗；小環雖是七歲，她也學著給地主們流著小孩子的汗。現在春天過了，夏天過了……王阿嫂什麼活計都做過，拔苗，插秧。秋天一來到，王阿嫂和別的村婦們都坐在茅簷下用麻繩把茄子穿成長串長串的，一直穿著。不管蚊蟲把臉和手搔得怎樣紅腫，也不管孩子們在屋裏喊媽媽吵斷了喉嚨。她只是穿啊，穿啊，兩隻手像紡紗車一樣，在旋轉著穿……

第二天早晨，茄子就和紫色成串的鈴鐺一樣，掛滿了王阿嫂家的前簷；就連用柳條辮成的短牆上也掛滿著紫色的鈴鐺。別的村婦也和王阿嫂一樣，簷前盡是茄子。

可是過不了幾天，茄子曬成乾菜了。家家都從房簷把茄子解下來，送到地主的收藏室去。王阿嫂到冬天只吃著地主用以餵豬的爛土豆，連一片乾菜也不曾進過王阿嫂的嘴。

太陽在東邊照射著勞工的眼睛。滿山的霧氣退去，男人和女人，在田莊上忙碌著。羊群和牛群在野甸子間，在山坡間，踐踏並且尋依著秋天半憔悴的野花野草。

田莊上只是沒有王阿嫂的影子，這卻不知為了什麼？竹三爺每天到廣場上替張地主支配工人。現在竹三爺派一個正在拾土豆的小姑娘去找王阿嫂。

工人的頭目，愣三搶著說：

「不如我去的好，我是男人走得快。」

得到竹三爺的允許，不到兩分鐘的工夫，愣三就跑到王阿嫂的窗前了。

「王阿嫂，為什麼不去做工呢？」

裏面接著就是回答聲：

「叔叔來得正好，求你到前村把王妹子叫來，我頭痛，今天不去做工。」

小環坐在王阿嫂的身邊，她哭著，響著鼻子說：「不是呀！我媽媽扯謊，她的肚子太大了！不能做工，昨夜又是整夜的哭，不知是肚子痛還是想我的爸爸？」

王阿嫂的傷心處被小環擊打著，猛烈的擊打著，眼淚都從眼眶轉到嗓子方面去。她只是用手拍打著小環，她急性的，意思是不叫小環再說下去。

李愣三是王阿嫂男人的表弟。聽了小環的話，像動了親屬情感似的，跑到前村去了。

小環爬上窗台，用她不會梳頭的小手，在給自己梳著毛蓬蓬的小辮。鄰家的小貓跳上窗台，蹲踞在小環的腿上，貓像取暖似的遲緩地把眼睛睜開，又合攏來。

遠處的山反映著種種樣的朝霞的彩色。山坡上的羊群、牛群，就像小黑點似的，在雲霞裏爬走。

小環不管這些，只是在梳自己毛蓬蓬的小辮。

二

在村裏，王妹子、愣三、竹三爺，這都是公共的名稱。是凡傭工階級都是這樣簡單而不變化的名字。這就是工人階級一個天然的標識。

王妹子坐在王阿嫂的身邊，炕裏蹲著小環，三個人在寂寞著。後山上不知是什麼蟲子，一到中午，就吵叫出一種不可忍耐的幽默和淒怨情緒來。

小環雖是七歲，但是就和一個少女般的會憂愁，會思量。她聽著秋蟲吵叫的聲音，只是用她的小嘴在學著大人歎氣。這個孩子也許因為母親死得太早的緣故？

小環的父親是一個僱工，在她還沒生下來的時候，她的父親就死了。在她五歲的時候她的母親又死了。她的母親是被張地主的大兒子張胡琦強姦後氣憤而死的。

五歲的小環，開始做個小流浪者了。從她貧苦的姑家，又轉到更貧苦的姨家。結果因為貧苦，不能養育她，最後她在張地主家過了一年煎熬的生活。竹三爺看不慣小環被虐待的苦處。當一天王阿嫂到張家去取米，小環正被張家的孩子們將鼻子打破，滿臉是血時，王阿嫂把米袋子丟落在院心，走近小環，給她擦著眼淚和血。小環哭著，王阿嫂也哭了。

有竹三爺作主，小環從那天起，就叫王阿嫂作媽媽了。那天小環扯著工阿嫂的衣襟來到王阿嫂的家裏。

後山的蟲子，不間斷的，不曾間斷地在叫。王阿嫂擰著鼻涕，兩肋抽動，若不是肚子突出，她簡直瘦得像一條龍。她的手也正和爪子一樣，因為拔苗割草而骨節突出。她的悲哀像沉澱了的澱粉似的，濃重並且不可分解。她在說著她自己的話：

「王妹子，你想我還能再活下去嗎？昨天在田莊上張地主是踢了我一腳。那個野獸，踢得我簡直發暈了。你猜他為什麼踢我呢？早晨太陽一出就做工，好身子倒沒妨礙，我只是再也帶不動我的肚子了！又是個正午時候，我坐在地梢的一端喘兩口氣，他就來踢了我一腳。」

擰一擰鼻涕說下去：

「眼看著他爸爸死了三個月了，那是剛進了五月節的時候，那時僅四個月，現在這個孩子快生下來了。咳！什麼孩子，就是冤家，他爸爸的性命是喪在張地主的手裏，我也非死在他們的手裏不可，我想誰也逃不出地主們的手去！」

王妹子扶她一下，把身子翻動一下：

「喲，可難為你了！肚子這樣你可怎麼在田莊上爬走啊？」

王阿嫂的肩頭抽動得加速起來。王妹子的心跳著，她在悔恨的跳著，她開始在悔恨：

「自己太不會說話，在人家最悲哀的時節，怎能用得著十分體貼的話語來激動人家悲哀的感情呢？」

王妹子又轉過話頭來：

「人一輩子就是這樣，都是你忙我忙，結果誰也不是一個死嗎？早死晚死不是一樣嗎？」

說著她用手巾給王阿嫂擦著眼淚，揩著她一生流不盡的眼淚：

「嫂子你別太想不開呀！身子這種樣，一勁憂愁，並且你看著小環也該寬心。那個孩子太知好歹了。你憂愁，你哭，孩子也跟著憂愁，跟著哭。倒是讓我做點飯給你吃，看外邊的日影快晌午了。」

王妹子心裏這樣相信著：

「她的肚子被踢得胎兒活動了！危險……死……」

她打開米桶，米桶是空著。

王妹子打算到張地主家去取米，從桶蓋上拿下個小盆。王阿嫂歎息著說：

「不要去呀！我不願看他家那種臉色，叫小環到後山竹三爺家去借點吧！」

小環捧著瓦盆爬上坡，小辮在脖子上摔搭摔搭地走向山後去了。山上的蟲子在憔悴的野花間，叫著憔悴的聲音啊！

三

王大哥在三個月前給張地主趕著起糞的車，因為馬腿給石頭折斷，張地主扣留他一年的工錢。王大哥氣憤之極，整天醉酒，夜裏不回家，睡在人家的草堆上。後來他簡直是瘋了。看著小孩也打，狗也打，並且在田莊上亂跑，亂罵。張地主趁他睡在草堆的時候，遣人偷著把草堆點著了。王大哥在火焰裏翻滾，在張地主的火焰裏翻滾，他的舌頭伸在嘴唇以外，他嚎叫出不是人的聲音來。

有誰來救他呢？窮人連妻子都不是自己的。王阿嫂只是在前村田莊上拾土豆，她的男人卻在後村給人家燒死了。

當王阿嫂奔到火堆旁邊，王大哥的骨頭已經燒斷了！四肢脱落，腦殼竟和半個破葫蘆一樣，火雖熄滅，但王大哥的氣味卻在全村飄漾。

四圍看熱鬧的人群們，有的擦著眼睛説：

「死得太可憐！」

也有的説：

「死了倒好，不然我們的孩子要被這個瘋子打死呢！」

王阿嫂拾起王大哥的骨頭來，裹在衣襟裏，緊緊地抱著，發出嗬天的哭聲來。她這淒慘泌血的聲音，飄過草原，穿過樹林的老樹，直到遠處的山間，發出迴響來。

每個看熱鬧的女人，都被這個滴著血的聲音誘惑得哭了。每個在哭的婦人都在生著錯覺，就像自己的男人被燒死一樣。

別的女人把王阿嫂的懷裏緊抱著的骨頭，強迫的丢開，並且勸説著：

「王阿嫂你不要這樣啊！你抱著骨頭又有什麼用呢？要想後事。」

王阿嫂不聽別人，她看不見別人，她只有自己。把骨頭又搶著瘋狂的包在衣襟下，她不知道這骨頭沒有靈魂，也沒有肉體，一切她都不能辨明。她在王大哥死屍被燒的氣味裏打滾，她向不可解脫的悲痛用盡全力地哭啊！

滿是眼淚的小環臉轉向王阿嫂說：

「媽媽，你不要哭瘋了啊！爸爸不是因為瘋了才被人燒死的嗎？」

王阿嫂，她聽不到小環的話，鼓著肚子，脹開肺葉般的哭。她的手撕著衣裳，她的牙齒在咬著嘴唇。她和一匹吼叫的獅子一樣。

後來張地主手提著蠅拂，和一隻陰毒的老鷹一樣，振動著翅膀，眼睛突出，鼻子向裏勾曲著，調著他那有尺寸有階級的步調從前村走來，用他壓迫的口腔來勸說王阿嫂：

「天快黑了，還一勁哭什麼？一個瘋子死就死了吧，他的骨頭有什麼值錢！你回家做你以後的打算好了。現在我遣人把他埋到西崗子去。」

說著他向四周的男人們下個口令：

「這種氣味：：：越快越好！」

婦人們的集團在低語：

「總是張老爺子，有多麼慈心；什麼事情，張老爺子都是幫忙的。」

王大哥是張老爺子燒死的，這事情婦人們不知道，一點不知道。田莊上的麥草打起流水樣的波紋，煙筒裏吐出來的炊煙，在人家的房頂上旋捲。

蠅拂子擺動著吸人血的姿式，張地主走回前村去。

窮漢們，和王大哥同類的窮漢們，搖煽著闊大的肩膀，王大哥的骨頭被運到西崗上了。

四

三天過了，五天過了，田莊上不見王阿嫂的影子，拾土豆和割草的婦人們嘴裏唸道這樣的話：

「她太艱苦了！肚子那麼大，真是不能做工了！」

「那天張地主踢了她一腳，五天沒到田莊上來。大概是孩子生了，我晚上去看看。」

「王大哥被燒死以後，我看王阿嫂就沒心思過日子了。一天東哭一場，西哭一場的，最近更厲害了！那天不是一面拾土豆，一面流著眼淚！」

又一個婦人皺起眉毛來說：

「真的，她流的眼淚比土豆還多。」

另一個又接著說：

「可不是嗎？王阿嫂拾得的土豆，是用眼淚換得的。」

熱情在激動著，一個抱著孩子拾土豆的婦人說：

「今天晚上我們都該到王阿嫂家去看看，她是我們的同類呀！」

田莊上十幾個婦人用響亮的嗓子在表示贊同。

張地主走來了，她們都低下頭去工作著。張地主走開，她們又都抬起頭來；就像被風颳倒的麥草一樣，風一過去，草梢又都伸立起來；她們說著方才的話：

「她怎能不傷心呢？王大哥死時，什麼也沒給她留下。眼看又來到冬天，我們雖是有男人，怕是棉衣也預備不齊。她又怎麼辦呢？小孩子若生下來她可怎麼養活呢？我算知道，有錢人的兒女是兒女，窮人的兒女，分明就是孽障。」

「誰不說呢？聽說王阿嫂有過三個孩子都死了！」

其中有兩個死去男人，一個是年輕的，一個是老太婆。她們在想起自己的事，老太婆想著自己男人被車軋死的事，年輕的婦人想著自己的男人吐血而死的事，只有這倆婦人什麼也不說。

張地主來了，她們的頭就和向日葵似的在田莊上彎彎的垂下去。

小環的叫喊聲在田莊上、在婦人們的頭上響起來：

「快……快來呀！我媽媽不……不能，不會說話了！」

小環是一個被大風吹著的蝴蝶，不知方向，她驚恐的翅膀痙攣的在振動；她的眼淚在眼眶裏急得和水銀似的不定形的滾轉；手在捉住自己的小辮，跺著腳，破著聲音喊：

「我媽……媽怎麼了……她不說話……不會呀！」

五

等到村婦擠進王阿嫂屋門的時候，王阿嫂自己已經在炕上發出她最後沉重的嚎聲，她的身子早被自己的血浸染著，同時在血泊裏也有一個小的、新的動物在掙扎。

王阿嫂的眼睛像一個大塊的亮珠，雖然閃光而不能活動。她的嘴張得怕人，像猿猴一樣，牙齒拼命地向外突出。

村婦們有的哭著，也有的躲到窗外去，屋子裏散散亂亂，掃帚、水壺、破鞋，滿地亂擺。鄰家的小貓蹲縮在窗台上。小環低垂著頭在牆角間站著，她哭，她是沒有聲音的在哭。

王阿嫂就這樣的死了！新生下來的小孩，不到五分鐘也死了！

六

月亮穿透樹林的時節，棺材帶著哭聲向西崗子移動。村婦們都來相送，拖拖落落，穿著種種樣樣擦滿油泥的衣服，這正表示和王阿嫂同一個階級。

竹三爺手攜著小環，走在前面。村狗在遠處驚叫。小環並不哭，她依持別人，她的悲哀似乎分給大家擔負似的，她只是隨了竹三爺踏著貼在地上的樹影走。

王阿嫂的棺材被抬到西崗子樹林裏。男人們在地面上掘坑。

小環，這個小幽靈，坐在樹根下睡了。林間的月光細碎地飄落在小環的臉上。她兩手扣在膝蓋間，頭搭在手上，小辮在脖子上給風吹動著，她是個天然的小流浪者。

棺材合著月光埋到土裏了，像完成一件工作似的，人們擾攘著。

竹三爺走到樹根下摸著小環的頭髮：

「醒醒吧，孩子，回家了！」

小環閉著眼睛說：

「媽媽，我冷呀！」

竹三爺說：

「回家吧！你哪裏還有媽媽？可憐的孩子別說夢話！」

醒過來了，小環才明白媽媽今天是不再摟著她睡了。她在樹林裏，月光下，媽媽的墳前，打著滾哭啊……

「媽媽……你不要……我了！讓我跟跟跟誰睡……睡覺呀？」

「我……還要回到……張……張張地主家去捱打嗎？」她咬住嘴唇哭。

「媽媽，跟……跟我回……回家吧……」

遠近處顫動這小姑娘的哭聲，樹葉和小環的哭聲一樣交接的在響，竹三爺同別的人一樣的在擦揉眼睛。

林中睡著王大哥和王阿嫂的墳墓。

村狗在遠近的人家吠叫著斷續的聲音……

一九三三年五月二十一日

（首刊於何處不詳）

看風箏

一

拖著鞋，頭上沒有帽子，鼻涕在鬍鬚上結起網羅似的冰條來，縱橫的網羅著鬍鬚。在夜間，在冰雪閃著光芒的時候，老人依著街頭電線杆，他的黑色影子纏住電杆。他在想著這樣的事：

「窮人活著沒有用，不如死了！」

老人的女兒三天前死了，死在工廠裏。

老人希望得幾個贍養費，他奔波了三天了！拖著鞋奔波，夜間也是奔波，他到工廠，從工廠又要到工廠主家去。他三天沒有吃飯，實在不能再走了！他不覺得冷，因為他整個的靈魂在纏住他的女兒，已死了的女兒。

半夜了，老人才一步一挨地把自己運到家門，這是一件多麼不容易的事：鬍鬚顫抖，他走起路來誰看著都要聯想起被大風吹搖就要坍塌的土牆，或是房屋，眼望磚瓦四下分離的游動起來。老人在冰天雪地裏，在夜間沒人走的道路上篩著他的鬍鬚，篩著全身在游離的筋肉。他走著，他的靈魂也像解了體的房屋一樣，一面在走，一面坍落。

老人自己把身子再運到炕上，然後他喘著牛馬似的呼吸，全身的肉體坍落盡了，為了他的女兒而坍落盡的，因為在他女兒的背後埋著這樣的事：

「女兒死了！自己不能作工，贍養費沒有，兒子出外三年不見回來。」

老人哭了！他想著他的女兒哭，但哭的卻不是他的女兒，是哭著他女兒死了以後的事。

屋子裏沒有燈火，黑暗是一個大輪廓，沒有線條，也沒有顏色的大輪廓。老人的眼淚在他有皺紋的臉上爬，橫順地在黑暗裏爬，他的眼淚變成了無數的爬蟲了，個個從老人的內心出發。

外面的風在嚎叫，夾著冬天枯樹的聲音。風卷起地上的積雪，撲向窗紙打來，唰唰的響。

二

劉成在他父親給人做僱農的時候，他在中學裏讀過書，不到畢業他就混進某個團體了。他到農村去過。不知他潛伏著什麼作用，他也曾進過工廠。後來他沒有蹤影了，三年沒有蹤影。關於他妹妹的死，他不知道，關於他父親的流浪，他不知道；同時他父親也不知道他的流浪。

劉成下獄的第三個年頭被釋放出來，他依然是一個沒有感情的人，他的臉色還是和從前一樣：冷靜、沉著。他內心從沒有念及他父親一次過。不是沒念及，因為他有無數的父親，一切受難者的父親他都當作他的父親，他一想到這些父親，只有走向一條路，　條根本的路。

他明白他自己的感情，他有一個定義：熱情一到用得著的時候，就非冷靜不可，所以冷靜是有用的熱情。

這是他被釋放的第三天了。看起來只是額際的皺紋算是入獄的痕跡，別的沒有兩樣。當他在農村和農民們談話的時候，比從前似乎更有力，更堅決，他的手高舉起來又落下去，這大概是表示壓榨的意思；也有時把手從低處用著猛力抬到高處，這大概是表示不受壓迫的意思。

每個字從他的嘴裏跳出來，就和石子一樣堅實並且鋼硬，這石子也一個一個投進農民的腦袋裏，也是永久不化的石子。

坐在馬棚旁邊開著衣紐的老農婦，她發出從沒有這樣愉快的笑，她觸了她的男人李福一下，用著例外的聲音邊說邊笑：

「我做了一輩子牛馬，哈哈！那時候可該作人了！我作牛馬作夠了！」

老農婦在說末尾這句話時，也許她是想起了生在農村最痛苦的事。她頓時臉色都跟著不笑了，冷落下去。

別的人都大笑一陣，帶著奚落的意思大笑，婦人們借著機會似的向老農婦奚落去：

「老婆婆從來是規矩的，笑話我們年輕多嘴，老婆婆這是為了什麼呢？」

過了一個時間，安靜下去。劉成還是把手一舉一落地說下去，馬在馬棚裏吃草的聲音，夾雜著鼻子聲在響，其餘都在安靜裏浸沉著。只是劉成的談話，沉重的字眼連綿地從他齒間往外擠。不知什麼話把農民們擊打著了，男人們在抹眼睛，女人們卻響著鼻子，和在馬棚裏吃草的馬一樣。

人們散去了，院子裏的蚊蟲四下的飛，結團的飛，天空有圓圓的月，這是一個夏天的夜，這是劉成出獄三天在鄉村的第一夜。

三

劉成當夜是住在農婦王大嬸的家裏，王大嬸的男人和劉成談著話，桌上的油燈暗得昏黃，坐在炕沿他們說著，不絕的在說，直到王大嬸的男人說出這樣的話來，最後才停止：

「啊！劉成這個名字。東村住著的孤獨老人，常提到這個名字，你可認識他嗎？」

劉成他不回答，也不問下去，只是眼光和不會轉彎的箭一樣，對準什麼東西似的在放射，在一分鐘內他的臉色變了又變！

王大嬸抱著孩子，在考察劉成的臉色，她在下斷語：

「一定是他爹爹，我聽老人坐在樹蔭常提到這個名字，並且每當他提到的時候，他是傷著心。」

王大嬸男人的袖子在搖振，院心蚊蟲群給他衝散了！圓月在天空隨著他跑。他跑向一家房脊彎曲的草房去，在沒有紙的窗欞上敲打，急劇的敲打。睡在月光裏整個東村的夜被他驚醒了，睡在籬笆下的狗和雞雀吵叫。

老人睡在土炕的一端，自己的帽子包著破鞋當作枕頭，身下鋪著的是　條麻袋。滿炕是乾稻草，這就是老人的財產，其餘什麼都不屬於他的。他照顧自己，保護自己。月光映滿了窗欞，人的枕頭上，鬍鬚上……

睡在土炕的另一端也是一個老人，他倆是同一階級，因為他也是枕著破鞋睡，他們在朦朧的月影中，直和兩捆乾草或是兩個糞堆一樣。他們睡著，在夢中他們的靈魂是彼此的看守著。窗欞上殘破的窗紙在作響。

其中的一個老人的神經被敲打醒了。他坐起來，抖擻著他滿身的月光、抖擻著滿身的窗欞格影。他不睜眼睛，把鬍鬚抬得高高地盲目地問：

「什麼勾當？」

「劉成不是你的兒嗎？他今夜住在我家。」老人聽了這話，他的鬍鬚在蹀躞。三年前離家的兒子，在眼前飛轉。他心裏生了無數的蝴蝶，白色的，翻著金色閃著光的翅膀在空中飄飛著。此刻，凡是在他耳邊的空氣，都變成大的小的音波，他能看見這音波，又能聽見這音波，平日不會動的村莊和草堆，現在都在活動。沿著旁邊的大樹，他在夢中走著，向著王大嬸的家裏，向著他兒子的方向走。老人像一個要會見媽媽的小孩子一樣，被一種感情追逐在大路上跑，但他不是孩子，他蹀躞著鬍鬚，他的腿笨重，他有滿臉的皺紋。

老人又聯想到女兒死的事情，工廠怎樣的不給恤金，他怎樣的飄流到鄉間，鄉間更艱苦，他想到餓和凍的滋味。他需要躺在他媽媽懷裏哭訴。可是他是去會見兒子。

老人像拾得意外的東西，珍珠似的東西，一種極度的歡欣使他恐懼。他體驗著驚險，走在去會見他兒子的路上。

王大嬸的男人在老人旁邊走，看著自家的短牆處有個人的影像，摸糊不清，走近一點只見那裏有人在擺手。再走近點，知道是王大嬸在那裏擺手。

老人追著他希望的夢，抬舉他興奮的腿，一心要去會見兒子，其餘的什麼，他都不能覺察。王大嬸的男人跑了幾步，王大嬸對他皺豎著眼眉，低聲慌張的説：

「那個人走了，搶著走了！」

老人還是追著他的夢向前走，向王大嬸的籬笆走，老人帶著一顆充血的心來會見他的兒子。

四

劉成搶著走了！還不待他父親走來，他先跑了，他父親充了血的心給他摔碎了！他是一個野獸，是一條狼，一條沒有心腸的狼。

劉成不管他父親，他怕他父親，為的是把整個的心，整個的身體獻給眾人。他沒有家，什麼也沒有，他為著農人，工人，為著這樣的階級而下過獄。

五

半年過後，大領袖被捕的消息傳來了。也就是劉成被捕的消息傳來了，鄉間也傳來了。那是一個初春正月的早晨，鄉村裏的土場上，小孩子們群集著，天空裏飄起顏色鮮明的風箏來，三個五個，近處飄著大的風箏遠處飄著小的風箏，孩子們在拍手，在笑。老人——劉成的父親也在土場上依著拐杖同孩子們看風箏。就是這個時候消息傳來了。

劉成被捕的消息傳到老人的耳邊了……

一九三三年六月九日

（首刊於《哈爾濱公報》副刊《公田》）

黃河

悲壯的黃土層茫茫的順著黃河的北岸延展下去，河水在遼遠的轉彎的地方完全是銀白色，而在近處，它們則扭絞著旋捲著和魚鱗一樣。帆船，那麼奇怪的帆船！簡直和蝴蝶的翅子一樣；在邊沿上，一條白的，一條藍的，再一條灰色的，而後也許全帆是白的，也許全帆是灰色的或藍色的，這些帆船一隻排著一隻，它們的行走特別遲緩，看去就像停止了一樣。除非天空的太陽，就再沒有比這些鑲著花邊的帆更明朗的了，更能夠眩惑人的感官的了。

載客的船也從這邊繼續的出發，大的，小的；還有載著貨物的，載著馬匹的；還有些響著鈴子的，呼叫著的，亂翻著繩索的。等兩隻船在河心相遇的時候，水手們用著過高的喉嚨，他們說些個普通話：太陽大不大，風緊不緊，或者說水流急不急，但也有時用過高的聲音彼此約定下誰先行，誰後行。總之，他們都是用著最響亮的聲音，這不是為了必要，是對於黃河他們在實行著一種約束。或者對於河水起著不能控制的心情，而過高的提拔著自己。

在潼關下邊，在黃土層上壘蕩著的城圍下邊，孩子們和婦人用著和狗尾巴差不多的小得可憐的笤帚，在掃著軍隊的運輸隊撒留下來稀零的、被人紛爭著的、滾在平平的河灘上的幾顆豆粒或麥棵。河的對面，就像孩子們的玩具似的，在層層疊疊生著絨毛似的黃土層上爬著一串微黑色的小火車。小火車，平和的，又急喘的吐著白汽，彷彿一隊受了傷的小母豬樣的在搖搖擺擺的走著。車上同豬印子一樣打上兩個淡褐色的字印：「同蒲。」

黃河的惟一的特徵，就是它是黃土的流，而不是水的流。照在河面上的陽光，反射的也不強烈。船是四方形的，如同在泥土上滑行，所以運行的遲滯是有理由的。

早晨，太陽也許帶著風沙，也許帶著晴朗來到潼關的上空，它撫摸遍了那廣大的土層，它在那終年昏迷著的靜止在風沙裏邊的土層上，用晴朗給攤上一種透明和紗 樣的光彩，又好像月光在八月裏照在森林上一樣，起著遠古的、悠久的、永不能夠磨滅的悲哀的霧障。在夾對的黃土牀中流走的河水相同，它是偷渡著敵軍的關口，所以晝夜地匆忙，不停地和泥沙爭鬥著。年年月月，日日夜夜，時時刻刻，到後來它自己本身就絞進泥沙去了。河裏只見了泥沙，所以常常被詛咒成泥河呀！野蠻的河，可怕的河，簇捲著而來的河，它會捲走 切生命的河，這河本身就是一個不幸。

現在是上午，太陽還與人的視線取著平視的角度，河面上是沒有霧的，只有勞動和爭渡。正月完了，發酥的冰排流下來，互相擊撞著，也像船似的，一片一片的。可是船上又像堆著雪，是堆起來的麵袋子，白色的洋麵。從這邊河岸運轉到那邊河岸上去。

閻鬍子的船，正上滿了肥碩的袋子，預備開船了。

可是他又犯了他的老毛病，提著砂作的酒壺去打酒去了。他不放心別的撐篙的給他打酒，因為他們常常走在半路矜持不住，空嘴白舌，就仰起脖兒呷了一口，或者把錢吞下一點兒去喝碗羊湯，不足的分量，用水來補足。閻鬍子只消用舌頭板一壓，就會發現這些年輕人們的花頭來的，所以回回是他自己去打酒。

水手們備好了纖繩，備好了篙子，便盤起膝蓋坐下來等。

凡是水手，沒有不願意靠岸的，不管是海航或是河航。但是，凡是水手，也就沒有一個願意等人的。

因為是閻鬍子的船，非等不可。

「尿騷桶，喝尿騷，一等等到羅鍋腰！」一個小伙子直挺挺的靠在桅杆上立著，說完了話，便光著脊背向下溜，直到坐在船板上，咧開大嘴在笑著。

忽然，一個人，滿頭大汗的，背著個小包，也沒打招呼，踏上了五寸寬那條小踏板，過跳上船來了。

「下去，下去！上水船，不讓客！」

「老鄉……」

「下去，下去，上水船，不讓客！」

「讓一讓吧，我幫著你們打船。」

「這可不是打野鴨子呀，下去！」水手看看上來的是一個灰色的兵。

「老鄉……」

「是，老鄉，上水船，吃力氣，這黃河又不同別的河……撐篙一下去就是一身汗。」

「老鄉們！我不是白坐船，當兵的還怕出力氣嗎！我是過河去趕隊伍的。天太早，擺渡的船哪裏有呢！老鄉，我早早過河趕路的……」他說著，就在洋麵袋子上靠著身子，那近乎圓形的臉還有一點發光，那過於長的頭髮，在帽子下面像是帽子被鑲了一道黑邊。

「八路軍怎麼單人出發的呢？」

「我是因為老婆死啦，誤了幾天……所以著急要快趕的。」

「哈哈！老婆死啦還上前線。」於是許多笑聲跳躍在繩索和撐篙之間。

水手們因為趣味的關係，互相的高聲地罵著。同時準備著張帆，準備著脫離開河岸，把這兵士似乎是忘記了，也似乎允許了他的過渡。

「這老頭子打酒在酒店裏睡了一覺啦……你看他那個才睡醒的樣子……腿好像是經石頭絆住啦……」

「不對。你說的不對，石頭就掛在他的腳跟上。」

那老頭子的小酒壺像一塊鏡子，或是一片蛤蜊殼，閃爍在他的胸前。微微有點溫暖的陽光，和黃河上常有的撩亂而沒有方向的風絲，在他的周圍裏盪。於是他混著沙土的頭髮，跳盪得和乾草似的失去了光彩。

「往上放罷！」

這是黃河上專有的名詞，若想橫渡，必得先上行，而後下行。因為河水沒有正路的緣故。

閻鬍子的腳板一踏上船身，那種安適，把握，絲毫其他的慾望可使他不寧靜的，可能都不能夠捉住他的。他只發了和號令似的這麼一句話，而後笑紋就自由的在他皺紋不太多的眼角邊流展開來，而後他走下舵室去，那是一個黑黑的小屋，在船尾的艙裏，裏面像是供著什麼神位，一個小龕子前有兩條紅色的小對聯。

「往上放罷！」

這聲音因為河上的冰排格凌凌地作響的反應，顯得特別粗壯和蒼老。

「這船上有坐閒船的，老閻，你沒看見？」

「那得讓他下去，多出一分力量可不是鬧著玩的……在哪地方？他在哪地方？」

那灰色的兵士，他向著陽光微笑：

「在這裏，在這裏……」他手中拿著撐船的長篙站在船頭上。

「去，去去……」閻鬍子從艙裏伸出一隻手來，「去去去……快下去……快下去……你是官兵，是保衞國家的，可是這河上也不是沒有兵船。」

閻鬍子是山東人，十多年以前，因為黃河漲大水逃到關東，又逃到山西的。所以山東人的火性和粗魯，還在他身上常常出現。

「你是哪個軍隊上的？」

「我是八路的。」

「八路的兵，是單個出發的嗎？」

「我的老婆生病，她死啦……我是過河去趕隊伍的。」

「唔！」閻鬍子的小酒壺還捏在左手上。

「那麼你是山西的遊擊隊啦……是不是？」閻鬍子把酒壺放下了。

在那士兵安然的回答著的時候，那船板上完全流動著笑聲，並且分不清楚那笑聲是惡意的還是善意的。

「老婆死啦還打仗！這年頭……」

閻鬍子走上船板來：

「你們，你們這些東西！七嘴八舌頭，趕快開船吧！」他親手把一隻麵粉口袋抬起來，他說那放的不是地方，「你們可不知道，這麵粉本來三十斤，因為放的不是地方，它會讓你費上六十斤的力量。」他把手遮在額前，向著東方照了一下：

「天不早啦，該開船啦。」

於是撐起花色的帆來。那帆像翡翠鳥的翅子，像藍蝴蝶的翅子。

水流和繩子似的在撐篙之間扭絞著。在船板上來回跑著的水手們，把汀珠被風掃成碎沫而掠著河面。

閻鬍子的船和別的運著軍糧的船遙遠的相距著，尾巴似的這隻孤船，繫在那排成隊的十幾隻船的最後。

黃河的土層是那麼原始的，單純的，乾枯的，完全缺乏光彩的站在兩岸。正和閻鬍子那沒有光彩的鬍子一樣，土層是被河水，風沙和年代所造成，而閻鬍子那沒有光彩的鬍子，則是受這風沙的迷漫的緣故。

「你是八路的……可是你的部隊在山西的哪一方面？俺家就在山西。」

「老鄉！聽你說話是山東口音。過來多年啦？」

「沒多少年，十幾年……俺家那邊就是遊擊隊保衛著……都是八路的，都是八路的……」

閻鬍子把棕色的酒杯在嘴唇上濕潤了一下，嘴唇不斷的發著光，他的喝酒，像是並沒有走進喉嚨去，完全和一種形式一樣。但是他不斷的浸染著他的嘴唇。那嘴唇在說話的時候好像兩塊小錫片在跳動著：

「都是八路的……俺家那方面都是八路的……」

他的鬍子和春天快要脫落的牛毛似的疏散和鬆放。他的紅的近乎赭色的臉像是用泥土塑成的，又像是在窰裏邊被燒煉過，顯著結實，堅硬。閻鬍子像是已經變成了陶器。

「八路上的……」他招呼著那兵士：「你放下那撐篙吧！我看你不會撐，白費力氣……這邊來坐坐，喝一碗茶，……」方才他說過的那些去去去……現在變成來來來了：「你來吧，這河的水性特別，與眾不同，……你是白費氣力，多你一個人坐船不算麼！」

船行到了河心，冰排從上邊流下來的聲音好像古琴在騷鬧著似的。閻鬍子坐在艙裏佛龕旁邊，舵柄雖然拿在他的手中，而他留意的並不是這河上的買賣，而是「家」的回念。直到水手們提醒他船已走上了急流，他才把他關於家的談話放下。但是沒多久，又零零亂亂地繼續下去……

「趙城，趙城俺住了八年啦！你說那地方要緊不要緊？去年冬天太原下來之後，說是臨汾也不行了……趙城也更不行啦……說是非到風陵渡不可……這時候……就有趙城的老鄉去當兵的……還有一個鄰居姓王的。那小伙子跟著八路軍遊擊隊去當伙夫去啦……八路軍不就是你們這一路的嗎？……那小伙子我還見著他來的呢！胳臂上掛著這『八路』兩個字。後來又聽說他也跟著出發到別的地方去了呢！……可是你說……趙城要緊不要緊？俺倒沒有別的牽掛，就是俺那孩子太小，帶他到河上來吧！他又太小，不能做什麼……跟他娘在家吧……又怕日本兵來到殺了他。這過河逃難的整天有，俺這船就是載麵粉過來，再載著難民回去……看看那哭哭啼啼的老的小的……真是除了去當兵，幹什麼都沒有心思！」

著氣。

「老鄉！在趙城你算是安家立業的人啦，那麼也一定有二畝地啦？」兵士面前的茶杯在冒

「哪能夠說到房子和地，跑了這些年還是窮跑腿……所好的就是沒把老婆孩子跑去。」

「那麼山東家還有雙親嗎？」

「哪裏有啦？都給黃河的水捲去啦！」閻鬍子擦了一下自己的鬍子，把他旁邊的酒杯放在酒壺口上，他對著艙口說：

「你見過黃河的大水嗎？那是民國幾年……那就鋪天蓋地的來了！白亮亮的，嘩嘩的……和野牛那麼叫著……山東那黃河可不比這潼關……幾百里，幾十里一漫平。黃河一到潼關就沒有氣力啦……看這山……這大土崖子……就是它想要鋪天蓋地又怎能……可是山東就不行啦！……你家是哪裏？你到過山東？」

「我沒到過，我家就是山西……洪洞……」

「家裏還有什麼人？咱兩家是不遠的……喝茶，喝茶……呵……呵……」老頭子為著高興，大聲地向著河水吐了一口痰。

「我這回要趕的部隊就是在趙城……洪洞的家也都搬過河來了……」

「你去的就是趙城，好！那麼……」他從舵柄探出船外的那個孔道口看出去……河簡直就是黃色的泥漿，滾著，翻著……絞繞著……舵就在這濁流上打擊著。

「好！那麼……」他站起來搖著舵柄，船就快靠岸了。

這一次渡河，閻鬍子覺得渡得太快。他擦一擦眼睛，看一看對面的土層，是否來到了河

岸？

「好，那麼。」他想讓那兵士給他的家帶一個信回去，但又覺得沒有什麼可說的。

他們走下船來，沿著河身旁的沙地向著太陽的方向進發。無數條的光的反刺，擊撞著閻鬍子古銅色的臉面。他的寬大的近乎方形的腳掌，把沙灘印著一些圓圓窪陷。

「你說趙城可不要緊？我本想讓你帶一個回信去……等到飯館喝兩盅，咱二人談說談說……」

風陵渡車站附近，層層轉轉的是一些板棚或席棚，裏邊冒著氣，響著勺子，還有一種油香夾雜著一種鹹味在那地方繚繞著。

一盤炒豆腐，一壺四兩酒，蹲在閻鬍子的桌面上。

「你要吃什麼，你只管吃……俺在這河上多少總比你們當兵的多賺兩個……你只管吃……來一碗麵片湯，再加半斤鍋餅……先吃著，不夠再來。……」

風沙的捲盪在太陽高了起來的時候，是要加甚的。席棚子像有笤帚在掃著似的，嚓嚓地在凸出凹進的響著。

閻鬍子的話，和一串珠子似的咯啦咯啦的被玩弄著，大風只在席棚子間旋轉，並沒有把閻鬍子的故事給穿著。

「……黃河的大水一來到俺山東那地方，就像幾十萬大軍已經到了……連小孩子夜晚吵著不睡的時候，你若說『來大水啦！』他就安靜一刻。用大水嚇唬孩子，就像用老虎一樣使他們害怕。在一個黑沉沉的夜裏，大水可真的來啦；爹和娘站在房頂上，爹說『……怕不要緊，我活四十多歲，大水也來過幾次，並沒有捲去什麼』，我和姐姐拉著娘的手……第一聲我聽著叫的是豬，許是那豬快到要命的時候啦，哽哽的……以後就是狗，狗跳到柴堆上……在那上頭叫著……再以後就是雞……牠們那些東西亂飛著……柴堆上，牆頭上，狗欄子上……反正看不見，都聽得見的……別人家的也是一樣，還有孩子哭，大人罵。只有鴨子，那一夜到天明也沒有休息一會，比平常不漲大水的時候還高興……鴨子不怕大水，狗也不怕，可是狗到第二天就瘦啦，……也不願睜眼睛啦……鴨子正不一樣，胖啦！新鮮啦！……呱呱的叫聲更大了！可是爹爹那天晚上就死啦，娘也許是第二天死的……」

閻鬍子從席棚通過了那在鍋底上亂響著的炒菜的勺子而看到黃河上去。

「這邊，這河並不兇。」他喝了一盅酒，筷子在辣椒醬的小碟裏點了一下。他臉上的筋肉好像棕色的浮雕，經過了陶器的製作那麼堅硬，那麼沒有變動。

「小孩子的時候，就聽人家說，離開這河遠一點吧！去跑關東吧！（即東三省）一直到第二次的大水……那時候，我已經二十六歲……也成了家……聽人說，關東是塊福地，俺山東人跑關東的年年有，俺就帶著老婆跑到關東去……關東俺有三間房，兩三畝地……關東又變成了『滿洲國』。趙城俺原本有一個叔叔，打一封信給俺，他說那邊，日本人慢慢地都想法子把中國人治死，還說先治死這些窮人。依著我就不怕，可是俺老婆說俺們還有孩子啦，因此就跑到俺叔叔這裏來，俺叔叔做個小買賣，俺就在叔叔家幫著照料照料……慢慢地活轉幾個錢，租兩畝地種種……俺還有個兒，俺兒一年一年的，眼看著長成人啦！這幾個錢沒有活轉著，俺叔要回山東，把小買賣也收拾啦，剩下俺一個人，這心裏頭可就轉了圈子…… 山西原來和山東一樣，人們也只有跑關東……要想在此地謀個生活，就好比蒼蠅落在針尖上，俺山東人體性粗，這山西人體性慢……幹啥事幹不慣……」

「俺想，趙城可還離火線兩三百里，許是不要緊……」他向著兵士，「咱中國的局面怎麼樣？聽說日本人要奪風陵渡……俺在山西沒有別的東西，就是這一隻破船……」

兵士站起來，掛上他的洋瓷碗，油亮的發著光的嘴唇點燃著一支香煙，那有點胖的手骨節凹著小坑的手，又在整理著他的背包。黑色的褲子，灰色的上衣，衣襟上塗著油跡和灰塵。但他臉上的表情是開展的，愉快的，平坦和希望的。他講話的聲音並不高朗，溫和而寬弛，就像他在草原上生長起來的一樣：

「我要趕路的，老鄉！要給你家帶個信嗎？」

「帶個信……」閻鬍子感到一陣忙亂，這忙亂是從他的心底出發的，帶什麼呢？這河上沒有什麼可告訴的。「帶一個口信說……」好像這飯舖炒菜的勺子又攪亂了他。「你坐下等一等，俺想一想……」

他的頭垂在他的一隻手上，好像已經成熟了的轉莖蓮垂下頭來一樣。席棚子被風吸著，凹進凸出的好像一大張海蜇飄在海面上。勺子聲，菜刀聲，被洗著的碗的聲音，前前後後響著鞭子聲。小驢車，馬車和騾子車，拖拖搭搭的載著軍火或食糧來往著。車輪帶起來的飛沙並不狂猖，而那狂猖的，是跟著黃河而來的，在空中它漫捲著太陽和藍天，在地面它則漫捲著沙塵和黃土，漫捲著所有黃河地帶生長著的一切，以及死亡的一切。

潼關，背著太陽的方向站著，因為土層起伏高下，看起來，那是微黑的一大群，像是煙霧停止了，又像黑雲下降，又像一大群獸類堆集著蹲伏下來。那些巨獸，並沒有毛皮，並沒有面貌，只像是讀了埃及大沙漠的故事之後，偶爾出現在夏夜的夢中的一個可怕的記憶。

風陵渡側面向著太陽站著，所以土層的顏色有些微黃，及有些發灰，總之有一種相同在病中那種蒼白的感覺。看上去，乾澀，無光，無論如何不能把它制伏的那種念頭，會立刻壓住了你。

站在長城上會使人感到一種恐懼，那恐懼是人類歷史的血流又鼓盪起來了！而站在黃河邊上所起的並不是恐懼，而是對人類的一種默泣，對於病痛和荒涼永遠的詛咒。

同蒲路的火車，好像幾匹還沒有睡醒的小蛇似的慢慢地來了一串，又慢慢地去了一串。

那兵士站起來向閻鬍子說：

「我就要趕火車去……你慢慢的喝吧……再會啦……」

閻鬍子把酒杯又倒滿了。他看著杯子底上有些泥土，他想，這應該倒掉而不應該喝下去，但當他說完了給他帶一個家信，就說他在這河上還好的時候，他忘記了那杯酒是不想喝的也就走下喉嚨去了。同時他趕快撕了一塊鍋餅放在嘴裏，喉嚨像是有什麼東西在脹塞著，有些發痛。於是，他就撫弄著那塊鍋餅上突起的花紋，那花紋是畫的「八卦」。他還識出了哪是「乾卦」，哪是「坤卦」。

奔向同蒲站的兵士，聽到背後有呼喚他的聲音：

「站住……站住……」

他回頭看時，那老頭好像一隻小熊似的奔在沙灘上：

「我問你，是不是中國這回打勝仗，老百姓就得日子過啦？」

八路的兵士走回來，好像是沉思了一會，而後拍著那老頭的肩膀。

「是的，我們這回必勝……老百姓一定有好日子過的。」

那兵士都模糊得像畫面上的粗壯的小人一樣了。可是閻鬍子仍舊在沙灘上站著。

閻鬍子的兩腳深深地陷進沙灘去，那圓圓的渦旋埋沒了他的兩腳了。

一九三八年八月六日

（首刊於一九三九年二月一日《文藝陣地》第二卷第八期）

散文

《跋涉》（節選）

小黑狗

像從前一樣，大狗是睡在門前的木台上。望著這兩隻狗我沉默著。我自己知道又是想起我的小黑狗來了。

前兩個月的一天早晨，我去倒髒水。在房後的角落處，房東的使女小鈺蹲在那裏。她的黃頭髮毛著，我記得清清的，她的衣扣還開著。我看見的是她的背面，所以我不能預測這是發生了什麼！

我斟酌著我的聲音，還不等我向她問，她的手已在顫抖，唔！她顫抖的小手上有個小狗在閉著眼睛，我問：

「哪裏來的？」

「你來看吧！」

她說著，我只看她毛蓬的頭髮搖了一下，手上又是一個小狗在閉著眼睛。

不僅一個兩個，不能辨清是幾個，簡直是一小堆。我也和孩子一樣，和小鈺一樣歡喜著跑進屋去，在牀邊拉他的手：

「平森……啊，……喔喔……」

我的鞋底在地板上響，但我沒說出一個字來，我的嘴廢物似的啊喔著。他的眼睛瞪住，和我一樣，我是為了歡喜，他是為了驚愕。最後我告訴了他，是房東的大狗生了小狗。

過了四天，別的一隻母狗也生了小狗。

以後小狗都睜開眼睛了。我們天天玩著牠們，又給小狗搬了個家，把牠們都裝進木箱裏。爭吵就是這天發生的：小鈺看見老狗把小狗吃掉一隻，怕是那隻老狗把牠的小狗完全吃掉，所以不同意小狗和那個老狗同居，大家就搶奪著把餘下的三個小狗也給裝進木箱去，算是那隻白花狗生的。

那個毛褪得稀疏、骨格突露、瘦得龍樣似的老狗，追上來。白花狗仗著年輕不懼敵，哼吐著開仗的聲音。平時這兩條狗從不咬架，就連咬人也不會。現在兇惡極了。就像兩條小熊在咬架一樣。房東的男兒，女兒，聽差，使女，又加我們兩個，此時都沒有用了。不能使兩個狗分開。兩個狗滿院瘋狂地拖跑。人也瘋狂著。在人們吵鬧的聲音裏，老狗的乳頭脫掉一個，含在白花狗的嘴裏。

人們算是把狗打開了。老狗再追去時，白花狗已經把乳頭吐到地上，跳進木箱看護牠的一群小狗去了。

脫掉乳頭的老狗，血流著，痛得滿院轉走。木箱裏牠的三個小狗卻擁擠著不是自己的媽媽，在安然地吃奶。

有一天，把個小狗抱進屋來放在桌上，牠害怕，不能邁步，全身有些顫，我笑著像是得意，說：

「平森，看小狗啊！」

他卻相反，說道：

「哼！現在覺得小狗好玩，長大要餓死的時候，就無人管了。」

這話間接的可以了解。我笑著的臉被這話毀壞了，用我寞寞的手，把小狗送了出去。我心裏有些不願意，不願意小狗將來餓死。可是我卻沒有說什麼，面向後窗，我看望後窗外的空地；這塊空地沒有陽光照過，四面立著的是有產階級的高樓，幾乎是和陽光絕了緣。不知什麼時候，小狗是腐了，亂了，擠在木板下，左近有蒼蠅飛著。我的心情完全神經質下去，好像躺在木板下的小狗就是我自己，像聽著蒼蠅在自己已死的屍體上尋食一樣。

平森走過來，我怕又要證實他方纔的話。我假裝無事，可是他已經看見那個小狗了。我怕他又要象徵著說什麼，可是他已經說了：

「一個小狗死在這沒有陽光的地方，你覺得可憐麼？年老的叫化子不能尋食，死在陰溝裏，或是黑暗的街道上；女人，孩子，就是年輕人失了業的時候也是一樣。」

我願意哭出來，但我不能因為人都說女人一哭就算了事，我不願意了事。可是慢慢的我終於哭了！他說：「悄悄，你要哭麼？這是平常的事，凍死，餓死，黑暗死，每天都有這樣的事情，把持住自己。渡我們的橋樑吧，小孩子！」

我怕著羞，把眼淚拭乾了，但，終日我是心情寞寞。

過了些日子，十二個小狗之中又少了兩個。但是剩下的這些更可愛了。會搖尾巴，會學著大狗叫，跑起來在院子就是一小群。有時門口來了生人，牠們也跟著大狗跑去，並不咬，只是搖著尾巴，就像和生人要好似的，這或是小狗還不曉得牠們的責任，還不曉得保護主人的財產。

天井中納涼的軟椅上，房東太太吸著煙。她開始說家常話了。結果又說到了小狗：

「這一大群什麼用也沒有，一個好看的也沒有，過幾天把牠們遠遠地送到馬路上去。秋天又要有一群，厭死人了！」

坐在軟椅旁邊的是個六十多歲的老更倌。眼花著，有主意的嘴結結巴巴地說：

「明明……天，用麻……袋背送到大江去……」

小鈺是個小孩子，她說：

「不用送大江，慢慢都會送出去。」

小狗滿院跑跳。我最願意看的是牠們睡覺，多是一個壓著一個脖子睡，小圓肚一個個的相擠著。是凡來了熟人的時候都是往外介紹，生得好看一點的抱走了幾個。

其中有一個耳朵最大，肚子最圓的小黑狗，算是我的了。我們的朋友用小提籃帶回去兩個，剩下的只有一個小黑狗和一個小黃狗。老狗對牠兩個非常珍惜起來，爭著給小狗去舐絨毛。這時候，小狗在院子裏已經不成群了。

我從街上回來，打開窗子。我讀一本小說。那個小黃狗撓著窗紗，和我玩笑似的豎起身子來撓了又撓。

我想：

「怎麼幾天沒有見到小黑狗呢？」

我喊來了小鈺。別的同院住的人都出來了，找遍全院，不見我的小黑狗。馬路上也沒有可愛的小黑狗，再也看不見牠的大耳朵了！牠忽然是失了蹤！

又過三天，小黃狗也被人拿走。

沒有媽媽的小鈺向我說：

「大狗一聽隔院的小狗叫，牠就想起牠的孩子。可是滿院急尋，上樓頂去張望。最終一個都不見，牠哽哽地叫呢！」

十三個小狗一個不見了！和兩個月以前一樣，大狗是孤獨地睡在木台上。

平森的小腳，鴿子形的小腳，棲在牀單上，他是睡了。我在寫，我在想，玻璃窗上的三個蒼蠅在飛……

《商市街》（節選）

雪天

我直直是睡了一個整天，這使我不能再睡。小屋子漸漸從灰色變做黑色。

睡得背很痛，肩也很痛，並且也餓了。我下牀開了燈，在牀沿坐了坐，到椅子上坐了坐，扒一扒頭髮，揉擦兩下眼睛，心中感到幽長和無底，好像把我放下一個煤洞去，並且沒有燈籠，使我一個人走沉下去。屋子雖然小，在我覺得和一個荒涼的廣場樣，屋子牆壁離我比天還遠，那是說一切不和我發生關係；那是說我的肚子太空了！

一切街車街聲在小窗外鬧著。可是三層樓的過道非常寂靜。每走過一個人，我留意他的腳步聲，那是非常響亮的，硬底皮鞋踏過去，女人的高跟鞋更響亮而且焦急，有時成群的響聲，男男女女穿插著過了一陣。我聽遍了過道上一切引誘我的聲音，可是不用開門看，我知道郎華還沒回來。

小窗那樣高，囚犯住的屋子一般，我仰起頭來，看見那一些紛飛的雪花從天空忙亂地跌落，有的也打在玻璃窗片上，即刻就消融了，變成水珠滾動爬行著，玻璃窗被它畫成沒有意義、無組織的條紋。

我想：雪花為什麼要翩飛呢？多麼沒有意義！忽然我又想：我不也是和雪花一般沒有意義嗎？坐在椅子裏，兩手空著，什麼也不做；口張著，可是什麼也不吃。我十分和一架完全停止了的機器相像。

過道一響，我的心就非常跳，那該不是郎華的腳步？一種穿軟底鞋的聲音，嚓嚓來近門口，我彷彿是跳起來，我心害怕：他凍得可憐了吧？他沒有帶回麵包來吧？

開門看時，茶房站在那裏：

「包夜飯嗎？」

「多少錢？」

「每份六角。包月十五元。」

「……」我一點都不遲疑地搖著頭，怕是他把飯送進來強迫我吃似的，怕他強迫向我要錢似的。茶房走出，門又嚴肅地關起來。一切別的房中的笑聲，飯菜的香氣都斷絕了，就這樣用一道門，我與人間隔離著。

一直到郎華回來，他的膠皮底鞋擦在門檻，我才止住幻想。茶房手上的托盤，盛著肉餅、炸黃的蕃薯、切成大片有彈力的麵包……

郎華的袷衣上那樣濕了，已濕的褲管拖著泥。鞋底通了孔，使得襪也濕了。

他上牀暖一暖，腳伸在被子外面，我給他用一張破布擦著腳上冰涼的黑圈。

當他問我時，他和呆人一般，直直的腰也不彎：

「餓了吧？」

我幾乎是哭了。我說：「不餓。」為了低頭，我的臉幾乎接觸到他冰涼的腳掌。

他的衣服完全濕透，所以我到馬路旁去買饅頭。就在光身的木桌上，刷牙缸冒著氣，刷牙缸伴著我們把饅頭吃完。饅頭既然吃完，桌上的銅板也要被吃掉似的。他問我：

「夠不夠？」

我說：「夠了。」我問他：「夠不夠？」

他也說：「夠了。」

隔壁的手風琴唱起來，它唱的是生活的痛苦嗎？手風琴淒淒涼涼地唱呀！

登上桌子，把小窗打開。這小窗是通過人間的孔道：樓頂，煙囪，飛著雪沉重而濃黑的天空，路燈，警察，街車，小販，乞丐，一切顯現在這小孔道，繁繁忙忙的市街發著響。

隔壁的手風琴在我們耳裏不存在了。

家庭教師

二十元票子，使他作了家庭教師。

這是第一天，他起得很早，並且臉上也像愉悦了些。我歡喜地跑到過道去倒臉水。心中埋藏不住這些愉快，使我一面折著被子，一面嘴裏任意唱著什麼歌的句子。而後坐到牀沿，兩腿輕輕地跳動，單衫的衣角在腿下抖蕩。我又跑出門外，看了幾次那個提籃賣麵包的人，我想他應該吃些點心吧，八點鐘他要去教書，天寒，衣單，又空著肚子，那是不行的。

但是還不見那提著膨脹的籃子的人來到過道。

郎華作了家庭教師，大概他自己想也應該吃了。當我下樓時，他就自己在買，長形的大提籃已經擺在我們房間的門口。他彷彿是一個大蠍虎樣，貪婪地，為著他的食慾，從籃子裏往外捉取著麵包、圓形的點心和「列巴圈」，他強健的兩臂，好像要把整個籃子抱到房間裏才能滿足。最後他會過錢，下了最大的決心，捨棄了籃子，跑回房中來吃。

還不到八點鐘，他就走了。九點鐘剛過，他就回來。下午太陽快落時，他又去一次，一個鐘頭又回來。他已經慌慌忙忙像是生活有了意義似的。當他回來時，他帶回一個小包袱，他說那是才從當舖取出的從前他當過的兩件衣裳。他很有興致地把一件夾袍從包袱裏解出來，還一件小毛衣。

「你穿我的夾袍，我穿毛衣，」他吩咐著。

於是兩個人各自趕快穿上。他的毛衣很合適。惟有我穿著他的夾袍，兩隻腳使我自己看不見，手被袖口吞沒去，寬大的袖口，使我忽然感到我的肩膀一邊掛好一個口袋，就是這樣，我覺得很合適，很滿足。

電燈照耀著滿城市的人家。鈔票帶在我的衣袋裏，就這樣，兩個人理直氣壯地走在街上，穿過電車道，穿過擾嚷著的那條破街。

一扇破碎的玻璃門，上面封了紙片，郎華拉開它，並且回頭向我說：「很好的小飯館，洋車伕和一切工人全都在這裏吃飯。」

我跟著進去。裏面擺著三張大桌子。我有點看不慣，好幾部分食客都擠在一張桌上。屋子幾乎要轉不過來身。我想，讓我坐在哪裏呢？三張桌子都是滿滿的人。我在袖口外面捏了一下郎華的手說：「一張空桌也沒有，怎麼吃？」

他說：「在這裏吃飯是隨隨便便的，有空就坐。」他比我自然得多，接著，他把帽子掛到牆壁上。堂倌走來，用他拿在手中已經擦滿油膩的布巾抹了一下桌角，同時向旁邊正在吃的那個人說：「借光，借光。」

就這樣，郎華坐在長板凳上那個人剩下來的一頭。至於我呢，堂倌把掌櫃獨坐的那個圓板凳搬來，佔據著大桌子的一頭。我們好像存在也可以，不存在也可以似的。不一會，小小的菜碟擺上來。我看到一個小圓木砧上堆著煮熟的肉，郎華跑過去，向著木砧說了一聲：「切半角錢的豬頭肉。」

那個人把刀在圍裙上，在那塊髒布上抹了一下，熟練地揮動著刀在切肉。我想：他怎麼知道那叫豬頭肉呢？很快地我吃到豬頭肉了。後來我又看見火爐上煮著一個大鍋，我想要知道這鍋裏到底盛的是什麼，然而當時我不敢，不好意思站起來滿屋擺盪。

「你去看看吧。」

「那沒有什麼好吃的。」郎華一面去看，一面說。

正相反，鍋雖然滿掛著油膩，裏面卻是肉丸子。掌櫃連忙說：「來一碗吧？」

我們沒有立刻回答。掌櫃又連忙說：「味道很好哩。」

我們怕的倒不是味道好不好，既然是肉的，一定要多花錢吧！我們而前擺了五六個小碟子，覺得菜已經夠了。他看看我，我看看他。

「這麼多菜，還是不要肉丸子吧，」我說。

「肉丸還帶湯。」我看他說這話，是願意了，那麼吃吧。一決心，肉丸子就端上來。

破玻璃門邊，來來往往有人進出，戴破皮帽子的，穿破皮襖的，還有滿身紅綠的油匠，長鬍子的老油匠，十二三歲尖嗓子的小油匠。

腳下有點潮濕得難過了。可是門仍不住地開關，人們仍是來來往往。一個歲數大一點的婦人，抱著孩子在門外乞討，僅僅在人們開門時她說一聲：「可憐可憐吧！給小孩點吃的吧！」然而她從不動手推門。後來大概她等到時間太長了，就跟著人們進來，停在門口，她還不敢把門關上，表示出她一得到什麼東西很快就走的樣子。忽然全屋充滿了冷空氣。郎華拿饅頭正要給她，掌櫃的擺著手：「多得很，給不得。」

靠門的那個食客強關了門，已經把她趕出去了，並且說：

「真她媽的，冷死人，開著門還行！」

不知哪一個發了這一聲：「她是個老婆子，你把她推出去。若是個大姑娘，不抱住她，你也得多看她兩眼。」

全屋人差不多都笑了，我卻聽不慣這話，我非常惱怒。

郎華為著豬頭肉喝了一小壺酒，我也幫著喝。同桌的那個人只吃鹹菜，喝稀飯，他結帳時還不到一角錢。接著我們也結帳：小菜每碟二分，五碟小菜，半角錢豬頭肉，半角錢燒酒，丸子湯八分，外加八個大饅頭。

走出飯館，使人吃驚，冷空氣立刻裹緊全身，高空閃爍著繁星。我們奔向有電車經過叮叮響的那條街口。

「吃飽沒有？」他問。

「飽了，」我答。

經過街口賣零食的小亭子，我買了兩紙包糖，我一塊，他一塊，一面上樓，一面吮著糖的滋味。

「你真像個大口袋，」他吃飽了以後才向我說。

同時我打量著他，也非常不像樣。在樓下大鏡子前面，兩個人照了好久。他的帽子僅僅扣住前額，後腦勺被忘記似的，離得帽子老遠老遠的獨立著。很大的頭，頂個小捲沿帽，最不相宜的就是這個小捲沿帽，在頭頂上看起來十分不牢固，好像烏鴉落在房頂，有隨時飛走的可能。別人送給他的那身學生服短而且寬。

走進房間，像兩個大孩子似的，互相比著舌頭，他吃的是紅色的糖塊，所以是紅舌頭，我是綠舌頭。比完舌頭之後，他憂愁起來，指甲在桌面上不住地敲響。

「你看，我當家庭教師有多麼不帶勁！來來往往凍得和個小叫花子似的。」

當他說話時，在桌上敲著的那隻手的袖口，已是破了，拖著線條。我想破了倒不要緊，可是冷怎麼受呢？

長久的時間靜默著，燈光照在兩人臉上，也不跳動一下，我說要給他縫縫袖口，明天要買針線。說到袖口，他警覺一般看一下袖口，臉上立刻浮現著幻想，並且嘴唇微微張開，不太自然似的，又不說什麼。

關了燈，月光照在窗外，反映得全室微白。兩人扯著一張被子，頭下破書當做枕頭。隔壁手風琴又咿咿呀呀地在訴說生之苦樂。樂器伴著他，他慢慢打開他幽禁的心靈了：

「敏子，……這是敏子姑娘給我縫的。可是過去了，過去了就沒有什麼意義。我對你說過，那時候我瘋狂了。直到最末一次信來，才算結束，結束就是說從那時起她不再給我來信了。這樣意外的，相信也不能相信的事情，弄得我昏迷了許多日子……以前許多信都是寫著愛我……甚至於說非愛我不可。最末一次信卻罵起我來，直到現在我還不相信，可是事實是那樣……」

他起來去拿毛衣給我看，「你看過桃色的線……是她縫的……敏子縫的……」

又滅了燈，隔壁的手風琴仍不停止。在說話裏邊他叫那個名字「敏子，敏子。」都是喉頭發著水聲。

「很好看的，小眼眉很黑……嘴唇很……很紅啊！」說到恰好的時候，在被子裏邊他緊緊捏了我一下手。我想：我又不是她。

「嘴唇通紅通紅……啊……」他仍說下去。

馬蹄打在街石上嗒嗒響聲。每個院落在想像中也都睡去。

提籃者

提籃人，他的大籃子，長形麵包，圓麵包……每天早晨他帶來誘人的麥香，等在過道。

我數著……三個，五個，十個……把所有的銅板給了他。一塊黑麵包擺在桌子上。郎華回來第一件事，他在麵包上掘了一個洞，連帽子也沒脫，就嘴裏嚼著，又去找白鹽。他從外面帶進來的冷空氣發著腥味。他吃麵包，鼻子時時滴下清水滴。

「來吃啊！」

「就來。」我拿了刷牙缸，跑下樓去倒開水。回來時，麵包差不多只剩硬殼在那裏。他緊忙說：

「我吃得真快，怎麼吃得這樣快？真自私，男人真自私。」只端起牙缸來喝水，他再不吃了！我再叫他吃他也不吃。只說：

「飽了，飽了！吃去你的一半還不夠嗎？男人不好，只顧自己。你的病剛好，一定要吃飽的。」

他給我講他怎樣要開一個「學社」，教武術，還教什麼什麼……這時候，他的手已湊到麵包殼上去，並且另一隻手也來了！扭了一塊下去，已經送到嘴裏，已經嚥下他也沒有發覺；第二次又來扭，可是說了：

「我不應該再吃，我已經吃飽。」

他的帽子仍沒有脫掉，我替他脫了去，同時送一塊麵包皮到他的嘴上。喝開水，他也是一直喝，等我向他要，他才給我。

「晚上，我領你到飯館去吃。」我覺得很奇怪，沒錢怎麼可以到飯館去吃呢！

「吃完就走，這年頭不吃還餓死？」他說完，又去倒開水。

第二天，擠滿麵包的大籃子已等在過道。我始終沒推開門。門外有別人在買，即使不開門，我也好像嗅到麥香。對麵包，我害怕起來，不是我想吃麵包，怕是麵包要吞了我。

「列巴，列巴！」哈爾濱叫麵包做「列巴」，賣麵包的人打著我們的門在招呼。帶著心驚，買完了說：

「明天給你錢吧，沒有零錢。」

星期日，家庭教師也休息。只有休息，連早飯也沒有。提籃人在打門，郎華跳下牀去，比貓跳得更得法，輕快，無聲。我一動不動，「列巴」就擺在門口。郎華光著腳，只穿一件短褲，襯衣搭在肩上，胸膛露在外面。

一塊黑麵包，一角錢。我還要五分錢的「列巴圈」，那人用繩穿起來。我還說：「不用，不用。」我打算就要吃了！我伏在牀上，把頭抬起來，正像見了桑葉而抬頭的蠶一樣。可是，立刻受了打擊，我眼看著那人從郎華的手上把麵包奪回去，五個「列巴圈」也奪回去。

「明早一起取錢不行嗎？」

「不行，昨天那半角也給我吧！」

了。

我充滿口涎的舌頭向嘴唇舐了幾下，不但「列巴圈」沒有吃到，把所有的銅板又都帶走

「早飯吃什麼呀？」

「你說吃什麼？」鎖好門，他回到牀上時，冰冷的身子貼住我。

搬家

搬家！什麼叫搬家？移了一個窩就是罷！

一輛馬車，載了兩個人，一個條箱，行李也在條箱裏。車行在街口了，街車，行人道上的行人，店鋪大玻璃窗裏的「模特兒」……汽車馳過去了，別人的馬車趕過我們急跑，馬車上面似乎坐著一對情人，女人的鬈髮在帽沿外跳舞，男人的長臂沒有什麼用處一般，只為著一種表示，才遮住女人的背後。馬車馳過去了，那一定是一對情人在兜風……只有我們是搬家。天空有水狀的和雪融化春冰狀的白雲，我仰望著白雲，風從我的耳邊吹過，使我的耳朵鳴響。

到了：商市街××號。

他夾著條箱，我端著臉盆，通過很長的院子，在盡那頭，第一下拉開門的是郎華，他說：

「進去吧！」

「家」就這樣的搬來，這就是「家」。

一個男孩，穿著一雙很大的馬靴，跑著跳著喊：「媽……我老師搬來啦！」

這就是他教武術的徒弟。

借來的那張鐵牀，從門也抬不進來，從窗也抬不進來。抬不進來，真的就要睡地板嗎？光著身子睡嗎？鋪什麼？

「老師，用斧子打吧。」穿長靴的孩子去找到一柄斧子。

鐵牀已經站起，塞在門口，正是想抬出去也不能夠的時候，郎華就用斧子打，鐵擊打著鐵發出震鳴，門頂的玻璃碎了兩塊，結果牀搬進來了，光身子放在地板中央。又向房東借一張桌子和兩把椅子。

郎華走了，說他去買水桶、菜刀、飯碗……

我的肚子因為冷，也許因為累，又在作痛。走到廚房去看，爐中的火熄了。未搬之前，也許什麼人在烤火，所以爐中尚有木柈在燃。

鐵牀露著骨，玻璃窗漸漸結上冰來。下午了，陽光失去了暖力，風漸漸捲著沙泥來吹打窗子……用冷水擦著地板，擦著窗台……等到這一切做完，再沒有別的事可做的時候，我感到手有點痛，腳也有點痛。

這裏不像旅館那樣靜，有狗叫，有雞鳴……有人吵嚷。

把手放在鐵爐板上也不能暖了，爐中連一顆火星也滅掉。肚子痛，要上牀去躺一躺，哪裏是牀！冰一樣的鐵條，怎麼敢去接近！

我餓了，冷了，我肚痛，郎華還不回來，有多麼不耐煩！連一隻錶也沒有，連時間也不知道。多麼無趣，多麼寂寞的家呀！我好像落下井的鴨子一般寂寞並且隔絕。肚痛，寒冷和飢餓伴著我，……什麼家？簡直是夜的廣場，沒有陽光，沒有暖。

門扇大聲匡啷匡啷地響，是郎華回來，他打開小水桶的蓋給我看：小刀，筷子，碗，水壺，他把這些都擺出來，紙包裏的白米也倒出來。

只要他在我身旁，餓也不難忍了，肚痛也輕了。買回來的草褥放在門外，我還不知道，我問他：

「是買的嗎？」

「不是買的，是哪裏來的！」

「錢，還剩多少？」

「還剩！怕是不夠哩！」

等他買木柈回來，我就開始點火。站在火爐邊，居然也和小主婦一樣調著晚餐。油菜燒焦了，白米飯是半生就吃了，說它是粥，比粥還硬一點；說它是飯，比飯還粘一點。這是說我做了「婦人」，不做婦人，哪裏會燒飯？不做婦人，哪裏懂得燒飯？

晚上，房主人來時，大概是取著拜訪先生的意義來的！房主人就是穿馬靴那個孩子的父親。

「我三姐來啦！」過一刻，那孩子又打門。

我一點也不能認識她。她說她在學校時每天差不多都看見我，不管在操場或是禮堂。我的名字她還記得很熟。

「也不過三年，就忘得這樣厲害……你在哪一班？」我問。

「第九班。」

「第九班，和郭小嫻一班嗎？郭小嫻每天打球，我倒認識她。」

「對啦，我也打籃球。」

但無論如何我也想不起來，坐在我對面的簡直是一個從未見過的面孔。

「那個時候，你十幾歲呢？」

「十五歲吧！」

「你太小啊，學校是多半不注意小同學的。」我想了一下，我笑了。

她鬈皺的頭髮，掛胭脂的嘴，比我好像還大一點，因為回憶完全把我帶回往昔的境地去。其實，我是二十二了，比起她來怕是已經老了。尤其是在蠟燭光裏，假若有鏡子讓我照下，我一定慘敗得比三十歲更老。

「三姐！你老師來啦。」

「我去學俄文。」她弟弟在外邊一叫她，她就站起來說。很爽快，完全是少女風度，長身材，細腰，閃出門去。

黑「列巴」和白鹽

玻璃窗子又慢慢結起霜來，不管人和狗經過窗前，都辨認不清楚。

「我們不是新婚嗎？」他這話說得很響，他唇下的開水杯起一個小圓波浪。他放下杯子，在黑麵包上塗一點白鹽送下喉去。大概是麵包已不在喉中，他又說：

「這不正是度蜜月嗎！」

「對的，對的。」我笑了。

他連忙又取一片黑麵包，塗上一點白鹽，學著電影上那樣度蜜月，把塗鹽的「列巴」先送上我的嘴，我咬了一下，而後他才去吃。一定鹽太多了，舌尖感到不愉快，他連忙去喝水：

「不行不行，再這樣度蜜月，把人鹹死了。」

鹽畢竟不是奶油，帶給人的感覺一點也不甜，一點也不香。我坐在旁邊笑。

光線完全不能透進屋來，四面是牆，窗子已經無用，像封閉了的洞門似的，與外界絕對隔離開。天天就生活在這裏邊。素食，有時候不食，好像傳說上要成仙的人在這地方苦修苦煉。很有成績，修煉得倒是不錯了，臉也黃了，骨頭也瘦了。我的眼睛越來越擴大，他的頰骨和木塊一樣突在腮邊。

這些工夫都做到，只是還沒成仙。

「借錢」，「借錢」，郎華每日出去「借錢」。他借回來的錢總是很少，三角，五角，借到一元，那是很稀有的事。

黑「列巴」和白鹽，許多日子成了我們唯一的生命線。

當舖

「你去當吧！你去當吧，我不去！」

「好，我去，我就願意進當舖，進當舖我一點也不怕，理直氣壯。」

新做起來的我的棉袍，一次還沒有穿，就跟著我進當舖去了！在當舖門口稍微徘徊了一下，想起出門時郎華要的價目——非兩元不當。

包袱送到櫃台上，我是仰著臉，伸著腰，用腳尖站起來送上去的，真不曉得當舖為什麼擺起這麼高的櫃台！

那戴帽頭的人翻著衣裳看，還不等他問，我就說了：

「兩塊錢。」

他一定覺得我太不合理，不然怎麼連看我一眼也沒看，就把東西捲起來，他把包袱彷彿要丟在我的頭上，他十分不耐煩的樣子。

「兩塊錢不行，那麼，多少錢呢？」

「多少錢不要。」他搖搖像長西瓜形的腦袋，小帽頭頂尖的紅帽球，也跟著搖了搖。

我伸手去接包袱，我一點也不怕，我理直氣壯，我明明知道他故意作難，正想把包袱接過來就走。猜得對對的，他並不把包袱真給我。

「五毛錢！這件衣服袖子太瘦，賣不出錢來……」

「不當。」我說。

「那麼一塊錢，……再可不能多了，就是這個數目。」他把腰微微向後彎一點，櫃台太高，看不出他突出的肚囊……

一隻大手指，就比在和他太陽穴一般高低的地方。

帶著一元票子和一張當票，我快快地走，走起路來感到很爽快，默認自己是很有錢的人。菜市，米店我都去過，臂上抱了很多東西，感到非常願意抱這些東西，手凍得很痛，覺得這是應該，對於手一點也不感到可惜，本來手就應該給我服務，好像凍掉了也不可惜。走在一家包子舖門前，又買了十個包子，看一看自己帶著這些東西，很驕傲，心血時時激動，至於手凍得怎樣痛，一點也不可惜。路旁遇見一個老叫化子，又停下來給他一個大銅板，我想我有飯吃，他也是應該吃啊！然而沒有多給，只給一個大銅板，那些我自己還要用呢！又摸一摸當票也沒有丟，這才重新走，手痛得什麼心思也沒有了，快到家吧！快到家吧。但是，背上流了汗，腿覺得很軟，眼睛有些刺痛，走到大門口，才想起來從搬家還沒有出過一次街，走路腿也無力，太陽光也怕起來。

又摸一摸當票才走進院去。郎華仍躺在牀上，和我出來的時候一樣，他還不習慣於進當舖。他是在想什麼。拿包子給他看，他跳起來：

「我都餓啦，等你也不回來。」

十個包子吃去一大半，他才細問：「當多少錢？當舖沒欺負你？」

把當票給他，他瞧著那樣少的數目：

「才一元，太少。」

雖然說當得的錢少，可是又願意吃包子，那麼結果很滿足。他在吃包子的嘴，看起來比包子還大，一個跟著一個，包子消失盡了。

十元鈔票

在綠色的燈下，人們跳著舞狂歡著，有的抱著椅子跳，胖朋友他也丟開風琴，從角落扭轉出來，他扭到混雜的一堆人去，但並不消失在人中。因為他胖，同時也因為他跳舞做著怪樣，他十分不協調的在跳，兩腿扭顫得發著瘋。他故意妨礙別人，最終他把別人都弄散開去，地板中央只留下一個流汗的胖子。人們怎樣大笑，他不管。

「老牛跳得好！」人們向他招呼。

他不聽這些，他不是跳舞，他是亂跳瞎跳，他完全胡鬧，他蠢得和豬、和蟹子那般。

紅燈開起來，扭扭轉轉的那一些綠色的人變紅起來。紅燈帶來另一種趣味，紅燈帶給人們更熱心的胡鬧。瘦高的老桐扮了一個女相，和胖朋友跳舞。女人們笑流淚了！直不起腰了！但是胖朋友仍是一拐一拐。他的「女舞伴」在他的手臂中也是諧和地把頭一扭一拐，扭得太醜，太愚蠢，幾乎要把頭扭掉，要把腰扭斷，但是他還扭，好像很不要臉似的，一點也不知羞似的，那滿臉的紅胭脂呵！那滿臉醜惡得到妙處的笑容。

第二次老桐又跑去化裝，出來時，頭上包一張紅布，脖子後拖著很硬的但有點顫動的棍狀的東西。那是用紅布紮起來的、　掃帚把柄的樣子，生在他的腦後。又是跳舞，每跳一下，腦後的小尾巴就隨著顫動一下。

跳舞結束了，人們開始吃蘋果，吃糖，喫茶。就是吃也沒有個吃的樣子！有人説：

「我能整吞一個蘋果。」

「你不能，你若能整吞個蘋果，我就能整吞一個活豬！」另一個說。

自然，蘋果也沒有吞，豬也沒有吞。

外面對門那家鎖著的大狗，鎖鏈子在響動。臘月開始嚴寒起來，狗凍得小聲吼叫著。

帶顏色的燈閉起來，因為沒有顏色的刺激，人們暫時安定了一刻。因為過於興奮的緣故，我感到疲乏，也許人人感到疲乏大家都安定下來，都像恢復了人的本性。

小「電驢子」從馬路篤篤地跑過，又是日本憲兵在巡邏吧！可是沒有人害怕，人們對於日本憲兵的印象還淺。

「玩呀！樂呀！」第一個站起的人說。

「不樂白不樂，今朝有酒今朝醉……」大個子老桐也說。

胖朋友的女人拿一封信，送到我的手裏：

「這信你到家去看好啦！」

郎華來到我的身邊。也不知道這是什麼意思，我就把信放到衣袋中。

只要一走出屋門，寒風立刻颼到人們的臉，外衣的領子豎起來，顯然郎華的夾外套是感到冷，但是他說：「不冷。」

一同出來的人，都講著過舊年時比這更有趣味，那一些趣味早從我們跳開去。我想我有點餓，回家可吃什麼？於是別的人再講什麼，我聽不到了？！郎華也冷了吧，他拉著我走向前面，越走越快了，使我們和那些人遠遠地分開。

在蠟燭旁忍著腳痛看那封信，信裏邊十元鈔票露出來。

夜是如此靜了，小狗在房後吼叫。

第二天，一些朋友來約我們到「牽牛房」去吃夜飯。果然吃很好，這樣的飽餐，非常覺得不多得，有魚，有肉，有很好滋味的湯。又是玩到半夜才回來。這次我走路時很起勁，餓了也不怕，在家有十元票子在等我。我特別充實地邁著大步，寒風不能打擊我。「新城大街」，「中央大街，」行人很稀少了！人走在行人道，好像沒有掛掌的馬走在冰面，很小心的，然而時時要跌倒。店舖的鐵門關得緊緊，裏面無光了，街燈和警察還存在，警察和垃圾箱似的失去了威權，他背上的槍提醒著他的職務，若不然他會依著電線柱睡著的。再走就快到「商市街」了！然而今夜我還沒有走夠，「馬迭爾」旅館門前的大時鐘孤獨掛著。向北望去，松花江就是這條街的盡頭。

我的勇氣一直到「商市街」口還沒消滅，腦中，心中，脊背上，腿上，似乎各處有一張十元票子，我被十元票子鼓勵得膚淺得可笑了。

是叫化子吧！起著哼聲，在街的那在移動。我想他沒有十元票子吧！

鐵門用鑰匙打開，我們走進院去，但，我仍聽得到叫化子的哼聲……

春意掛上了樹梢

三月花還沒有開，人們嗅不到花香，只是馬路上融化了積雪的泥濘乾起來。天空打起朦朧的多有春意的雲彩；暖風和輕紗一般浮動在街道上，院子裏。春末了，關外的人們才知道春來。春是來了，街頭的白楊樹躥著芽，拖馬車的馬冒著氣，馬車伕們的大氈靴也不見了，行人道上外國女人的腳又從長統套鞋裏顯現出來。笑聲，見面打招呼聲，又復活在行人道上。商店為著快快地傳播春天的感覺，櫥窗裏的花已經開了，草也綠了，那是佈置著公園的夏景。我看得很凝神的時候，有人撞了我一下，是汪林，她也戴著那樣小沿的帽子。

「天真暖啦！走路都有點熱。」

看著她轉過「商市街」，我們才來到另一家店舖，並不是買什麼，只是看看，同時曬曬太陽。這樣好的行人道，有樹，也有椅子，坐在椅子上，把眼睛閉起，一切春的夢，春的謎，春的暖力……這一切把自己完全陷進去。聽著，聽著吧！春在歌唱……

「大爺，大奶奶……幫幫吧！……」這是什麼歌呢，從背後來的？這不是春天的歌吧！

那個叫化子嘴裏吃著個爛梨，一條腿和一隻腳腫得把另一隻顯得好像不存在似的。「我的腿凍壞啦！大爺，幫幫吧！唉唉……！」

有誰還記得冬天？陽光這樣暖了！街樹躥著芽！

手風琴在隔道唱起來，這也不是春天的調，只要一看那個瞎人為著拉琴而挪歪的頭，就覺得很殘忍。瞎人他摸不到春天，他沒有。壞了腿的人，他走不到春天，他有腿也等於無腿。世界上這一些不幸的人，存在著也等於不存在，倒不如趕早把他們消滅掉，免得在春天他們會唱這樣難聽的歌。

汪林在院心吸著一支煙捲，她又換一套衣裳。那是淡綠色的，和樹枝發出的芽一樣的顏色。她腋下夾著一封信，看見我們，趕忙把信送進衣袋去。

「大概又是情書吧！」郎華隨便說著玩笑話。

她跑進屋去了。香煙的煙縷在門外打了一下旋捲才消滅。

夜，春夜，中央大街充滿了音樂的夜。流浪人的音樂，日本舞場的音樂，外國飯店的音樂……七點鐘以後。中央大街的中段，在一條橫口，那個很響的擴音機哇哇地叫起來，這歌聲差不多響徹全街。若站在商店的玻璃窗前，會疑心是從玻璃發著震響。一條完全在風雪裏寂寞的大街，今天第一次又號叫起來。

外國人！紳士樣的，流氓樣的，老婆子，少女們，跑了滿街……有的連起人排來封閉住商店的窗子，但這只限於年輕人。也有的同唱機一樣唱起來，但這也只限於年輕人。這好像特有的年輕人的集會。他們和姑娘們一道說笑，和姑娘們連起排來走。中國人來混在這些鬈髮人中間，少得只有七分之一，或八分之一。但是汪林在其中，我們又遇到她。她和另一個也和她同樣打扮漂亮的、白臉的女人同走……鬈髮的人用俄國話說她漂亮。她也用俄國話和他們笑了一陣。

中央大街的南端，人漸漸稀疏了。

牆根，轉角，都發現著哀哭，老頭子，孩子，母親們……哀哭著的是永久被人間遺棄的人們！那邊，還望得見那邊快樂的人群。還聽得見那邊快樂的聲音。

三月，花還沒有開，人們嗅不到花香。

夜的街，樹枝上嫩綠的芽子看不見，是冬天吧？是秋天吧？但快樂的人們，不問四季總是快樂；哀哭的人們，不問四季也總是哀哭！

公園

樹葉搖搖曳曳地掛滿了池邊。一個半胖的人走在橋上，他是一個報社的編輯。

「你們來多久啦？」他一看到我們兩個在長石凳上就説。

「多幸福，像你們多幸福，兩個人逛逛公園……」

「坐在這裏吧。」郎華招呼他。

我很快地讓一個位置。但他沒有坐，他的鞋底無意地踢撞著石子，身邊的樹葉讓他扯掉兩片。他更煩惱了，比前些日子看見他更有點兩樣。

「你忙嗎？稿子多不多？」

「忙什麼！一天到晚就是那一點事，發下稿去就完，連大樣子也不看。忙什麼，忙著幻想！」

「什麼信！那……一點意思也沒有，戀愛對於膽小的人是一種刑罰。」

讓他坐下，他故意不坐下；沒有人讓他，他自己會坐下。

於是他又用手拔著腳下的短草。他滿臉似乎蒙著灰色。

「要戀愛，那就大大方方地戀愛，何必受罪？」郎華搖一下頭。

一個小信封，小得有些神秘意味的，從他的口袋裏拔出來，拔著蝴蝶或是什麼會飛的蟲兒一樣，他要把那信給郎華看，結果只是他自己把頭歪了歪，那信又放進了衣袋。

「愛情是苦的呢，是甜的？我還沒有愛她，對不對？家裏來信說我母親死了那天，我失眠了一夜，可是第二天就恢復了。為什麼她……她使我不安會整天，整夜？才通信兩個禮拜，我覺得我的頭髮也脫落了不少，嘴上的小胡也增多了。」

當我們站起要離開公園時，又來一個熟人：「我煩憂啊！我煩憂啊！」像唱著一般說。

我和郎華踏上木橋了，回頭望時，那小樹叢中的人影也像對那個新來的人說：

「我煩憂啊！我煩憂啊！」

我每天早晨看報，先看文藝欄。這一天，有編者的說話：

摩登女子的口紅，我看正相同於「血」。資產階級的小姐們怎樣活著的？不是吃血活著嗎？不能否認，那是個鮮明的標記。人塗著人的「血」在嘴上，那是污濁的嘴，嘴上帶著血腥和血色，那是污濁的標記。

我心中很佩服他，因為他來得很乾脆。我一面讀報，一面走到院子裏去，曬一曬清晨的太陽。汪林也在讀報。

「汪林，起得很早！」

「你看，這一段，什麼小姐不小姐，『血』不『血』的！這罵人的是誰？」

那天郎華把他做編輯的朋友領到家裏來，是帶著酒和菜回來的。郎華說他朋友的女友到別處去進大學了。於是喝酒，我是幫閒喝，郎華是勸朋友。至於被勸的那個朋友呢？他嘴裏哼著京調哼得很難聽。

和我們的窗子相對的是汪林的窗子。裏面胡琴響了。那是汪林拉的胡琴。

天氣開始熱了，趁著太陽還沒走到正空，汪林在窗下長凳上洗衣服。編輯朋友來了，郎華不在家，他就在院心裏來回走轉，可是郎華還沒有回來。

「自己洗衣服，很熱吧！」

「洗得乾淨。」汪林手裏拿著肥皂答他。

郎華還不回來，他走了。

冊子帶來了恐怖。黃昏時候，我們排完了劇，和劇團那些人出了「民眾教育館」，恐怖使我對於家有點不安。街燈亮起來，進院，那些人跟在我們後面。門扇，窗子，和每日一樣安然地關著。我十分放心，知道家中沒有來過什麼惡物。

失望了，開門的鑰匙由郎華帶著，於是大家只好坐在窗下的樓梯口。李買的香瓜，大家就吃香瓜。

汪林照樣吸著煙。她掀起紗窗簾向我們這邊笑了笑。陳成把一個香瓜高舉起來。

「不要。」她搖頭，隔著玻璃窗說。

我一點趣味也感不到，一直到他們把公演的事情議論完，我想的事情還沒停下來。我願意他們快快走，我好收拾箱子，好像箱子裏面藏著什麼使我和郎華犯罪的東西。

那些人走了，郎華從牀底把箱子拉出來，洋燭立在地板上，我們開始收拾了。弄了滿地紙片，什麼犯罪的東西也沒有。但不敢自信，怕書頁裏邊夾著罵「滿洲國」的，或是罵什麼的字跡，所以每冊書都翻了一遍。一切收拾好，箱子是空空洞洞的了。一張高爾基的照片，也把它燒掉。大火爐燒得烤痛人的面。我燒得很快，日本憲兵就要來捉人似的。

當我們坐下來喝茶的時候，當然是十分定心了，十分有把握了。一張吸墨紙我無意地玩弄著，我把腰挺得很直，很大方的樣子，我的心象被拉滿的弓放了下來一般的鬆適。我細看紅鉛筆在吸墨紙上寫的字，那字正是犯法的字：

——小日本子，走狗，他媽的「滿洲國」……——

我連再看一遍也沒有看，就送到火爐裏邊。

「吸墨紙啊？是吸墨紙！」郎華可惜得跺著腳。等他發覺那已開始燒起了：「那樣大一張吸墨紙你燒掉它，燒花眼了？什麼都燒，看你用什麼！」

他過於可惜那張吸墨紙。我看他那種樣子也很生氣。吸墨紙重要，還是拿生命去開玩笑重要？

「為著一個蝨子燒掉一件棉襖！」郎華罵我。「那你就不會把字剪掉？」

我哪想起來這樣做！真傻，為著一塊瘡疤丟掉一個蘋果！

我們把「滿洲國」建國紀念明信片擺到桌上，那是朋友送給的，很厚的一打。還有兩本上面寫著「滿洲國」字樣的不知是什麼書，連看也沒有看也擺起來。桌子上面很有意思：《離騷》，《李後主詞》，《石達開日記》，他當家庭教師用的小學算術教本。一本《世界各國革命史》也從桌子抽下去，郎華說那上面載著日本怎樣壓迫朝鮮的歷史，所以不能擺在外面。我一聽說有這種重要性，馬上就要去燒掉，我已經站起來了，郎華把我按下：「瘋了嗎？你瘋了嗎？」

我就一聲不響了，一直到滅了燈睡下，連呼吸也不能呼吸似的。在黑暗中我把眼睛張得很大。院中的狗叫聲也多起來。大門扇響得也厲害了。總之，一切能發聲的東西都比平常發的聲音要高，平常不會響的東西也被我新發現著，棚頂發著響，洋瓦房蓋被風吹著也響，響，響……

郎華按住我的胸口……我的不會說話的胸口。鐵大門震響了一下，我跳了一下。

「不要怕，我們有什麼呢？什麼也沒有。謠傳不要太認真。他媽的，哪天捉去哪天算！睡吧，睡不足，明天要頭疼的……」

他按住我的胸口。好像給惡夢驚醒的孩子似的，心在母親的手下大跳著。

有一天，到一家影戲院去試劇，散散雜雜的這一些人，從我們的小房出發。

全體都到齊，只少了徐志，他一次也沒有不到過，要試演他就不到，大家以為他病了。

很大的舞台，很漂亮的垂幕。我扮演的是一個老太婆的角色，還要我哭，還要我生病。把四個椅子拼成一張牀，試一試倒下去，我的腰部觸得很疼。

先試給影戲院老闆看的，是郎華飾的《小偷》[7]中的傑姆和李飾的律師夫人對話的那一幕。我是另外一個劇本，還沒挨到我，大家就退出影戲院了。

因為條件不合，沒能公演。大家等待機會，同時每個人發著疑問：公演不成吧？

三個劇排了三個月，若說演不出，總有點可惜。

7 《小偷》，即美國作家辛克萊的話劇《居住二樓的人》。劇團由金劍嘯、羅烽、白朗、舒群等人組成，叫星星劇團。

「關於你們冊子的風聲怎麼樣？」

「沒有什麼。怕狼，怕虎是不行的。這年頭只得碰上什麼算什麼……」郎華是剛強的。

歐羅巴旅館

樓梯是那樣長，好像讓我順著一條小道爬上天頂。其實只是三層樓，也實在無力了。手扶著樓欄，努力拔著兩條顫顫的，不屬於我的腿，升上幾步，手也開始和腿一般顫。

等我走進那個房間的時候，和受辱的孩子似的偎上牀去，用袖口慢慢擦著臉。他——郎華，我的情人，那時候他還是我的情人，他問我了：「你哭了嗎？」

「為什麼哭呢？我擦的是汗呀，不是眼淚呀！」

不知是幾分鐘過後，我才發現這個房間是如此的白，棚頂是斜坡的棚頂，除了一張牀，地下有一張桌子，一圍籐椅。離開牀沿用不到兩步可以摸到桌子和椅子。開門時，那更方便，一張門扇躺在牀上可以打開。住在這白色的小室，我好像住在幔帳中一般。我口渴，我說：「我應該喝一點水吧！」

他要為我倒水時，他非常著慌，兩條眉毛好像要連接起來，在鼻子的上端扭動了好幾下：「怎樣喝呢？用什麼喝？」

桌子上除了一塊潔白的桌布，乾淨得連灰塵都不存在。

我有點昏迷，躺在牀上聽他和茶房在過道說了些時，又聽到門響，他來到牀邊。我想他一定舉著杯子在牀邊，卻不，他的手兩面卻分張著：

「用什麼喝？用臉盆來喝吧！」

他去拿籐椅上放著才帶來的臉盆時，毛巾下面刷牙缸被他發現，於是拿著刷牙缸走去。旅館的過道是那樣寂靜，我聽他踏著地板來了。

正在喝著水，一隻手指抵在白牀單上，我用發顫的手指撫來撫去。他說：

「你躺下吧！太累了。」

我躺下也是用手指撫來撫去，牀單有突起的花紋，並且白得有些閃我的眼睛，心想：不錯的，自己正是沒有牀單。我心想的話他卻說出了！

「我想我們是要睡空牀板的，現在連枕頭都有。」說著，他拍打我枕在頭下的枕頭。

「咯咯——」有人打門，進來一個高大的俄國女茶房，身後又進來一個中國茶房：

「也租鋪蓋嗎？」

「租的。」

「五角錢一天。」

「不租。」「不租。」我也說不租，郎華也說不租。

那女人動手去收拾：軟枕，牀單，就連桌布她也從桌子扯下去。牀單夾在她的腋下。一切都夾在她的腋下。一秒鐘，這潔白的小室跟隨她花色的包頭巾一同消失去。

我雖然是腿顫，雖然肚子餓得那樣空，我也要站起來，打開柳條箱去拿自己的被子。

小室被劫了一樣，牀上一張腫脹的草褥赤現在那裏，破木桌一些黑點和白圈顯露出來，大籐椅也好像跟著變了顏色。

晚飯以前，我們就在草褥上吻著抱著過的。

晚飯就在桌子上擺著，黑「列巴」和白鹽。

晚飯以後，事件就開始了：

開門進來三四個人，黑衣裳，掛著槍，掛著刀。進來先拿住郎華的兩臂，他正赤著胸膛在洗臉，兩手還是濕著。他們那些人，把箱子弄開，翻揚了一陣：

「旅館報告你帶槍，沒帶嗎？」那個掛刀的人問。隨後那人在牀下扒得了一個長紙捲，裏面捲的是一支劍。他打開，抖著劍柄的紅穗頭：

「你哪裏來的這個？」

停在門口那個去報告的俄國管事，揮著手，急得漲紅了臉。

警察要帶郎華到局子裏去。他也預備跟他們去，嘴裏不住地說：「為什麼單獨用這種方式檢查我？妨礙我？」

最後警察溫和下來，他的兩臂被放開，可是他忘記了穿衣裳，他濕水的手也乾了。

原因日間那白俄來取房錢，一日兩元，一月六十元。我們只有五元錢。馬車錢來時去掉五角。那白俄說：

「你的房錢，給！」他好像知道我們沒有錢似的，他好像是很著忙，怕是我們跑走一樣。他拿到手中兩元票子又說：「六十元一月，明天給！」原來包租一月三十元，為了松花江漲水才有這樣的房價。如此，他搖手瞪眼地說：「你的明天搬走，你的明天走！」

郎華說：「不走，不走……」

「不走不行，我是經理。」

郎華從牀下取出劍來，指著白俄：

「你快給我走開，不然，我宰了你。」

他慌張著跑出去了，去報告警察，說我們帶著兇器，其實劍裹在紙裹，那人以為是大槍，而不知是一支劍。

結果警察帶劍走了，他說：「日本憲兵若是發現你有劍，那你非吃虧不可，了不得的，說你是大刀會。我替你寄存一夜，明天你來取。」

警察走了以後，閉了燈，鎖上門，街燈的光亮從小窗口跑下來，淒淒淡淡的，我們睡了。在睡中不住想：警察是中國人，倒比日本憲兵強得多啊！

天明了，是第二天，從朋友處被逐出來是第二天了。

他去追求職業

他是一條受凍受餓的犬呀！

在樓梯盡端，在過道的那邊，他著濕的帽子被牆角隔住，他著濕的鞋子踏過發光的地板，一個一個排著腳踵的印泥。

這還是清早，過道的光線還不充足。可是有的房間門上已經掛好「列巴圈」了！送牛奶的人，輕輕帶著白色的、發熱的瓶子，排在房間的門外。這非常引誘我，好像我已嗅到「列巴圈」的麥香，好像那成串肥胖的圓形的點心，已經掛在我的鼻頭了。幾天沒有飽食，我是怎樣的需要啊！胃口在胸膛裏面收縮，沒有錢買，讓那「列巴圈」們白白在虐待我。

過道漸漸響起來。他們呼喚著茶房，關門開門，倒臉水。外國女人清早便高聲說笑。可是我的小室，沒有光線，連灰塵都看不見飛揚，靜得桌子在牆角欲睡了，籐椅在地板上伴著桌子睡，靜得棚頂和天空一般高，一切離得我遠遠的，一切都厭煩我。

下午，郎華還不回來。我到過道口站了好幾次。外國女人紅色的襪子，藍色的裙子⋯⋯一張張笑著的驕傲的臉龐，走下樓梯，她們的高跟鞋打得樓梯清脆發響。圓胖而生著大鬍子的男人，那樣不相稱地捉著長耳環、黑臉的和小雞一般瘦小的「吉普賽」女人上樓來。茶房在前面去給打開一個房間，長時間以後，又上來一群外國孩子，他們嘴上嗑著瓜子兒，多冰的鞋底在過道上辟辟啪啪地留下痕跡過去了。

看遍了這些人，郎華總是不回來。我開始打旋子，經過每個房間，輕輕蕩來踱去，別人已當我是個偷兒，或是討乞的老婆，但我自己並不感覺。仍是帶著我蒼白的臉，褪了色的藍布寬大的單衫踱蕩著。

忽然樓梯口跑上兩個一般高的外國姑娘。

「啊呀！」指點著向我說：「你的……真好看！」

另一個樣子像是為了我倒退了一步，並且那兩個不住翻著衣襟給我看：

「你的……真好看！」

我沒有理她們。心想：她們帽子上有水滴，不是又落雪？

跑回房間，看一看窗子究竟落雪不？郎華是穿著昨晚潮濕的衣裳走的。一開窗，雪花便滿窗倒傾下來。

郎華回來，他的帽沿滴著水，我接過來帽子，問他：

「外面上凍了嗎？」

他把褲口攏給我看，我甩手摸時，半截褲管又涼又硬。他抓住我的摸褲管的手說：

「小孩子，餓壞了吧！」

我說：「不餓。」我怎能呢！為了追求食物，他的衣服都結冰了。

過一會，他拿出二十元票子給我看。忽然使我癡呆了一刻，這是哪裏來的呢？

餓

「列巴圈」掛在過道別人的門上，過道好像還沒有天明，可是電燈已經熄了。夜間遺留下來睡朦朦的氣息充塞在過道，茶房氣喘著，抹著地板。我不願醒得太早，可是已經醒了，同時再不能睡去。

廁所房的電燈仍開著，和夜間一般昏黃，好像黎明還沒有到來，可是「列巴圈」已經掛上別人家的門了！有的牛奶瓶也規規矩矩地等在別的房間外。只要一醒來，就可以隨便吃喝。但，這都只限於別人，是別人的事，與自己無關。

扭開了燈，郎華睡在牀上，他睡得很恬靜，連呼吸也不震動空氣一下。聽一聽過道連一個人也沒走動。全旅館的三層樓都在睡中，越這樣靜越引誘我，我的那種想頭越堅決。過道尚沒有一點聲息，過道越靜越引誘我，我的那種想頭越想越充脹我：去拿吧！正是時候，即使是偷，那就偷吧！

輕輕扭動鑰匙，門一點響動也沒有。探頭看了看，「列巴圈」對門就掛著，東隔壁也掛著，西隔壁也掛著。天快亮了！牛奶瓶的乳白色看得真真切切，「列巴圈」比每天也大了些，結果什麼也沒有去拿，我心裏發燒，耳朵也熱了一陣，立刻想到這是「偷」。兒時的記憶再現出來，偷梨吃的孩子最羞恥。過了好久，我就貼在已關好的門扇上，大概我像一個沒有靈魂的、紙剪成的人貼在門扇。大概這樣吧：街車喚醒了我，馬蹄嗒嗒、車輪吱吱地響過去。我抱緊胸膛，把頭也掛到胸口，向我自己心說：我餓呀！不是「偷」呀！

第二次也打開門，這次我決心了！偷就偷，雖然是幾個「列巴圈」，我也偷，為著我「餓」，為著他「餓」。

第二次失敗，那麼不去做第三次了。下了最後的決心，爬上牀，關了燈，推一推郎華，他沒有醒，我怕他醒。在「偷」這一刻，郎華也是我的敵人；假若我有母親，母親也是敵人。

天亮了！人們醒了。做家庭教師，無錢吃飯也要去上課，並且要練武術。他喝了一杯茶走的，過道那些「列巴圈」早已不見，都讓別人吃了。

從昨夜到中午，四肢軟一點，肚子好像被踢打放了氣的皮球。

窗子在牆壁中央，天窗似的，我從窗口升了出去，赤裸裸，完全和日光接近；市街臨在我的腳下，直線的，錯綜著許多角度的樓房，大柱子一般工廠的煙囪，街道橫順交織著，禿光的街樹。白雲在天空作出各樣的曲線，高空的風吹亂我的頭髮，飄蕩我的衣襟。市街像一張繁雜顏色不清晰的地圖，掛在我們眼前。樓頂和樹梢都掛住一層稀薄的白霜，整個城市在陽光下閃閃爍爍撒了一層銀片。我的衣襟被風拍著作響，我冷了，我孤孤獨獨的好像站在無人的山頂。每家樓頂的白霜，一刻不是銀片了，而是些雪花、冰花，或是什麼更嚴寒的東西在吸我，像全身浴在冰水裏一般。

我披了棉被再出現到窗口，那不是全身，僅僅是頭和胸突在窗口。一個女人站在一家藥店門口討錢，手下牽著孩子，衣襟裏著更小的孩子。藥店沒有人出來理她，過路人也不理她，都像說她有孩子不對，窮就不該有孩子，有也應該餓死。

我只能看到街路的半面，那女人大概向我的窗下走來，因為我聽見那孩子的哭聲很近。

「老爺，太太，可憐可憐……」可是看不見她在逐誰，雖然是三層樓，也聽得這般清楚，她一定是跑得顛顛斷斷地呼喘：「老爺老爺……可憐吧！」

那女人一定正像我，一定早飯還沒有吃，也許昨晚的也沒有吃。她在樓下急迫地來回的呼聲傳染了我，肚子立刻響起來，腸子不住地呼叫……

郎華仍不回來，我拿什麼來餵肚子呢？桌子可以吃嗎？草褥子可以吃嗎？

曬著陽光的行人道，來往的行人，小販乞丐……這一些看得我疲倦了！打著呵欠，從窗口爬下來。

窗子一關起來，立刻生滿了霜，過一刻，玻璃片就流著眼淚了！起初是一條條的，後來就大哭了！滿臉是淚，好像在行人道上討飯的母親的臉。

我坐在小屋，像餓在籠中的雞一般，只想合起眼睛來靜著，默著，但又不是睡。

「咯，咯！」這是誰在打門！我快去開門，是三年前舊學校裏的圖畫先生。

他和從前一樣很喜歡說笑話，沒有改變，只是胖了一點，眼睛又小了一點。他隨便說，說得很多。他的女兒，那個穿紅花旗袍的小姑娘，又加了一件黑絨上衣，她在籐椅上，怪美麗的。但她有點不耐煩的樣子：「爸爸，我們走吧。」小姑娘哪裏懂得人生！小姑娘只知道美，哪裏懂得人生？

曹先生問：「你一個住在這裏嗎？」

「是——」我當時不曉得為什麼答應「是」，明明是和郎華同住，怎麼要説自己住呢？

好像這幾年並沒有別開，我仍在那個學校讀書一樣。他説：

「還是一個人好，可以把整個的心身獻給藝術。你現在不喜歡畫，你喜歡文學，就把全心身獻給文學。只有忠心於藝術的心才不空虛，只有藝術才是美，才是真美情愛。這話很難説，若是為了性慾才愛，那麼就不如臨時解決，隨便可以找到一個，只要是異性。愛是愛，愛很不容易，那麼就不如愛藝術，比較不空虛……」

「爸爸，走吧！」小姑娘哪裏懂得人生，只知道「美」，她看一看這屋子一點意思也沒有，牀上只鋪一張草褥子。

「是，走——」曹先生又説，眼睛指著女兒：「你看我，十三歲就結了婚。這不是嗎？曹雲都十五歲啦！」

「爸爸，我們走吧！」

他和幾年前一樣，總愛説「十三歲」就結了婚。差不多全校同學都知道曹先生是十三歲結婚的。

「爸爸，我們走吧！」

他把一張票子丟在桌上就走了！那是我寫信去要的。

郎華還沒有回來，我應該立刻想到餓，但我完全被青春迷惑了，讀書的時候，哪裏懂得「餓」？只曉得青春最重要，雖然現在我也並沒老，但總覺得青春是過去了！過去了！

我冥想了一個長時期，心浪和海水一般翻了一陣。

追逐實際吧！青春惟有自私的人才繫念她，「只有飢寒，沒有青春。」

幾天沒有去過的小飯館，又坐在那裏邊吃喝了。「很累了吧！腿可疼？道外道裏要有十五里路。」我問他。

只要有得吃，他也很滿足，我也很滿足。其餘什麼都忘了！

那個飯館，我已經習慣，還不等他坐下，我就搶個地方先坐下，我也把菜的名字記得很熟，什麼辣椒白菜啦，雪裏紅豆腐啦……什麼醬魚啦！怎麼叫醬魚呢？哪裏有魚！用魚骨頭炒一點醬，借一點腥味就是啦！我很有把握，我簡直都不用算一算就知道這些菜也超不過一角錢。因此我用很大的聲音招呼，我不怕，我一點也不怕花錢。

回來沒有睡覺之前，我們一面喝著開水，一面說：

「這回又餓不著了，又夠吃些日子。」

閉了燈，又滿足又安適地睡了一夜。

最末的一塊木柈

火爐燒起又滅，滅了再弄著，滅到第三次，我惱了！我再不能抑止我的憤怒，我想凍死吧，餓死吧，火也點不著，飯也燒不熟。就是那天早晨，手在鐵爐門上燙焦了兩條，並且把指甲燒焦了一個缺口。火焰仍是從爐門噴吐，我對著火焰生氣，女孩子的嬌氣畢竟沒有脱掉。我向著窗子，心很酸，腳也凍得很痛，打算哭了。但過了好久，眼淚也沒有流出，因為已經不是嬌子，哭什麼？

燒晚飯時，只剩一塊木柈，一塊木柈怎麼能生火呢？那樣大的爐腔，一塊木柈只能佔去爐腔的二十分之一。

「睡下吧，屋子太冷。什麼時候餓，就吃麵包。」郎華抖著被子招呼我。

脱掉襪子，腿在被子裏面團捲著。想要把自己的腳放到自己肚子上面暖一暖，但是不可能，腿生得太長了，實在感到不便，腿實在是無用。在被子裏面也要顫抖似的。窗子上的霜，已經掛得那樣厚，並且四壁的綠顏色，塗著金邊，這一些更使人感到冷。兩個人的呼吸像冒著煙一般的。玻璃上的霜好像柳絮落到河面，密結的起著絨毛。夜來時也不知道，天明時也不知道，是個沒有明暗的幽室，人住在裏面，正像菌類。

半夜我就醒來，並不餓，只覺到冷。郎華光著身子跳起來。點起蠟燭，到廚房去喝冷水。

「凍著，也不怕受寒！」

「你看這力氣！怕冷？」他的性格是這樣，逞強給我看。上牀，他還在自己肩頭上打了兩下。我暖著他冰冷的身子顫抖了。都說情人的身子比火還熱，到此時，我不能相信這話了。

第二天，仍是一塊木柈。他說，借吧！

「向哪裏借！」

「向汪家借。」

寫了一張紙條，他站在門口喊他的學生汪玉祥。

老廚夫抱了滿懷的木柈來叫門。

不到半點鐘，我的臉一定也紅了，因為郎華的臉紅起來。窗子滴著水，水從窗口流到地板上，窗前來回走人也看得清，窗前哺食的小雞也看得清，黑毛的，紅毛的，也有花毛的。

「老師，練武術嗎？九點鐘啦！」

「等一會，吃完飯練武術！」

有了木柈，還沒有米，等什麼？越等越餓。他教完武術，又跑出去借錢，等他借了錢買了一大塊厚餅回來，木柈又只剩了一塊。這可怎麼辦？晚飯又不能吃。

對著這一塊木柈，又愛它，又恨它，又可惜它。

他的上唇掛霜了

他夜夜出去在寒月的清光下，到五里路遠一條僻街上去教兩個人讀國文課本。這是新找到的職業，不能說是職業，只能說新找到十五元錢。

禿著耳朵，夾外套的領子還不能遮住下巴，就這樣夜夜出去，一夜比一夜冷了！聽得見人們踏著雪地的響聲也更大。他帶著雪花回來，褲子下口全是白色，鞋也被雪浸了一半。

「又下雪嗎？」

他一直沒有回答，像是同我生氣。把襪子脫下來，雪積滿他的襪口，我拿他的襪子在門扇上打著，只有一小部分雪星是震落下來，襪子的大部分全是潮濕了的。等我在火爐上烘襪子的時候，一種很難忍的氣味滿屋散佈著。

「明天早晨晚些吃飯，南崗有一個要學武術的。等我回來吃。」他說這話，完全沒有聲色，把聲音弄得很低很低……或者他想要嚴肅一點，也或者他把這事故意看做平凡的事。總之，我不能猜到了！

他赤了腳。穿上「傻鞋」，去到對門上武術課。

「你等一等，襪子就要烘乾的。」

「我不穿。」

「怎麼不穿，汪家有小姐的。」

「有小姐，管什麼？」

「不是不好看嗎？」

「什麼好看不好看！」他光著腳去，也不怕小姐們看，汪家有兩個很漂亮的小姐。

他很忙，早晨起來，就跑到南崗去，吃過飯，又要給他的小徒弟上國文課。一切忙完了，又跑出去借錢。晚飯後，又是教武術，又是去教中學課本。

夜間，他睡覺醒也不醒轉來，我感到非常孤獨了！白晝使我對著一些傢具默坐，我雖生著嘴，也不言語；我雖生著腿，也不能走動；我雖生著手，而也沒有什麼做，和一個廢人一般，有多麼寂寞！連視線都被牆壁截止住，連看一看窗前的麻雀也不能夠，什麼也不能夠，玻璃生滿厚的和絨毛一般的霜雪。這就是「家」，沒有陽光，沒有暖，沒有聲，沒有色，寂寞的家，窮的家，不生毛草荒涼的廣場。

我站在小過道窗口等郎華，我的肚子很餓。

鐵門扇響了一下，我的神經便要震盪一下，鐵門響了無數次，來來往往都是和我無關的人。汪林她很大的皮領子和她很響的高跟鞋相配稱，她搖搖晃晃，滿滿足足，她的肚子想來很飽很飽，向我笑了笑，滑稽的樣子用手指點我一下：

「啊！又在等你的郎華……」她快走到門前的木階，還說著：「他出去，你天天等他，真是怪好的一對！」

她的聲音在冷空氣裏來得很脆，也許是少女們特有的喉嚨。對於她，我立刻把她忘記，也許原來就沒把她看見，沒把她聽見。假若我是個男人，怕是也只有這樣。肚子響叫起來。

汪家廚房傳出來炒醬的氣味，隔得遠我也會嗅到，他家吃炸醬麵吧！炒醬的鐵勺子一響，都像說：炸醬，炸醬麵……

在過道站著，腳凍得很痛，鼻子流著鼻涕。我回到屋裏，關好二層門，不知是想什麼，默坐了好久。

汪林的二姐到冷屋去取食物，我去倒髒水見她，平日不很說話，很生疏，今天她卻說：

「沒去看電影嗎？這個片子不錯，胡蝶主演。」她藍色的大耳環永遠吊蕩著不能停止。

「沒去看。」我的袍子冷透骨了！

「這個片很好，煞尾是結了婚，看這片子的人都猜想，假若演下去，那是怎麼美滿的……」

她熱心地來到門縫邊，在門縫我也看到她大長的耳環在擺動。

「進來玩玩吧！」

「不進去，要吃飯啦！」

郎華回來了，他的上唇掛霜了！汪二小姐走得很遠時，她的耳環和她的話聲仍震盪著：「和你度蜜月的人回來啦，他來了。」

好寂寞的，好荒涼的家呀！他從口袋取出燒餅來給我吃。

他又走了，說有一家招請電影廣告員，他要去試試。

「什麼時候回來？什麼時候回來？」我追趕到門外問他，好像很久捉不到的鳥兒，捉到又飛了！失望和寂寞，雖然吃著燒餅，也好像餓倒下來。

小姐們的耳環，對比著郎華的上唇掛著的霜。對門居著，他家的女兒看電影，戴耳環；我家呢？我家……

廣告員的夢想

有一個朋友到一家電影院去畫廣告，月薪四十元。畫廣告留給我一個很深的印象，我一面燒早飯一面看報，又有某個電影院招請廣告員被我看到，立刻我動心了：我也可以吧？

從前在學校時不也學過畫嗎？但不知月薪多少。

郎華回來吃飯，我對他說，他很不願意作這事。他說：

「盡騙人。昨天別的報上登著一段招聘家庭教師的廣告，我去接洽，其實去的人太多，招一個人，就要去十個，二十個……」

「去看看怕什麼？不成，完事。」

「我不去。」

「你不去，我去。」

「你自己去？」

「我自己去！」

第二天早晨，我又留心那塊廣告，這回更能滿足我的慾望。那文告又改登一次，月薪四十元，明明白白的是四十元。

「看一看去。不然，等著職業，職業會來嗎？」我又向他說。

「要去，吃了飯就去，我還有別的事。」這次，他不很堅決了。

走在街上，遇到他一個朋友。

「到哪裏去？」

「接洽廣告員的事情。」

「就是《國際協報》登的嗎？」

「是的。」

「四十元啊！」這四十元他也注意到。

十字街商店高懸的大錶還不到十一點鐘，十二點才開始接洽。已經尋找得好疲乏了，已經不耐煩了，代替接洽的那個「商行」才尋到。指明的是石頭道街，可是那個「商行」是在石頭道街旁的一條順街尾上，我們的眼睛繚亂起來。走進「商行」去，在一座很大的樓房二層樓上，剛看到一個長方形的亮銅牌釘在過道，還沒看到究竟是什麼個「商行」，就有人截住我們：「什麼事？」

「來接洽廣告員的！」

「今天星期日，不辦公。」

第二天再去的時候，還是有勇氣的。是陰天，飛著清雪。

那個「商行」的人說：

「請到電影院本家去接洽吧。我們這裏不替他們接洽了。」

郎華走出來就埋怨我：

「這都是你主張，我說他們盡騙人，你不信！」

「怎麼又怨我？」我也十分生氣。

「不都是想當廣告員嗎？看你當吧！」

吵起來了。他覺得這是我的過錯，我覺得他不應該同我生氣。走路時，他在前面總比我快一些，他不願意和我一起走的樣子，好像我對事情沒有眼光，使他討厭的樣子。衝突就這樣越來越大，當時並不去怨恨那個「商行」，或是那個電影院，只是他生氣我，我生氣他，真正的目的卻丟開了。兩個人吵著架回來。

第三天，我再不去了。我再也不提那事，仍是在火爐板上烘著手。他自己出去，戴著他的飛機帽。

「南崗那個人的武術不教了。」晚上他告訴我。

我知道，就是那個人不學了。

第二天，他仍戴著他的飛機帽走了一天。到夜間，我也並沒提起廣告員的事。照樣，第三天我也並沒有提，我已經沒有興致想找那樣的職業。可是他自動的，比我更留心，自己到那個電影院去過兩次。

「我去過兩次，第一回說經理不在，第二回說過幾天再來吧。真他媽的！有什麼勁，只為著四十元錢，就去給他們耍寶！畫的什麼廣告？什麼情火啦，艷史啦，甜蜜啦，真是無恥和肉麻！」

他發的議論，我是不回答的。他憤怒起來，好像有人非捉他去作廣告員不可。

「你說，我們能幹那樣無聊的事？去他娘的吧！滾蛋吧！」他竟罵起來，跟著，他就罵起自己來：「真是混蛋，不知恥的東西，自私的爬蟲！」

直到睡覺時，他還沒忘掉這件事，他還向我說：「你說，我們不是自私的爬蟲是什麼？只怕自己餓死，去畫廣告。畫得好一點，不怕肉麻，多招來一些看情史的，使人們羨慕富麗，使人們一步一步地爬上去……就是這樣，只怕自己餓死，毒害多少人不管，人是自私的東西，……若有人每月給二百元，不是什麼都干了嗎？我們就是不能夠推動歷史，也不能站在相反的方面努力敗壞歷史！」

他講的使我也感動了。並且聲音不自知地越講越大，他已經開始更細地分析自己……

「你要小點聲啊，房東那屋常常有日本朋友來。」我說。

又是一天，我們在「中央大街」閒蕩著，很瘦很高的老秦在他肩上拍了一下。冬天下午三四點鐘時，已經快要黃昏了，陽光僅僅留在樓頂，漸漸微弱下來，街路完全在晚風中，就是行人道上，也有被吹起的霜雪掃著人們的腿。

冬天在行人道上遇見朋友，總是不把手套脫下來就握手的。那人的手套大概很涼吧，我見郎華的赤手握了一下就抽回來。我低下頭去，順便看到老秦的大皮鞋上撒著紅綠的小斑點。

「你的鞋上怎麼有顏料？」

他說他到電影院去畫廣告了。他又指給我們電影院就是眼前那個，他說：

「我的事情很忙，四點鐘下班，五點鐘就要去畫廣告。你們可以不可以幫我一點忙？」

聽了這話，郎華和我都沒回答。

「五點鐘，我在賣票的地方等你們。你們一進門就能看見我。」老秦走開了。

晚飯吃的烤餅，差不多每張餅都半生就吃下的，為著忙，也沒有到桌子上去吃，就圍在爐邊吃的。他的臉被火烤得通紅。我是站著吃的。看一看新買的小錶，五點了，所以連湯鍋也沒有蓋起我們就走出了，湯在爐板上蒸著氣。

不用說我是連一口湯也沒喝，郎華已跑在我的前面。我一面弄好頭上的帽子，一面追隨他。才要走出大門時，忽然想起火爐旁還堆著一堆木柴，怕著了火，又回去看了一趟。等我再出來的時候，他已跑到街口去了。

他說我：「做飯也不曉得快做！磨蹭，你看晚了吧！女人就會磨蹭，女人就能耽誤事！」

可笑的內心起著矛盾。這行業不是幹不得嗎？怎麼跑得這樣快呢？他搶著跨進電影院的門去。我看他矛盾的樣子，好像他的後腦勺也在起著矛盾，我幾乎笑出來，跟著他進去了。

不知俄國人還是英國人，總之是大鼻子，站在售票處賣票。問他老秦，他說不知道。問別人，又不知道哪個人是電影院的人。等了半個鐘頭也不見老秦，又只好回家了。

他的學說一到家就生出來，照樣生出來：「去他娘的吧！那是你願意去。那不成，那不成啊！人，這自私的東西，多碰幾個釘子也對。」

他到別處去了，留我一個人在家。

「你們怎麼不去找找？」老秦一邊脫著皮帽，一邊說。

「還到哪裏找去？等了半點鐘也看不到你！」

「我們一同走吧。郎華呢？」

「他出去了。」

「那麼我們先走吧。你就是幫我忙，每月四十元，你二十，我二十，均分。」

在廣告牌前站到十點鐘才回來。郎華找我兩次也沒有找到，所以他正在房中生氣。這一夜，我和他就吵了半夜。他去買酒喝，我也搶著喝了一半，哭了，兩個人都哭了。他醉了以後在地板上嚷著說：

「一看到職業，途徑也不管就跑了，有職業，愛人也不要了！」

我是個很壞的女人嗎？只為了二十元錢，把愛人氣得在地板上滾著！醉酒的心，像有火燒，像有開水在滾，就是哭也不知道為什麼要哭，已經失去了理智。他也和我同樣。

第二天酒醒，是星期日。他同我去畫了一天的廣告。我是老秦的副手，他是我的副手。

第三天就沒有去，電影院另請了別人。

廣告員的夢到底做成了，但到底是碎了。

「牽牛房」

還不到三天，劇團就完結了！很高的一堆劇本剩在桌子上面。感到這屋子廣大了一些，冷了一些。

「他們也來過，我對他們說這個地方常常有一大群人出來進去是不行啊！日本子這幾天在『道外』捕去很多工人。像我們這劇團……不管我們是劇團還是什麼，日本子知道那就不好辦……」

結果是什麼意思呢？就說劇團是完了！我們站起來要走，覺得劇團都完了，再沒有什麼停留的必要，很傷心似的。後來郎華的胖友人出去買瓜子，我們才坐下來吃著瓜子。

廚房有傢具響，大概這是吃夜飯的時候。我們站起來快快地走了。他們說：

「也來吃飯吧！不要走，不要客氣。」

我們說：「不客氣，不客氣。」其實，才是客氣呢！胖朋友的女人，就是那個我所說的小「蒙古」，她幾乎來拉我。

「吃過了，吃過了！」欺騙著自己的肚子跑出來，感到非常空虛，劇團也沒有了，走路也無力了。

「真沒意思，跑了這些次，我頭疼了咧！」

「你快點走，走得這樣慢！」郎華說。

使我不耐煩的倒不十分是劇團的事情，因為是餓了！我一定知道家裏一點什麼吃的東西也沒有。

因為沒有去處，以後常到那地方閒坐，第四次到他家去閒坐，正是新年的前夜，主人約我們到他家過年。其餘新識的那一群也都歡迎我們在一起玩玩。有的說：

「『牽牛房』又牽來兩條牛！」

有人無理由地大笑起來，「牽牛房」是什麼意思，我不能解釋。

「夏天窗前滿種著牽牛花，種得太多啦！爬滿了窗門，因為這個叫『牽牛房』！」主人大聲笑著給我們講了一遍。

「那麼把人為什麼稱做牛呢？」還太生疏，我沒有說這話。

不管怎樣玩，怎樣鬧，總是各人有各人的立場。女僕出去買松子，拿著三角錢，這錢好像是我的一樣，非常覺得可惜，我急得要顫慄了！就像那女僕把錢去丟掉一樣。

「多餘呀！多餘呀！吃松子做什麼！不要吃吧！不要吃那樣沒用的東西吧！」這話我都沒有說，我知道說這話還不是地方。等一會雖然我也吃著，但我一定不同別人那樣感到趣味；別人是吃著玩，我是吃著充飢！所以一個跟著一個嚥下它，毫沒有留在舌頭上嚐一嚐滋味的時間。

回到家來才把這可笑的話告訴郎華。他也說他不覺的吃了很多松子，他也說他像吃飯一樣吃松子。

起先我很奇怪，兩人的感覺怎麼這樣相同呢？其實一點也不奇怪，因為餓才把兩個人的感覺弄得一致的。

同命運的小魚

我們的小魚死了。牠從盆中跳出來死的。

我後悔，為什麼要出去那麼久！為什麼只貪圖自己的快樂而把小魚乾死了！

那天魚放到盆中去洗的時候，有兩條又活了，在水中立起身來。那麼只用那三條死的來燒菜。魚鱗一片一片地掀掉，沉到水盆底去；肚子剝開，腸子流出來。我只管掀掉魚鱗，我還沒有洗過魚，這是試著幹，所以有點害怕，並且冰涼的魚的身子，我總會聯想到蛇；剝魚肚子我更不敢了。郎華剝著，我就在旁邊看，然而看也有點躲躲閃閃，好像鄉下沒有教養的孩子怕著已死的貓會還魂一般。

「你看你這個無用的，連魚都怕。」說著，他把已經收拾乾淨的魚放下，又剝第二個魚肚子。這回魚有點動，我連忙扯了他的肩膀一下：「魚活啦，魚活啦！」

「什麼活啦！神經質的人，你就看著好啦！」他逞強一般的在魚肚子上劃了一刀，魚立刻跳動起來，從手上跳下盆去。

「怎麼辦哪？」這回他向我說了。我也不知道怎麼辦。他從水中摸出來看看，好像魚會咬了他的手，馬上又丟下水去。

魚的腸子流在外面一半，魚是死了。

「反正也是死了，那就吃了牠。」

魚再被拿到手上，一些也不動彈。他又安然地把牠收拾乾淨。直到第三條魚收拾完，我都是守候在旁邊，怕看，又想看。第三條魚是全死的，沒有動。盆中更小的一條很活潑了，在盆中轉圈。另一條怕是要死，立起不多時又橫在水面。

火爐的鐵板熱起來，我的臉感覺烤痛時，鍋中的油翻著花。魚就在大爐台的菜板上，就要放到油鍋裏去。我跑到二層門去拿油瓶，聽得廚房裏有什麼東西跳起來，辟辟啪啪的。他也來看。盆中的魚仍在游著，那麼菜板上的魚活了，沒有肚子的魚活了，尾巴仍打得菜板很響。

這時我不知該怎樣做，我怕看那悲慘的東西。躲到門口，我想：不吃這魚吧。然而牠已經沒有肚子了，可怎樣再活？我的眼淚都跑上眼睛來，再不能看了。我轉過身去，面向著窗子。窗外的小狗正在追逐那紅毛雞，房東的使女小菊挨過打以後到牆根處去哭……

這是兇殘的世界，失去了人性的世界，用暴力毀滅了牠吧！毀滅了這些失去了人性的東西！

晚飯的魚是吃的，可是很腥，我們吃得很少，全部丟到垃圾箱去。剩下來兩條活的就在盆裏游泳。夜間睡醒時，聽見廚房裏有乒乓的水聲。點起洋燭去看一下。可是我不敢去，叫郎華去看。

「盆裏的魚死了一條，另一條魚在游水響……」

到早晨，用報紙把牠包起來，丟到垃圾箱去。只剩一條在水中上下游著，又為牠換了一盆水，早飯時又丟了一些飯粒給牠。

小魚兩天都是快活的，到第三天憂鬱起來，看了幾次，牠都是沉到盆底。

「小魚都不吃食啦，大概要死吧？」我告訴郎華。

他敲一下盆沿，小魚走動兩步；再敲一下，再走動兩步……不敲，牠就不走，牠就沉下去。

又過一天，小魚的尾巴也不搖了，就是敲盆沿，牠也不動一動尾巴。

「把牠送到江裏一定能好，不會死。牠一定是感到不自由才憂愁起來！」

「怎麼送呢？大江還沒有開凍，就是能找到一個冰洞把牠塞下去，我看也要凍死，再不然也要餓死。」我說。

郎華笑了。他說我像玩鳥的人一樣，把鳥放在籠子裏，給牠米子吃，就說牠沒有悲哀了，就說比在山裏好得多，不會凍死，不會餓死。

「有誰不愛自由呢？海洋愛自由，野獸愛自由，昆蟲也愛自由。」郎華又敲了一下水盆。

小魚只悲哀了兩天，又暢快起來，尾巴打著水響。我每天在火邊燒飯，一邊看著牠，好像生過病又好起來的自己的孩子似的，更珍貴一點，更愛惜一點。天真太冷，打算過了冷天就把牠放到江裏去。

我們每夜到朋友那裏去玩，小魚就自己在廚房裏過個整夜。牠什麼也不知道，牠也不怕貓會把牠攫了去，牠也不怕耗子會使牠驚跳。我們半夜回來也要看看，牠總是安安然然地游著。家裏沒有貓，知道牠沒有危險。

又一天就在朋友那裏過的夜，終夜是跳舞，唱戲。第二天晚上才回來。時間太長了，我們的小魚死了！

第一步踏進門的是郎華，差一點沒踏碎那小魚。點起洋燭去看，還有一點呼吸，鰓還輕輕地抽著。我去摸牠身上的鱗，都乾了。小魚是什麼時候跳出水的？是半夜？是黃昏？耗子驚了你，還是你聽到了貓叫？

蠟油滴了滿地，我舉著蠟燭的手，不知歪斜到什麼程度。

屏著呼吸，我把魚從地板上拾起來，再慢慢把牠放到水裏，好像親手讓我完成一件喪儀。沉重的悲哀壓住了我的頭，我的手也顫抖了。

短命的小魚死了！是誰把你摧殘死的？你還那樣幼小，來到世界——說你來到魚群吧，在魚群中你還是幼芽一般正應該生長的，可是你死了！

郎華出去了，把空漠的屋子留給我。他回來時正在開門，我就趕上去說：「小魚沒死，小魚又活啦！」我一面拍著手，眼淚就要流出來。我到桌子了去取蠟燭。他敲著盆沿，沒有動，魚又不動了。

「怎麼又不會動了？」手到水裏去把魚立起來，可是牠又橫過去。

「站起來吧。你看蠟油啊！……」他拉我離開盆邊。

小魚這回是真死了！可是過一會又活了。這回我們相信小魚絕對不會死，離水的時間太長，復一復原就會好的。

半夜郎華起來看，說牠一點也不動了，但是不怕，那一定是又在休息。我招呼郎華不要動牠，小魚在養病，不要攪擾牠。

亮天看牠還在休息，吃過早飯看牠還在休息。又把飯粒丟到盆中。我的腳踏起地板來也放輕些，只怕把牠驚醒，我說小魚是在睡覺。

這睡覺就再沒有醒。我用報紙包牠起來，魚鱗沁著血，一隻眼睛一定是在地板上掙跳時弄破的。

就這樣吧，我送牠到垃圾箱去。

女教師

一個初中學生，拿著書本來到家裏上課，郎華一大聲開講，我就躲到廚房裏去。第二天，那個學生又來，就沒拿書，他說他父親不許他讀白話文，打算讓他做商人，說白話文沒有用；讀古文他父親供給學費，讀白話文他父親就不管。

最後，他從口袋摸出一張一元票子給郎華。

「很對不起先生，我讀一天書，就給一元錢吧！」那學生很難過的樣子，他說他不願意學買賣。手拿著錢，他要哭似的。

郎華和我同時覺得很不好過，臨走時，強迫把他的錢給他裝進衣袋。

郎華的兩個讀中學課本的學生也不讀了！他實在不善於這行業，到現在我們的生命線又斷盡。胖朋友剛搬過家，我就拿了一張郎華寫的條子到他家去。回來時我是帶著米、麵、木柈，還有幾角錢。

我眼睛不住地盯住那馬車，怕那車伕拉了木柈跑掉。所以我手下提著用紙盒盛著的米，因為我在快走而震搖著；又怕小麵袋從車上翻下來，趕忙跑到車前去弄一弄。

聽見馬的鈴鐺響，郎華才出來！這一些東西很使他歡樂，親切地把小麵袋先拿進屋去。他穿著很單的衣裳，就在窗前擺堆著木柈。

「進來暖一暖再出去……凍著！」可是招呼不住他。始終擺完才進來。

「天真夠冷。」他用手扯住很紅的耳朵。

他又呵著氣跑出去，他想把火爐點著，這是他第一次點火。

「柈子真不少，夠燒五六天啦！米麵也夠吃五六天，又不怕啦！」

他弄著火，我就洗米燒飯。他又說了一些看見米麵時特有高興的話，我簡直沒理他。

米麵就這樣早飯晚飯的又快不見了，這就到我做女教師的時候了！

我也把桌子上鋪了一塊報紙，開講的時候也是很大的聲。郎華一看，我就要笑。他也是常常躲到廚房去。我的女學生，她讀小學課本，什麼豬啦！羊啦，狗啦！這一類字都不用我教她，她搶著自己唸：「我認識，我認識！」

不管在什麼地方碰到她認識的字，她就先一個一個唸出來，不讓她唸也不行，因為她比我的歲數還大，我總有點不好意思。她先給我拿五元錢，並說：

「過幾天我再交那五元。」

四五天她沒有來，以為她不會再來了。那天，我正在燒晚飯，她跑來。她說她這幾天生病。我看她不像生病，那麼她又來做什麼呢？過了好久，她站在我的身邊：

「先生，我有點事求求你！」

「什麼事？說吧……」我把葱花加到油裏去炸。

她的紙單在手心握得很熱，交給我；這是藥方嗎？信嗎？都不是。

藉著爐台上那個流著油的小蠟燭看，看不清，怕是再點兩支蠟燭我也看不清，因為我不認識那樣的字。

「這是易經上的字！」郎華看了好些時才說。

「我批了個八字，找了好些人也看不懂，我想先生是很有學問的人，我拿來給先生看看。」

這次她走去，再也沒有來，大概她覺得這樣的先生教不了她，連個「八字」都說不出所以然來！

小偷、車伕和老頭

木柈車在石路上發著隆隆的重響。出了木柈場，這滿車的木使老馬拉得吃力了！但不能滿足我，大木柈堆對於這一車木柈，真像在牛背上拔了一根毛，我好像嫌這柈子太少。

「丟了兩塊木柈哩！小偷來搶的，沒看見？要好好看著，小偷常偷柈子……十塊八塊木柈也能丟。」

我被車伕提醒了！覺得一塊木柈也不該丟，木柈對我才恢復了它的重要性。小偷眼睛發著光又來搶時，車伕在招呼我們：

「來了啊！又來啦！」

郎華招呼一聲，那豎著頭髮的人跑了！

「這些東西頂沒有臉，拉兩塊就得啦吧！貪多不厭，把這一車都送給你好不好？……」打著鞭子的車伕，反覆地在說那個小偷的壞話，說他貪多不厭。

在院心把木柈一塊塊推下車來，那還沒有推完，車伕就不再動手了！把車錢給了他，他才說：「先生，這兩塊給我吧！拉家去好烘烘火，孩子小，屋子又冷。」

「好吧！你拉走吧！」我看一看那是五塊頂大的他留在車上。

這時候他又彎下腰，去弄一些碎的，把一些木皮揚上車去，而後拉起馬來走了。但他對他自己並沒說貪多不厭，別的壞話也沒說，跑出大門道去了。

只要有木梓車進院，鐵門欄外就有人向院裏看著問：「梓子拉（鋸）不拉？」

那些人帶著鋸，有兩個老頭也扒著門扇。

這些梓子就講妥歸兩個老頭來鋸，老頭有了工作在眼前，才對那個夥伴說：「吃點麼？」

我去買給他們麵包吃。

梓子拉完又送到梓子房去。整個下午我不能安定下來，好像我從未見過木梓，木梓給我這樣的大歡喜，使我坐也坐不定，一會跑出去看看。最後老頭子把院子掃得乾乾淨淨的了！

這時候，我給他工錢。

我先用碎木皮來烘著火。夜晚在三月裏也是冷一點，玻璃窗上掛著蒸氣。沒有點燈，爐火顆顆星星地發著爆炸，爐門打開著，火光照紅我的臉，我感到例外的安寧。

我又到窗外去拾木皮，我吃驚了！老頭子的斧子和鋸都背好在肩上，另一個背著架子的木架，可是他們還沒有走。這許多的時候，為什麼不走呢？

「太太，多給了錢吧？」

「怎麼多給的！不多，七角五分不是嗎？」

「太太，吃麵包錢沒有扣去！」那幾角工錢，老頭子並沒放入衣袋，仍呈在他的手上，他藉著離得很遠的門燈在考察錢數。

我說：「吃麵包不要錢，拿著走吧！」

「謝謝，太太。」感恩似的，他們轉過身走去了，覺得吃麵包是我的恩情。

我愧得立刻心上燒起來，望著那兩個背影停了好久，羞恨的眼淚就要流出來。已經是祖父的年紀了，吃塊麵包還要感恩嗎？

夏夜

汪林在院心坐了很長的時間了。小狗在她的腳下打著滾睡了。

「你怎麼樣？我胳臂疼。」

「你要小聲點說，我媽會聽見。」

我抬頭看，她的母親在紗窗裏邊，於是我們轉了話題。在江上搖船到「太陽島」去洗澡這些事，她是背著她的母親的。

第二天，她又是去洗澡。我們三個人租一條小船，在江上蕩著。清涼的，水的氣味。郎華和我都唱起來了。汪林的嗓子比我們更高。小船浮得飛起來一般。

夜晚又是在院心乘涼，我的胳臂為著搖船而痛了，頭覺得發脹。我不能再聽那一些話感到趣味。什麼戀愛啦，誰的未婚夫怎樣啦，某某同學結婚，跳舞……我什麼也不聽了，只是想睡。

「你們談吧。我可非睡覺不可，」我向她和郎華告辭。

睡在我腳下的小狗，我誤踏了牠，小狗還在哽哽地叫著，我就關了門。

最熱的幾天，差不多天天去洗澡，所以夜夜我早早睡。郎華和汪林就留在暗夜的院子裏。只要接近著牀，我什麼全忘了。汪林那紅色的嘴，那少女的煩悶……夜夜我不知道郎華什麼時候回屋來睡覺。就這樣，我不知過了幾天了。

「她對我要好，真是……少女們。」

「誰呢？」

「那你還不知道！」

「我還不知道。」我其實知道。

很窮的家庭教師，那樣好看的有錢的女人竟向他要好了。

「我坦白地對她說了：我們不能夠相愛的，一方面有吟，一方面我們彼此相差得太遠……你沉靜點吧……」他告訴我。

又要到江上去搖船。那天又多了三個人，汪林也在內。一共是六個人：陳成和他的女人，郎華和我，汪林，還有那個編輯朋友。

停在江邊的那一些小船動盪得落葉似的。我們四個跳上了一條船，當然把汪林和半胖的人丟下。他們兩個就站在石堤上。本來是很生疏的，因為都是一對一對的，所以我們故意要看他們兩個也配成一對，我們的船離岸很遠了。

「你們壞呀！你們壞呀！」汪林仍叫著。

為什麼罵我們壞呢？那人不是她一個很好的小水手嗎？為她蕩著槳，有什麼不願意嗎？也許汪林和我的感情最好，也許也最願意和我同船。船蕩得那麼遠了，一切江岸上的聲音都隔絕，江沿上的人影也消滅了輪廓。

水聲，浪聲，郎華和陳成混合著江聲在唱。遠遠近近的那一些女人的陽傘，這一些船，這一些幸福的船呀！滿江上是幸福的船，滿江上是幸福了！人間，岸上，沒有罪惡了吧！

再也聽不到汪林的喊，他們的船是脱開離我們很遠了。

郎華故意把槳打起的水星落到我的臉上。船越行越慢，但郎華和陳成流起汗來。槳板打到江心的沙灘了，小船就要擱淺在沙灘上。這兩個勇敢的大魚似的跳下水去，在大江上挽著船行。

一入了灣，把船任意停在什麼地方都可以。

我浮水是這樣浮的：把頭昂在水外，我也移動著，看起來在浮，其實手卻抓著江底的泥沙，鱷魚一樣，四條腿一起爬著浮。那隻船到來時，聽著汪林在叫。很快她脫了衣裳，也和我一樣抓著江底在爬，但她是快樂的，爬得很有意思。在沙灘上滚著的時候，居然很熟識了，她把傘打起來，給她同船的人遮著太陽，她保護著他。陳成揚著沙子飛向他：「陵，著鏢吧！」

汪林和陵站了一隊，用沙子反攻。

我們的船出了灣，已行在江上時，他們兩個仍在沙灘上走著。

「你們先走吧，看我們誰先上岸。」汪林說。

太陽的熱力在江面上開始減低，船是順水行下去的。他們還沒有來，看過多少隻船，看過多少柄陽傘，然而沒有汪林的陽傘。太陽西沉時，江風很大了，浪也很高，我們有點擔心那隻船。李說那隻船是「迷船」。

四個人在岸上就等著這「迷船」，意想不到的是他們繞著彎子從上游來的。

汪林不罵我們是壞人了，風吹著她的頭髮，那興奮的樣子，這次搖船好像她比我們得到的快樂更大，更多……

早晨在看報時，編輯居然作詩了。大概就是這樣的意思：

願意風把船吹翻，願意和美人一起沉下江去……

我這樣一說，就沒有詩意了。總之，可不是前幾天那樣的話，什麼摩登女子吃「血」活著啦，小姐們的嘴是吃「血」的嘴啦……總之可不是那一套。這套比那套文雅得多，這套說摩登女子是天仙，那套說摩登女子是惡魔。

汪林和郎華在夜間也不那麼談話了。陵編輯一來，她就到我們屋裏來，因此陵到我們家來的次數多多了。

「今天早點走……多玩一會，你們在街角等我。」這樣的話，汪林再不向我們說了。她用不到約我們去「太陽島」了。

伴著這吃人血的女子在街上走，在電影院裏，他也不怕她會吃他的血，還說什麼怕呢，常常在那紅色的嘴上接吻，正因為她的嘴和血一樣紅才可愛。

罵小姐們是惡魔是羨的意思，是伸手去攫取怕她逃避的意思。

在街上，汪林的高跟鞋，陵的亮皮鞋，格登格登和諧地響著。

一個南方的姑娘

郎華告訴我一件新的事情，他去學開汽車回來的第一句話說：

「新認識一個朋友，她從上海來，是中學生。過兩天還要到家裏來。」

第三天，外面打著門了！我先看到的是她頭上紮著漂亮的紅帶，她說她來訪我。老王在前面引著她。大家談起來，差不多我沒有說話，我聽著別人說。

「我到此地四十天了！我的北方話還說不好，大概聽得懂吧！老王是我到此地才認識的。那天巧得很，我看報上為著戲劇在開著筆戰，署名郎華的我同情他……我同朋友們說：這位郎華先生是誰？論文作得很好。因為老王的介紹，上次，見到郎華……」

我點著頭，遇到生人，我一向是不會說什麼話，她又去拿桌上的報紙，她尋找筆戰繼續的論文。我慢慢地看著她，大概她也慢慢地看著我吧！她很漂亮，很素淨，臉上不塗粉，頭髮沒有捲起來，只是紮了一條紅綢帶，這更顯得特別風味，又美又淨，葡萄灰色的袍子上面，有黃色的花，只是這件袍子我看不很美，但也無損於美。到晚上，這美人似的人就在我們家裏吃晚飯。在吃飯以前，汪林也來了！汪林是來約郎華去滑冰，她從小孔窗看了一下：

「郎華不在家嗎？」她接著「唔」了一聲。

「你怎麼到這裏來？」汪林進來了。

「我怎麼就不許到這裏來？」

我看得她們這樣很熟的樣子，更奇怪。我說：

「你們怎麼也認識呢？」

「我們在舞場裏認識的。」汪林走了以後她告訴我。

從這句話當然也知道程女士也是常常進舞場的人了！汪林是漂亮的小姐，當然程女士也是，所以我就不再留意程女士了。

環境和我不同的人來和我做朋友，我感不到興味。

郎華肩著冰鞋回來，汪林大概在院中也看到了他，所以也跟進來。這屋子就熱鬧了！汪林的胡琴口琴都跑去拿過來。

郎華唱：「楊延輝坐宮院。」

「哈呀呀，怎麼唱這個？這是『奴心未死』！」汪林嘲笑他。

在報紙上就是因為舊劇才開筆戰。郎華自己明明寫著，唱舊戲是奴心未死。

並且汪林聳起肩來笑得背脊靠住暖牆，她帶著西洋少婦的風情。程女士很黑，是個黑姑娘。

又過幾天，郎華為我借一雙滑冰鞋來，我也到冰場上去。程女士常到我們這裏來，她是來借冰鞋，有時我們就一起去，同時新人當然一天比一天熟起來。她漸漸對郎華比對我更熟，她給郎華寫信了，雖然常見，但是要寫信的。

又過些日子，程女士要在我們這裏吃麵條，我到廚房去調麵條。

「……喳……喳……」等我走進屋，他們又在談別的了！

女士只吃一小碗麵就說：「飽了。」

我看她近些日子更黑一點，好像她的「愁」更多了！她不僅僅是「愁」，因為愁並不興奮，可是程女士有點興奮。我忙著收拾傢具，她走時我沒有送她，郎華送她出門。

我聽得清楚楚的是在門口：「有信嗎？」

或者不是這麼說，總之跟著一聲「喳喳」之後，郎華很響的：「沒有。」

又過了些日子，程女士就不常來了，大概是她怕見我。

程女士要回南方，她到我們這裏來辭行，有我做障礙，她沒有把要訴說出來的「愁」盡量訴說給郎華。她終於帶著「愁」回南方去了。

又是春天

太陽帶來了暖意，松花江靠岸的江冰坍下去，融成水了，江上用人支走的爬犁漸少起來。汽車更沒有一輛在江上行走了。松花江失去了它冬天的威嚴，江上的雪已經不是閃眼的白色，變成灰的了。又過幾天，江冰順著水慢慢流動起來，那是很好看的，有意流動，也像無意流動，大塊冰和小塊冰輕輕地互相擊撞發著響，唧唧著。這種響聲，像是瓷器相碰的響聲似的，也像玻璃相碰的響聲似的。立在江邊，我起了許多幻想：這些冰塊流到哪裏去？流到海去吧！也怕是到不了海，陽光在半路上就會全數把它們消滅盡……

然而它們是走的，幽遊一般，也像有生命似的，看起來比人更快活。

那天在江邊遇到一些朋友，於是大家同意去走江橋。我和郎華走得最快，松花江在腳下東流，鐵軌在江空發嘯，滿江面的冰塊，滿天空的白雲。走到盡頭，那裏並不是郊野，看不見綠絨絨的草地，看不見綠樹，「塞外」的春來得這樣遲啊！我們想吃酒，於是沿著土堤走下去，然而尋不到酒館，江北完全是破落人家，用泥土蓋成的房子，用柴草織成的短牆。

「怎麼聽不到雞鳴？」

「要聽雞鳴做什麼？」人們坐在土堤上指著面，走得熱了。

後來，我們去看一個戰艦，那是一九二九年和蘇俄作戰時被打沉在江底的，名字是「利捷」。每個人用自己所有的思想來研究這戰艦，但那完全是瞎說，有的說汽鍋被打碎了才沉江的，有的說把駕船人打死才沉江的。一個洞又一個洞。這樣的軍艦使人感到殘忍，正相同在街上遇見的在戰場上丟了腿的人一樣，他殘廢了，別人稱他是個廢人。

這個破戰艦停在船塢裏完全發霉了。

《橋》（節選）

蹲在洋車上

看到了鄉巴佬坐洋車，忽然想起一個童年的故事。

當我還是小孩的時候，祖母常常進街。我們並不住在城外，只是離市鎮較偏的地方罷了！有一天，祖母又要進街，命令我：

「叫你媽媽把斗風給我拿來！」

那時因為我過於嬌慣，把舌頭故意縮短一些，叫斗篷作斗風，所以祖母學著我，把風字拖得很長。

她知道我最愛惜皮球，每次進街的時候，她問我：

「你要些什麼呢？」

「我要皮球。」

「你要多大的呢？」

「我要這樣大的。」

我趕快把手臂拱向兩面，好像張著的鷹的翅膀。大家都笑了！祖父輕動著嘴唇，好像要罵我一些什麼話，因我的小小的姿式感動了他。

祖母的斗篷消失在高煙囪的背後。

等她回來的時候，什麼皮球也沒帶給我，可是我也不追問一聲：

「我的皮球呢？」

因為每次她也不帶給我；下次祖母再上街的時候，我仍說是要皮球，我是說慣了，我是熟練而慣於作那種姿式。

祖母上街儘是坐馬車回來，今天卻不是，她睡在彷彿是小槽子裏，大概是槽子裝置了兩個大車輪。非常輕快，雁似的從大門口飛來，一直到房門。在前面挽著的那個人，把祖母停下，我站在玻璃窗裏，小小的心靈上，有無限的奇秘衝擊著。我以為祖母不會從那裏頭走出來，我想祖母為什麼要被裝進槽子裏呢？我漸漸驚怕起來，我完全成個呆氣的孩子，把頭蓋頂住玻璃，想盡方法理解我所不能理解的那個從來沒有見過的槽子。

很快我領會了！見祖母從口袋裏拿錢給那個人，並且祖母非常興奮，她說叫著，斗篷幾乎從她的肩上脫溜下去！

「呵！今天我坐的東洋驢子回來的，那是過於安穩呀！還是頭一次呢，我坐過安穩的車子！」

祖父在街上也看見過人們所呼叫的東洋驢子，媽媽也沒有奇怪。只是我，仍舊頭皮頂撞在玻璃那兒，我眼看那個驢子從門口飄飄地不見了！我的心魂被引了去。

等我離開窗子，祖母的斗篷已是脫在炕的中央，她嘴裏叨叨地講著她街上所見的新聞。可是我沒有留心聽，就是給我吃什麼糖果之類，我也不會留心吃，只是那樣的車子太吸引我了！太捉住我小小的心靈了！

夜晚在燈光裏，我們的鄰居，劉三奶奶搖閃著走來，我知道又是找祖母來談天的。所以我穩當當地佔了一個位置在桌邊。於是我咬起嘴唇來，彷彿大人樣能了解一切話語，祖母又講關於街上所見的新聞，我用心聽，我十分費力！

「……那是可笑，真好笑呢！一切人站下瞧，可是那個鄉下佬還是不知道笑自己，拉車的回頭才知道鄉巴佬是蹲在車子前放腳的地方，拉車的問：『你為什麼蹲在這地方？』

「他說怕拉車的過於吃力，蹲著不是比坐著強嗎？比坐在那裏不是輕嗎？所以沒敢坐下……」

鄰居的三奶奶，笑得幾個殘齒完全擺在外面，我也笑了！祖母還說，她感到這個鄉巴佬難以形容，她的態度，她用所有的一切字眼，都是引人發笑。

「後來那個鄉巴佬，你說怎麼樣！他從車上跳下來，拉車的問他為什麼跳？他說：若是蹲著嗎？那還行。坐著，我實在沒有那樣的錢。拉車的說：坐著，我不多要錢。那個鄉巴佬到底不信這話，從車上搬下他的零碎東西，走了。他走了！」

我聽得懂，我覺得費力，我問祖母：

「你說的，那是什麼驢子？」

她不懂我的半句話，拍了我的頭一下，當時我真是不能記住那樣繁複的名詞。過了幾天祖母又上街，又是坐驢子回來的，我的心裏漸漸羨慕那驢子，也想要坐驢子。

過了兩年，六歲了！我的聰明，也許是我的年歲吧！支持著我使我愈見討厭我那個皮球，那真是太小，而又太舊了；我不能喜歡黑臉皮球，我愛上鄰家孩子手裏那個大的；買皮球，好像我的志願，一天比一天堅決起來。

向祖母說，她答：「過幾天買吧，你先玩這個吧！」

又向祖父請求，他答：「這個還不是很好嗎？不是沒有出氣嗎？」

我得知他們的意思是說舊皮球還沒有破，不能買新的。於是把皮球在腳下用力搗毀它，任是怎樣搗毀，皮球仍是很圓，很鼓，後來到祖父面前讓他替我踏破！祖父變了臉色，像是要打我，我跑開了！

從此，我每天表示不滿意的樣子。

終於一天晴朗的夏日，戴起小草帽來，自己出街去買皮球了！朝向母親曾領我到過的那家舖子走去，離家不遠的時候，我的心志非常光明，能夠分辨方向，我知道自己是向北走。過了一會，不然了！太陽我也找不著了！一些些的招牌，依我看來都是一個樣，街上的行人好像每個要撞倒我似的，就連馬車也好像是旋轉著。我不曉得自己走了多遠，只是我實在疲勞。不能再尋找那家商店；我急切地想回家，可是家也被尋覓不到。我是從哪一條路來的？究竟家是在什麼方向？

我忘記一切危險，在街心停住，我沒有哭，把頭向天，願看見太陽。因為平常爸爸不是拿指南針看看太陽就知道或南或北嗎？我雖然看了，只見太陽在街路中央，別的什麼都不能知道，我無心留意街道，跌倒了在陰溝板上面。

「小孩！小心點。」

身邊的馬車伕驅著車子過去，我想問他我的家在什麼地方，他走過了！我昏沉極了！忙問一個路旁的人：

「你知道我的家嗎？」

他好像知道我是被丟的孩子，或許那時候我的臉上有什麼急慌的神色，那人跑向路的那邊去，把車子拉過來，我知道他是洋車伕，他和我開玩笑一般：

「走吧！坐車回家吧！」

我坐上了車，他問我，總是玩笑一般地：

「小姑娘！家在哪裏呀？」

我說：「我們離南河沿不遠，我也不知道哪面是南，反正我們南邊有河。」

走了一會，我的心漸漸平穩，好像被動盪的一盆水，漸漸靜止下來，可是不多一會，我忽然憂愁了！抱怨自己皮球仍是沒有買成！從皮球連想到祖母騙我給買皮球的故事，很快又連想到祖母講的關於鄉巴佬坐東洋車的故事。於是我想試一試，怎樣可以像個鄉巴佬。該怎樣蹲法呢？輕輕地從座位滑下來，當我還沒有蹲穩當的時節，拉車的回頭來：

「你要做什麼呀？」

我說：「我要蹲一蹲試試，你答應我蹲嗎？」

他看我已經偎在車前放腳的那個地方，於是他向我深深地做了一個鬼臉，嘴裏哼著：

「倒好哩！你這樣孩子，很會淘氣！」

車子跑得不很快，我忘記街上有沒有人笑我。車跑到紅色的大門樓，我知道家了！我應該起來呀！應該下車呀！不，目的想給祖母一個意外的發笑，等車拉到院心，我仍蹲在那裏，像要猴人的猴樣，一動不動。祖母笑著跑出來了！祖父也是笑！我怕他們不曉得我的意義，我用尖音喊：

「看我！鄉巴佬蹲東洋驢子！鄉巴佬蹲東洋驢子呀！」

只有媽媽大聲罵著我，忽然我怕要打我，我是偷著上街。

洋車忽然放停，從上面我倒滾下來，不記得被跌傷沒有。祖父猛力打了拉車的，說他欺侮小孩，說他不讓小孩坐車讓蹲在那裏。沒有給他錢，從院子把他轟出去。

所以後來，無論祖父對我怎樣疼愛，心裏總是生著隔膜，我不同意他打洋車伕，我問：

「你為什麼打他呢？那是我自己願意蹲著。」

祖父把眼睛斜視一下：「有錢的孩子是不受什麼氣的。」

現在我是廿多歲了！我的祖父死去多年了！在這樣的年代中，我沒發現一個有錢的人蹲在洋車上；他有錢，他不怕車伕吃力，他自己沒拉過車，自己所嘗到的，只是被拉著舒服滋味。假若偶爾有錢家的小孩子要蹲在車廂中玩一玩，那麼孩子的祖父出來，拉洋車的便要被打。

可是我呢？現在變成個沒有錢的孩子了！

初冬

初冬，我走在清涼的街道上，遇見了我的弟弟。

「瑩姐，你走到哪裏去？」

「隨便走走吧！」

「我們去吃一杯咖啡，好不好，瑩姐。」

咖啡店的窗子在簾幕下掛著蒼白的霜層。我把領口脱著毛的外衣搭在衣架上。

我們開始攪著杯子鈴啷的響了。

「天冷了吧！並且也太孤寂了，你還是回家的好。」弟弟的眼睛是深黑色的。

我搖了頭，我說：「你們學校的籃球隊近來怎麼樣？還活躍嗎？你還很熱心嗎？」

「我擲筐擲得更進步，可惜你總也沒到我們球場上來了。

你這樣不暢快是不行的。」

我仍攪著杯子，也許飄流久了的心情，就和離了岸的海水一般，若非遇到大風是不會翻起的。

我開始弄著手帕。弟弟再向我説什麼我已不去聽清他，彷彿自己是沉墜在深遠的幻想的井裏。

我不記得咖啡怎樣被我吃乾了杯了。茶匙在攪著空的杯子時，弟弟説：「再來一杯吧！」

女侍者帶著歡笑一般飛起的頭髮來到我們桌邊，她又用很響亮的腳步搖搖地走了去。

也許因為清早或天寒，再沒有人走進這咖啡店。在弟弟默默看著我的時候，在我的思想寧靜得玻璃一般平的時候，壁間暖氣管小小嘶鳴的聲音都聽得到了。

「天冷了，還是回家好，心情這樣不暢快，長久了是無益的。」

「怎麼！」

「太壞的心情與你有什麼好處呢？」

「為什麼要說我的心情不好呢？」

我們又都攪著杯子。有外國人走進來，那響著嗓子的、嘴不住在說的女人，就坐在我們的近邊。她離得我越近，我越嗅到她滿衣的香氣，那使我感到她離得我更遼遠，也感到全人類離得我更遼遠。也許她那安閒而幸福的態度與我一點聯繫也沒有。

我們攪著杯子，杯子不能像起初攪得發響了。街車好像漸漸多了起來，閃在窗子上的人影，迅速而且繁多了。隔著窗子，可以聽到暗啞的笑聲和暗啞的踏在行人道上的鞋子的聲音。

「瑩姐，」弟弟的眼睛深黑色的。「天冷了，再不能飄流下去，回家去吧！」弟弟說：「你的頭髮這樣長了，怎麼不到理髮店去一次呢？」我不知道為什麼被他這話所激動了。

也許要熄滅的燈火在我心中復燃起來，熱力和光明鼓蕩著我：

「那樣的家我是不想回去的。」

「那麼飄流著，就這樣飄流著？」弟弟的眼睛是深黑色的。他的杯子留在左手裏邊，另一隻手在桌面上，手心向上翻張了開來，要在空間摸索著什麼似的。最後，他是捉住自己的領巾。我看著他在抖動的嘴唇：「瑩姐，我真擔心你這個女浪人！」他牙齒好像更白了些，更大些，而且有力了，而且充滿熱情了。為熱情而波動，他的嘴唇是那樣的退去了顏色。並且他的全人有些近乎狂人，然而安靜，完全被熱情侵佔著。

出了咖啡店，我們在結著薄碎的冰雪上面踏著腳。初冬，早晨的紅日撲著我們的頭髮，這樣的紅光使我感到欣快和寂寞。弟弟不住地在手下搖著帽子，肩頭聳起了又落下了；心臟也是高了又低了。

渺小的同情者和被同情者離開了市街。

停在一個荒敗的棗樹園的前面時，他突然把很厚的手伸給了我，這是我們要告別了。

「我到學校去上課！」他脫開我的手，向著我相反的方向背轉過去。可是走了幾步，又轉回來：

「瑩姐，我看你還是回家的好！」

「那樣的家我是不能回去的，我不願意受和我站在兩極端的父親的豢養……」

「那麼你要錢用嗎？」

「不要的。」

「那麼，你就這個樣子嗎？你瘦了！你快要生病了！你的衣服也太薄啊！」弟弟的眼睛是深黑色的，充滿著祈禱和願望。

我們又握過手，分別向不同的方向走去。

太陽在我的臉面上閃閃耀耀。仍和未遇見弟弟以前一樣，我穿著街頭，我無目的地走。寒風，刺著喉頭，時時要發作小小的咳嗽。

弟弟留給我的是深黑色的眼睛，這在我散漫與孤獨的流蕩人的心板上，怎能不微溫了一個時刻？

索非亞的愁苦

僑居在哈爾濱的俄國人那樣多。從前他們罵著：「窮黨，窮黨。」連中國人開著的小酒店或是小食品店，都怕「窮黨」進去。誰都知道「窮黨」喝了酒，常常會討不出錢來。

可是現在那罵著窮黨的，他們做了「窮黨」了：馬車伕，街上的浮浪人，叫化子，至於那大鬍子的老磨刀匠，至於那去過歐戰的獨腿人，那拉手風琴在乞討銅板的，人們叫他街頭音樂家的獨眼人。

索非亞的父親就是馬車伕。

索非亞是我的俄文教師。

她走路走得很漂亮，像跳舞一樣。可是，她跳舞跳得怎樣呢？那我不知道，因為我還不懂得跳舞。但是我看她轉著那樣圓的圈子，我喜歡她。

沒多久，熟識了之後，我們是常常跳舞的。「再教我一個新步法！這個，你看我會了。」桌上的錶一過十二點，我們就停止讀書。我站起來，走了一點姿式給她看。

「這樣可以嗎？左邊轉，右邊轉，都可以！」

「怎麼不可以！」她的中國話講得比我們初識的時候更好了。

為著一種感情，我從不以為她是一個「窮黨」，幾乎連那種觀念也沒有存在。她唱歌唱得也很好，她又教我唱歌。有一天，她的手指甲染得很紅的來了。還沒開始讀書，我就對她的手很感到趣味，因為沒有看到她裝飾過。她從不塗粉，嘴唇也是本來的顏色。

「嗯哼，好看的指甲啊！」我笑著。

「呵！壞的，不好的，『涅克拉西為』是不美的、難看的意思。」

我問她：「為什麼難看呢？」

「讀書，讀書，十一點鐘了。」她沒有回答我。

後來，我們再熟識的時候，不僅跳舞，唱歌，我們談著服裝，談著女人：西洋女人，東洋女人，俄國女人，中國女人。有一天，我們正在講解著文法，窗子上有紅光閃了一下，我招呼著：

「快看！漂亮哩！」房東的女兒穿著紅緞袍子走過去。

我想，她一定要稱讚一句。可是她沒有：

「白吃白喝的人們！」

這樣合乎文法完整的名詞，我不知道為什麼她能說出來？當時，我只是為著這名詞的構造而驚奇。至於這名詞的意義，好像以後才發現出來。

後來，過了很久，我們談著思想，我們成了好友了。

「白吃白喝的人們，是什麼意思呢？」我已經問過她幾次了，但仍常常問她。她的解說有意思：「豬一樣的，吃得很好，睡得很好。什麼也不做，什麼也不想……」

「那麼，白吃白喝的人們將來要做『窮黨』了吧？」

「是的，要做『窮黨』的。不，可是……」她的一絲笑紋也從臉上退走了。

不知多久，沒再提到「白吃白喝」這句話。我們又回轉到原來友情上的寸度：跳舞、唱歌，連女人也不再說到。我的跳舞步法也和友情一樣沒有增加，這樣一直繼續到「巴斯哈」節[8]。節前的幾天，索非亞的臉色比平日更慘白些，嘴唇白得幾乎和臉色一個樣，我也再不要求她跳舞。

就是節前的一日，她說：「明天過節，我不來，後天來。」

後天，她來的時候，她向我們說著她愁苦，這很意外。友情因為這個好像又增加起來。

「昨天是什麼節呢？」

「『巴斯哈』節，為死人過的節。染紅的雞子帶到墳上去，花圈帶到墳上去……」

「什麼人都過嗎？猶太人也過『巴斯哈』節嗎？」

「猶太人也過，『窮黨』也過，不是『窮黨』也過。」

到現在我想知道索非亞為什麼她也是「窮黨」，然而我不能問她。

「愁苦，我愁苦……媽媽又生病，要進醫院，可是又請不到免費證。」

「要進哪個醫院。」

8 「巴斯哈」節：即「逾越節」，約在每年陽曆三、四月間，猶太民族的主要節日。

「專為俄國人設的醫院。」

「請免費證，還要很困難的手續嗎？」

「沒有什麼困難的，只要不是『窮黨』。」

有一天，我只吃著乾麵包。那天她來得很早，差不多九點半鐘她就來了。

「營養不好，人是瘦的、黑的，工作得少，工作得不好。慢慢健康就沒有了。」

我說：「不是，只喜歡空吃麵包，而不喜歡吃什麼菜。」她笑了：「不是喜歡，我知道為什麼。昨天我也是去做客，妹妹也是去做客。爸爸的馬車沒有賺到錢，爸爸的馬也是去做客。」

我笑她：「馬怎麼也會去做客呢？」

「會的，馬到牠的朋友家裏去，就和牠的朋友站在一道吃草。」

俄文讀得一年了，索非亞家的牛生了小牛，也是她向我說的。並且當我到她家裏去做客，若當老羊生了小羊的時候，我總是要吃羊奶的。並且在她家我還看到那還不很會走路的小羊。

「吉卜賽人是『窮黨』嗎？怎麼中國人也叫他們『窮黨』呢？」這樣話，好像在友情最高的時候更不能問她。

「吉卜賽人也會講俄國話的，我在街上聽到過。」

「會的，猶太人也多半會俄國話！」索非亞的眉毛動彈了一下。

「在街上拉手風琴的一個眼睛的人，他也是俄國人嗎？」

「是俄國人。」

有搖擺。

「他為什麼不回國呢？」

「回國！那你說我們為什麼不回國？」她的眉毛好像在黎明時候靜止著的樹葉，一點也沒有搖擺。

「我不知道。」我實在是慌亂了一刻。

「那麼猶太人回什麼國呢？」

我說：「我不知道。」

春天柳條舞著芽子的時候，常常是陰雨的天氣，就在雨絲裏一種沉悶的鼓聲來在窗外了：

「咚咚！咚咚」

「猶太人，他就是父親的朋友，去年『巴斯哈』節他是在我們家裏過的。他世界大戰的時候去打過仗。」

「咚咚，咚咚，瓦夏！瓦夏！」

我一面聽著鼓聲，一面聽到喊著瓦夏，索非亞的解說在我感不到力量和微弱。

「為什麼他喊著瓦夏？」我問。

「瓦夏是他的夥伴，你也會認識他……是的，就是你說的中央大街上拉風琴的人。」

那猶太人的鼓聲並不響了，但仍喊著瓦夏，那一雙肩頭一齊聳起又一齊落下，他的腿是一隻長腿一隻短腿。那隻短腿使人看了會並不相信是存在的，那是從腹部以下就完全失去了，和丟掉一隻腿的蛤蟆一樣奇形。

他經過我們的窗口，他笑笑。

「瓦夏走得快哪！追不上他了。」這是索非亞給我翻譯的。

等我們再開始講話，索非亞她走到屋角長青樹的旁邊：

「屋子太沒趣了，找不到靈魂，一點生命也感不到的活著啊！冬天屋子冷，這樹也黃了。」

我們的談話，一直繼續到天黑。

索非亞述說著在落雪的一天，她跌了跤，從前安得來夫將軍的兒子在路上罵她「窮黨」。

「……你說，那豬一樣的東西，我該罵他什麼呢？——罵誰『窮黨』！你爸爸的骨頭都被『窮黨』的煤油燒掉了——他立刻躲開我，他什麼話也沒有再回答。『窮黨』，吉卜賽人也是『窮黨』，猶太人也是『窮黨』。現在真正的『窮黨』還不是這些人，那些沙皇的子孫們，那些流氓們才是真正的『窮黨』。」

索非亞的情感約束著我，我忘記了已經是應該告別的時候。

「去年的『巴斯哈』節，爸爸喝多了酒，他傷心……他給我們跳舞，唱高加索歌……我想他唱的一定不是什麼歌曲，那是他想他家鄉的心情的嚎叫，他的聲音大得厲害哩！我的妹妹米娜問他：『爸爸唱的是哪裏的歌？』他接著就唱起『家鄉』『家鄉』來了，他唱著許多家鄉。我們生在中國地方，高加索，我們對它一點什麼也不知道。媽媽也許是傷心的，她哭了！猶太人哭了——拉手風琴的人，他哭的時候，把吉卜賽女孩抱了起來。也許他們都想著『家鄉』。可是，吉卜賽女孩不哭，我也不哭。米娜還笑著，她舉起酒瓶來跟著父親跳高加索舞，她一再說：『這就是火把！』爸爸說：『對的。』他還是說高加索舞是有火把的。米娜一定是從電影上看到過火把。……爸爸舉著三弦琴。」

索非亞忽然變了一種聲音：

「不知道吧！為什麼我們做『窮黨』？因為是高加索人。哈爾濱的高加索人還不多，可是沒有生活好的。從前是『窮黨』，現在還是『窮黨』。爸爸在高加索的時候種田，來到中國也是種田。現在他趕馬車，他是一九一二年和媽媽跑到中國來。爸總是說：『哪裏也是一樣，幹活計就吃飯。』這話到現在他是不說的了……」

她父親的馬車回來了，院裏啷啷地響著鈴子。

我再去看她，那是半年以後的事，臨告別的時候，索非亞才從牀上走下地板來。

「病好了我回國的。工作，我不怕，人是要工作的。傳說，那邊工作很厲害。母親說，還不要回去吧！可人們沒有想想，人們以為這邊比那邊待他還好！」走到門外她還說：

「『回國證』怕難一點，不要緊，沒有『回國證』，我也是要回去的。」她走路的樣子再不像跳舞，遲緩與艱難。

過了一個星期，我又去看她，我是帶著糖果。

「索非亞進了醫院的。」她的母親說。

「病院在什麼地方？」

她的母親說的完全是俄語，那些俄文的街名，無論怎樣是我所不懂的。

「可以嗎？我去看看她？」

「可以，星期日可以，平常不可以。」

「醫生説她是什麼病？」

「肺病，很輕的肺病，沒有什麼要緊。『回國證』她是得不到的，『窮黨』回國是難的。」

我把糖果放下就走了。這次送我出來的不是索非亞，而是她的母親。

《回憶魯迅先生》（節選）

孤獨的生活

藍色的電燈，好像通夜也沒有關，所以我醒來一次看看牆壁是發藍的，再醒來一次，也是發藍的。天明之前，我聽到蚊蟲在帳子外面嗡嗡嗡嗡的叫著，我想，我該起來了，蚊蟲都吵得這樣熱鬧了。

收拾了房間之後，想要作點什麼事情這點，日本與我們中國不同，街上雖然已經響著木屐的聲音，但家屋仍和睡著一般的安靜。我拿起筆來，想要寫點什麼，在未寫之前必得要先想，可是這一想，就把所想的忘了！

為什麼這樣靜呢？我反倒對著這安靜不安起來。

於是出去，在街上走走，這街也不和我們中國的一樣，也是太靜了，也好像正在睡覺似的。

於是又回到了房間，我仍要想我所想的：在蓆子上面走著，吃一根香煙，喝一杯冷水，覺得已經差不多了，坐下來吧！寫吧！

剛剛坐下來，太陽又照滿了我的桌子。又把桌子換了位置，放在牆角去，牆角又沒有風，所以滿頭流汗了。

再站起來走走，覺得所要寫的，越想越不應該寫，好，再另計劃別的。好像疲乏了似的，就在蓆子上面躺下來，偏偏簾子上有一個蜂子飛來，怕牠刺著我，起來把牠打跑了。剛一躺下，樹上又有一個蟬開頭叫起。蟬叫倒也不算奇怪，但只一個，聽來那聲音就特別大，我把頭從窗子伸出去，想看看，到底是在那一棵樹上？可是鄰人拍手的聲音，比蟬聲更大，他們在笑了。我是在看蟬，他們一定以為我是在看他們。

於是穿起衣裳來，去吃中飯。經過華的門前，她們不在家，兩雙拖鞋擺在木箱上面。她們的女房東，向我說了一些什麼，我一個字也不懂，大概也就是說她們不在家的意思。日本食堂之類，自己不敢去，怕人看成個阿墨林。所以去的是中國飯館，一進門那個戴白帽子的就說：

「伊拉睄伊麻絲……」

這我倒懂得，就是「來啦」的意思。既然坐下之後，他仍說的是日本話，於是我跑到廚房去，對廚子說了：要吃什麼，要吃什麼。

回來又到華的門前看看，還沒有回來，兩雙拖鞋仍擺在木箱上。她們的房東又不知向我說了些什麼！

晚飯時候，我沒有去尋她們，出去買了東西回到家裏來吃，照例買的麵包和火腿。

吃了這些東西之後，著實是寂寞了。外面打著雷，天陰得昏昏沉沉的了。想要出去走走，又怕下雨，不然，又是比日裏還要長的夜，又把我留在房間裏了。終於拿了雨衣，走出去了，想要逛逛夜市，也怕下雨，還是去看華吧！一邊帶著失望一邊向前走著，結果，她們仍是沒有回來，仍是看到了兩雙拖鞋，仍是聽到了那房東說了些我所不懂的話語。假若，再有別的朋友或熟人，就是冒著雨，我也要去找他們，但實際是沒有的。只好照著原路又走回來了。

現在是下著雨，桌子上面的書，除掉《水滸》之外，還有一本胡風譯的《山靈》，《水滸》我連翻也不想翻，至於《山靈》，就是抱著我這一種心情來讀，有意義的書也讀壞了。

雨一停下來，穿著街燈的樹葉好像螢火似的發光，過了一些時候，我再看樹葉時那就完全漆黑了。

雨又開始了，但我的周圍仍是靜的，關起了窗子，只聽到屋瓦滴滴的響著。

我放下了帳子，打開藍色的電燈，並不是準備睡覺，是準備看書了。

讀完了《山靈》上《聲》的那篇，雨不知道已經停了多久了？那已經啞了的權龍八，他對他自己的不幸，並不正面去惋惜，他正為著剷除這種不幸才來幹這樣的事情的。

已經啞了的丈夫，他的妻來接見他的時候，他只把手放在嘴唇前面擺來擺去，接著他的臉就紅了，當他紅臉的時候，我不曉得那是什麼心情激動了他？還有，他在監房裏讀著速成國語讀本的時候，他的夥伴都想要說：「你話都不會說，還學日文幹什麼！」

在他讀的時候，他只是聽到像是蒸氣從喉嚨漏出來的一樣。恐怖立刻浸著了他，他慌忙的按了監房裏的報知機，等他把人喊了來，他又不說什麼，只是在嘴的前面搖著手。所以看守罵他：「為什麼什麼也不說呢？混蛋！」

醫生說他是「聲帶破裂，」他才曉得自己一生也不會說話了。

我感到了藍色燈光的不足，於是開了那只白燈泡，準備再把《山靈》讀下去。我的四面雖然更靜了，等到我把自己也忘掉了時，好像我的周圍也動盪了起來。

天還未明，我又讀了三篇。

長安寺

接引殿裏的佛前燈一排一排的，每個頂著一顆小燈花燃在案子上。敲鐘的聲音一到接近黃昏時候就稀少下來，並且漸漸地簡直一聲不響了。因為燒香拜佛的人都回家去吃著晚飯。

大雄寶殿裏，也同樣啞默默地，每個塑像都站在自己的地盤上憂鬱起來，因為黑暗開始掛在他們的臉上。長眉大仙，伏虎大仙，赤腳大仙，達摩，他們分不出哪個是牽著虎的，哪個是赤著腳的。他們通通安安靜靜地同叫著別的名字的許多塑像分站在大雄寶殿的兩壁。

只有大肚彌勒佛還在笑瞇瞇的看著打掃殿堂的人，因為打掃殿堂的人把小燈放在彌勒佛腳前的緣故。

厚沉沉的圓圓的蒲團，被打掃殿堂的人一個一個地拾起來，高高地把它們靠著牆堆了起來。香火著在釋迦摩尼的腳前，就要熄滅的樣子，昏昏暗暗地，若下去尋找，簡直看不見了似的，只不過香火的氣息繚繞在灰暗的微光裏。

接引殿前，石橋下邊池裏的小龜，不再像日裏那樣把頭探在水面上。用胡芝麻磨著香油的小石磨也停止了轉動。磨香油的人也在收拾著傢具。廟前喝茶的都戴起了帽子，打算回家去。沖茶的紅臉的那個老頭，在小桌上自己吃著一碗素麵，大概那就是他的晚餐了。

過年的時候，這廟就更溫暖而熱氣騰騰的了，燒香拜佛的人東看看，西望望。用著他們特有的幽閒，摸一摸石橋的欄杆的花紋，而後研究著想多發現幾個橋下的烏龜。有一個老太婆背著一個黃口袋，在右邊的跨骨上，那口袋上寫著「進香」兩個黑字，她已經跨出了當門的殿堂的後門，她又急急忙忙地從那後門轉回去。我很奇怪地看著她，以為她掉了東西。大家想想看吧！她一翻身就跪下，迎著殿堂的後門向前磕了一個頭。看她的年歲，有六十多歲，但那磕頭的動作，來得非常靈活，我看她走在石橋上也照樣的精神而莊嚴。為著過午才做起來的新緞子帽，閃亮的向著接引殿去朝拜了。佛前鐘在一個老和尚手裏拿著的鐘錘下噹噹地響了三聲，那老太婆就跪在蒲團上安詳地磕了三個頭。這次磕頭卻並不像方才在前面殿堂的後門磕得那樣熱情而慌張。我想了半天才明白，方纔，就是前一刻，一定是她覺得自己太疏忽了，怕是那尊面向著後門口的佛見她怪，而急急忙忙地請他恕罪的意思。

賣花生糖的肩上掛著一個小箱子，裏邊裝了三四樣糖，花生糖，炒米糖，還有胡桃糖。賣瓜子的提著一個長條的小竹籃，籃子的一頭是白瓜籽，一頭是鹽花生。而這裏不大流行難民賣的一包一包的「瓜籽大王」。青茶，素麵，不加裝飾的，一個銅板隨手抓過一撮來就放在嘴上磕的白瓜籽，就已經十足了。所以這廟裏喫茶的人，都覺得別有風味。

耳朵聽的是梵鐘和誦經的聲音；眼睛看的是些悠閒而且自得的遊廟或燒香的人；鼻子所聞到的，不用說是檀香和別的香料的氣息。所以這種喫茶的地方確實使人喜歡，又可以喫茶，又可以觀風景看遊人。比起重慶的所有的喫茶店來都好。尤其是那沖茶的紅臉的老頭，他總是高高興興的，走路時喜歡把身子向兩邊擺著，好像他故意把重心一會放在左腿上，一會放在右腿上。每當他掀起茶盅的蓋子時，他的話就來了，一串一串的，他說：我們這四川沒有啥好的，若不是打日本，先生們請也請不到這地方。他再說下去，就不懂了，他談的和詩句一樣。這時候他要沖在茶盅開水從壺嘴如同一條水落進茶盅來。他拿起蓋子來把茶盅扣住了，那裏邊上下游著的小魚似的茶葉也被蓋子扣住了，反正這地方是安靜得可喜的，一切都是太平無事。

××坊的水龍就在石橋的旁邊和佛堂斜對著面。裏邊放置著什麼，我沒有機會去看，但有一次重慶的防空演習我是看過的，用人推著哇哇的山響的水龍，一個水龍大概可裝兩桶水的樣子，可是非常沉重，四五個人連推帶挽。若著起火來，我看那水龍到不了火已經落了。那彷佛就寫著什麼××坊一類的字樣。惟有這些東西，在廟裏算是一個不調和的設備，而且也破壞了安靜和統一。廟的牆壁上，不是大大的寫著「觀世音菩薩」嗎？莊嚴靜妙，這是一塊沒有受到外面侵擾的重慶的唯一的地方。他說，一花一世界，這是一個小世界，應作如是觀。

但我突然神經過敏起來——可能有一天這上面會落下了敵人的一顆炸彈。而可能的那兩條水龍也救不了這場大火。那時，那些喝茶的將沒有著落了，假如他們不願意茶攤埋在瓦礫場上。

我頓然地感到悲哀。

牙粉醫病法

池田的袍子非常可笑，那麼厚，那麼圓，那麼胖，而後又穿了一件單的短外套，那外套是工作服的樣式，而且比袍子更寬。她說：

「這多麼奇怪！」

我說：「這還不算奇怪，最奇怪的是你再穿了那件灰布的棉外套，街上的人看了不知要說你是做什麼的，看袍子像太太小姐，看外套像軍人。」因為那棉外套是她借來的，是軍用的衣服。她又穿了中國的長棉褲，又穿了中國的軟底鞋。因為她是日本人，穿了道地的中國衣裳，是有點可笑。

「那就說你是從前線上退下來的好啦！並且說受了點傷。現在還沒有完全好，所以穿了這樣寬的衣裳。」

她笑了：「是的，是……就說日本兵在這邊用刺刀刺了一個洞……」

她假裝用刺刀在手腕上刺了一個洞的樣子。

「刺了一個洞，又怎樣呢？」我問。

「刺了一個洞而後一吹，就把人吹胖啦。」她又說：「中國老百姓， 定相信。因為一切壞事，一切奇怪的事，日本人都做得出來。」

就像小孩子說的怪話一樣，她自己也笑，我也笑。她笑得連杯子都舉不起來的樣子。我和她是在喫茶。

「你覺得奇怪嗎？這是沒有的事嗎？我的弟弟就被吹過……」

她一聽我這話，笑得用了手巾揩著眼睛：

「怎麼！怎麼！」

「真的，真被吹過……」我這故事不能開展下去，她在不住地笑，笑得咳嗽起來。

「你聽我告訴你，那是在肚子上，可不是像你說的在手上……用一個一手指長，一分粗的玻璃管，這玻璃管就從肚臍下邊一寸的地方刺進去。玻璃管連著一條好幾尺長的膠皮管，膠皮管的另一頭有一個茶杯一般大的漏斗，從那個漏斗吹進一壺冷水去，後來死啦。」

「被吹死啦……」很不容易抑止的大笑，她又開始了。

其實是從漏斗把冷水灌進去的，因為肚子漸漸的大起來，看去好像是被氣吹起來的一樣。

我費了很大工夫給她解說：「我的弟弟患的是黑死病，並且全個縣城都在死亡的恐怖中。那是一種特別的治法，在醫學上這種灌水法並不存在。」我又告訴她，我寫《生死場》的時候把這段寫上，魯迅看了都莫名其妙，魯迅先生是研究過醫學的。他說：

「在醫學上可沒有這樣治療法。」

既然這樣說，我就更奇怪了，魯迅先生研究過醫學是真的，我的弟弟被冷水灌死了也是真的。

我又告訴池田，說那醫生是天主教黨的醫生，是英國人。

「你覺得外國人可靠的，那不對，中國真是殖民地，他們跑到中國來試驗來啦，你想肚子灌冷水，那怎麼可以？帝國主義除了槍刀之外，他們還作老百姓所看不見的……他們把中國人就看成他們試驗室裏的動物一樣。三百個人通通用一樣方法治療，其中死了一百五，活了一百五，或是活了一百死了二百，也或者通通死掉啦！這個他們不管，他們把中國人看成動物一樣，……在他們自己的國家裏，隨便試驗是不成的呀！」

我想，這也許吧！我的弟弟或者就是被試驗死的。她的話，相信是相信了，因為她不懂得醫學，所以我相信得並不十分確切。

「我告訴過你，我的父親是軍醫，他到滿洲去的時候，關於他在中國治病，寫了很多日記。上邊有德文，我在學德文時，我就拿他的日記看，上面寫著關於黑死病，到滿洲去試試看，用各種的藥，用各種的方法試試看。」

「你想！這不是真的嗎？還有啊！我父親的朋友，每天到我們家來打麻將，他說：到中國去治病很不費事，因為中國人有很多的他們還沒有吃過藥，所以吃一點藥無論什麼病都治，給他們一點牙粉吃，頭痛也好啦，肚子痛也好啦……」

這真是奇事，我從未聽說過，怎麼我們中國人是常常吃牙粉的嗎？

又從吃牙粉談到吃人肉，日本兵殺死老百姓或士兵，用火烤著吃了的故事，報紙上常常看見。這個我也相信。池田說：「日本兵吃女人的肉是可能，他們把中國女人破壞之後，用刺刀殺死，一看女人的肉很白，很漂亮，用刺刀切下一塊來，一定是幾個人開玩笑，用火烤著吃一吃，因為他們今天活著，明天活不活著他們不知道，將來什麼時候回家也不知道，是一種變態心理，……老百姓大概是他們不吃，那很髒的，皮膚也是黑的……而且每天要殺死很多……」

關於日本兵吃人肉的故事，我也相信了。就像中國人相信外國醫生比中國醫生好一樣。

池田是生在帝國主義的家庭裏，所以她懂得他們比我們懂得的更多。我們一走出那個喫茶店，玻璃窗子前面坐著的兩個小孩，正在唱著：「殺掉鬼子們的頭……」其實鬼子真正厲害的地方他們還不知道呢！

林小二

在一個有太陽的日子，我的窗前有一個小孩在彎著腰大聲地喘著氣。

我是在房後站著，隨便看著地上的野草在曬太陽。山上的晴天是難得的，為著使屋子也得到乾燥的空氣，所以門是開著。接著就聽到或者是草把，或者是刷子，或者是一隻有彈性的尾巴，沙沙的在地上拍著，越聽到拍的聲音越真切，就像已經在我的房間的地板上拍著一樣。我從後窗子再經過開著的門隔著屋子看過去，看到了一個小孩手裏拿著掃帚在彎著腰大聲的喘著氣。

而他正用掃帚尖掃在我的門前土坪上，那不像是掃，而是用掃帚尖在拍打。

我心裏想，這是什麼事情呢？保育院的小朋友們從來不到這邊做這樣的事情。我想去問一問，我心裏起著一種親切的情感對那孩子。剛要開口又感到特別生疏了，因為我們住的根本並不挨近，而且彷彿很遠，他們很少時候走來的。我和他們的生疏是一向生疏下來的，雖然每天聽著他們升旗降旗的歌聲，或是看著他們放在空中的風箏。

那孩子在小房的長廊上掃了很久很久。我站在離他遠一點的地方看著他。他比那掃地的掃帚高不了多少，所以是用兩隻手把著掃帚，他的掃帚尖所觸過的地方，想要有一個黑點留下也不可能。他是一邊掃一邊玩，我看他把一小塊黏在水門汀走廊上的泥土，用鞋底擦著，沒有擦起來，又用手指甲掀著，等掀掉了那塊泥土，又掄起掃帚來好像掄著鞭子一樣的把那塊掉的泥土抽了一頓，同時嘴裏邊還念叨了些什麼。走廊上靠著一張竹牀，他把竹牀的後邊掃了。完了又去移動那隻水桶，把小臉孔都累紅了。

這時，院裏的一位先生到這邊來，當她一走下那高坡，她就用一種響而愉快的聲音呼喚著他：

「林小二！……林小二在這裏做什麼？……」

這孩子的名字叫林小二。

「啊！就是那個……林小二嗎？」

那位衣襟上掛著圓牌子的先生說：

「是的……他是我們院裏的小名人，外賓來訪也訪問他。他是流浪兒，在漢口流浪了幾年的。是退卻之前才從漢口帶出來的。他從前是個小叫化，到院裏來就都改了，比別的小朋友更好。」

接著她就問他：「誰叫你來掃的呀？哪個叫你掃地？」

那孩子沒有回答，搖搖頭。我也隨著走到他旁邊去。

「你幾歲，小朋友？」

他也不回答我，他笑了，一排小牙齒露了出來。那位先生代他說是十一歲了。

關於林小二，是在不久前我才聽說的。他是漢口街頭的小叫化，已經兩三年就是小叫化了。他不知道父親母親是誰，他不知道他姓什麼，他不知道自己的名字是從哪裏來的。他沒有名，沒有姓，沒有父親母親。林小二，就是林小二。人家問：「你姓什麼？」他搖搖頭。人家問：「你就是林小二嗎？」

他點點頭。

從漢口剛來到重慶時，這些小朋友們住在重慶，林小二在夜裏把所有的自來水龍頭都放開了，樓上樓下都濕了……又有一次，自來水龍頭不知誰偷著打開的，林小二走到樓上，看見了，便安安靜靜地，一個一個關起來。而後，到先生那兒去報告，說這次不是他開的了。

現在林小二在房頭上站著，高高的土丘在他的旁邊，他彎下腰去，一顆一顆地拾著地上的黃土塊。那些土塊是院裏的別的一些小朋友玩著拋下來的，而他一塊一塊的從房子的臨近拾開。一邊拾著，他的嘴裏一邊念叨什麼似的自己說著話，他帶著非常安閒而寂寞的樣子。

我站在很遠的地方看著他，他拾完了之後就停在我的後窗子的外邊，像一個大人似的在看風景。那山上隔著很遠很遠的偶爾長著一棵樹，那山上的房屋，要努力去尋找才能夠看見一個，因為綠色的菜田過於不整齊的緣故，大塊小塊割據著山坡，所以山坡上的人家像大塊的石頭似的，不容易被人注意而混擾在石頭之間了。山下則是一片水田，水田明亮得和鏡子似的，假若有人掉在田裏，就像不會游泳的人沉在游泳池一樣，在感覺上那水田簡直和小湖一樣了。田上看不見收拾苗草的農人，落雨的黃昏和起霧的早晨，水田通通是自己睡在山邊上，一切是寂靜的，晴天和陰天都是一樣的寂靜。只有山下那條發白的公路，每隔幾分鐘，就要有汽車從那上面跑過。車子從看得見的地方跑來，就帶著轟轟的響聲，有時竟以為是飛機從頭上飛過。山中和平原不同，震動的響聲特別大，車子就跑在山的夾縫中。若遇著成串的運著軍用品的大汽車，就把左近的所有的山都震鳴了，而保育院裏的小朋友們常常聽著他們的歡呼，他們叫著，而數著車子的數目，十輛二十輛常常經過，都是黃昏以後的時候。林小二彷彿也可以完全辨認出這些感覺似的在那兒努力地辨認著。林小二若伸出兩手來，他的左手將指出這條公路重慶的終點；而右手就要指出到成都去的方向罷。但是林小二只把眼睛看到牆根上，或是小土坡上，他很寂寞的自己在玩著，嘴裏仍舊念叨著什麼似的在說話。他的小天地，就他周圍一丈遠，彷彿他向來不想走上那公路的樣子。

他發現了有人在遠處看著他，他就跑了，很害羞的樣子跑掉的。

我又見他，就是第二次看見他，是一個雨天。一個比他高的小朋友，從石階上一磴一磴的把他抱下來。這小叫化子有了朋友了，接受了愛護了。他是怎樣一定會長得健壯而明朗的呀……他一定的，我想起班台來耶夫的《錶》。

魯迅先生記

魯迅先生家裏的花瓶，好像畫上所見的西洋女子用以取水的瓶子，灰藍色，有點從瓷釉而自然堆起的紋痕，瓶口的兩邊，還有兩個瓶耳，瓶裏種的是幾棵萬年青。

我第一次看到這花的時候，我就問過：

「這叫什麼名字？屋裏不生火爐，也不凍死？」

第一次，走進魯迅家裏去，那是近黃昏的時節，而且是個冬天，所以那樓下室稍微有一點暗，同時魯迅先生的紙煙，當它離開嘴邊而停在桌角的地方，那煙紋的瘡痕一直升騰到他有一些白絲的髮梢那麼高。而且再升騰就看不見了。

「這花，叫『萬年青』，永久這樣！」他在花瓶旁邊的煙灰盒中，抖掉了紙煙上的灰燼，那紅的煙火，就越紅了，好像一朵小紅花似的和他的袖口相距離著。

「這花不怕凍？」以後，我又問過，記不得是在什麼時候了。

許先生說：「不怕的，最耐久！」而且她還拿著瓶口給我抓著。

我還看到了那花瓶的底邊是一些圓石子，以後，因為熟識了的緣故，我就自己動手看過一兩次，又加上這花瓶是常常擺在客廳的黑色長桌上；又加上自己是來在寒帶的北方，對於這在四季裏都不凋零的植物，總帶著一點驚奇。

而現在這「萬年青」依舊活著，每次到許先生家去，看到那花，有時仍站在那黑色的長桌子上，有時站在魯迅先生照像的前面。

花瓶是換了，用一個玻璃瓶裝著，看得到淡黃色的鬚根，站在瓶底。

有時候許先生一面和我們談論著，一面檢查著房中所有的花草。看一看葉子是不是黃了？該剪掉的剪掉；該灑水的灑水，因為不停地動作是她的習慣。有時候就檢查著這「萬年青」，有時候就談魯迅先生，就在他的照像前面談著，但那感覺，卻像談著古人那麼悠遠了。

至於那花瓶呢？站在墓地的青草上面去了，而且瓶底已經丟失，雖然丟失了也就讓它空空地站在墓邊。我所看到的是從春天一直站到秋天；它一直站到鄰旁墓頭的石榴樹開了花而後結成了石榴。

從開炮以後，只有許先生繞道去過一次，別人就沒有去過。當然那墓草是長得很高了，而且荒了，還說什麼花瓶，恐怕魯迅先生的瓷半身像也要被荒了的草埋沒到他的胸口。

我們在這邊，只能寫紀念魯迅先生的文章，而誰去努力剪齊墓上的荒草？我們是越去越遠了，但無論多少遠，那荒草是總要記在心上的。

回憶魯迅先生

魯迅先生的笑聲是明朗的，是從心裏的歡喜。若有人説了什麼可笑的話，魯迅先生笑的連煙捲都拿不住了，常常是笑的咳嗽起來。

魯迅先生走路很輕捷，尤其他人記得清楚的，是他剛抓起帽子來往頭上一扣，同時左腿就伸出去了，彷彿不顧一切地走去。

魯迅先生不大注意人的衣裳，他說：「誰穿什麼衣裳我看不見得……」

魯迅先生生的病，剛好了一點，他坐在躺椅上，抽著煙，那天我穿著新奇的大紅的上衣，很寬的袖子。

魯迅先生說：「這天氣悶熱起來，這就是梅雨天。」他把他裝在象牙煙嘴上的香煙，又用手裝得緊一點，往下又說了別的。

許先生忙著家務，跑來跑去，也沒有對我的衣裳加以鑒賞。

於是我說：「周先生，我的衣裳漂亮不漂亮？」

魯迅先生從上往下看了一眼：「不大漂亮。」

過了一會又接著說：「你的裙子配的顏色不對，並不是紅上衣不好看，各種顏色都是好看的，紅上衣要配紅裙子，不然就是黑裙子，咖啡色的就不行了；這兩種顏色放在一起很渾濁……你沒看到外國人在街上走的嗎？絕沒有下邊穿一件綠裙子，上邊穿一件紫上衣，也沒有穿一件紅裙子而後穿一件白上衣的……」

魯迅先生就在躺椅上看著我：「你這裙子是咖啡色的，還帶格子，顏色渾濁得很，所以把紅色衣裳也弄得不漂亮了。」

「……人瘦不要穿黑衣裳，人胖不要穿白衣裳；腳長的女人一定要穿黑鞋子，腳短就一定要穿白鞋子；方格子的衣裳胖人不能穿，但比橫格子的還好；橫格子的胖人穿上，就把胖子更往兩邊裂著，更橫寬了，胖子要穿豎條子的，豎的把人顯得長，橫的把人顯的寬……」

那天魯迅先生很有興致，把我一雙短統靴子也略略批評一下，說我的短靴是軍人穿的，因為靴子的前後都有一條線織的拉手，這拉手據魯迅先生說是放在褲子下邊的……我說：「周先生，為什麼那靴子我穿了多久了而不告訴我，怎麼現在才想起來呢？現在我不是不穿了嗎？我穿的這不是另外的鞋嗎？」

「你不穿我才說的，你穿的時候，我一說你該不穿了。」

那天下午要赴一個筵會去，我要許先生給我找一點布條或綢條束一束頭髮。許先生拿了來米色的綠色的還有桃紅色的。經我和許先生共同選定的是米色的。為著取美，把那桃紅色的，許先生舉起來放在我的頭髮上，並且許先生很開心地說著：

「好看吧！多漂亮！」

我也非常得意，很規矩又頑皮地在等著魯迅先生往這邊看我們。

魯迅先生這一看，臉是嚴肅的，他的眼皮往下一放向著我們這邊看著：

「不要那樣裝飾她……」

許先生有點窘了。

我也安靜下來。

魯迅先生在北平教書時，從不發脾氣，但常常好用這種眼光看人，許先生常跟我講。她在女師大讀書時，周先生在課堂上，一生氣就用眼睛往下一掠，看著他們，這種眼光是魯迅先生在記范愛農先生的文字曾自己述説過，而誰曾接觸過這種眼光的人就會感到一個時代的全智者的催逼。

我開始問：「周先生怎麼也曉得女人穿衣裳的這些事情呢？」

「看過書的，關於美學的。」

「什麼時候看的……」

「大概是在日本讀書的時候……」

「買的書嗎？」

「不一定是買的，也許是從什麼地方抓到就看的……」

「看了有趣味嗎？！」

「隨便看看……」

「周先生看這書做什麼？」

「……」沒有回答，好像很難以答。

許先生在旁説：「周先生什麼書都看的。」

在魯迅先生家裏作客人，剛開始是從法租界來到虹口，搭電車也要差不多一個鐘頭的工夫，所以那時候來的次數比較少。記得有一次談到半夜了，一過十二點電車就沒有的，但那天不知講了些什麼，講到一個段落就看看旁邊小長桌上的圓鐘，十一點半了，十一點四十五分了，電車沒有了。

「反正已十二點，電車也沒有，那麼再坐一會。」許先生如此勸著。

魯迅先生好像聽了所講的什麼引起了幻想，安頓地舉著象牙煙嘴在沉思著。

一點鐘以後，送我（還有別的朋友）出來的是許先生，外邊下著的蒙蒙的小雨，弄堂裏燈光全然滅掉了，魯迅先生囑咐許先生一定讓坐小汽車回去，並且一定囑咐許先生付錢。

以後也住到北四川路來，就每夜飯後必到大陸新村來了，颳風的天，下雨的天，幾乎沒有間斷的時候。

魯迅先生很喜歡北方飯，還喜歡吃油炸的東西喜歡吃硬的東西，就是後來生病的時候，也不大吃牛奶。雞湯端到旁邊用調羹舀了一二下就算了事。

有一天約好我去包餃子吃，那還是住在法租界，所以帶了外國酸菜和用絞肉機絞成的牛肉，就和許先生站在客廳後邊的方桌邊包起來。海嬰公子圍著鬧的起勁，一會按成圓餅的麵拿去了，他說做了一隻船來，送在我們的眼前，我們不看他，轉身他又做了一隻小雞。許先生和我都不去看他，對他竭力避免加以讚美，若一讚美起來，怕他更做的起勁。

客廳後邊沒到黃昏就先黑了，背上感到些微微的寒涼，知道衣裳不夠了，但為著忙，沒有加衣裳去。等把餃子包完了看看那數目並不多，這才知道許先生我們談話談得太多，誤了工作。許先生怎樣離開家的，怎樣到天津讀書的，在女師大讀書時怎樣做了家庭教師。她去考家庭教師的那一段描寫，非常有趣，只取一名，可是考了好幾十名，她之能夠當選算是難的了。指望對於學費有點補助，冬天來了，北平又冷，那家離學校又遠，每月除了車子錢之外，若傷風感冒還得自己拿出買阿司匹林的錢來，每月薪金十元要從西城跑到東城：：

餃子煮好，一上樓梯，就聽到樓上明朗的魯迅先生的笑聲衝下樓梯來，原來有幾個朋友在樓上也正談得熱鬧。那一天吃得是很好的。

以後我們又做過韭菜合子，又做過荷葉餅，我一提議魯迅先生必然贊成，而我做的又不好，可是魯迅還是在桌上舉著筷子問許先生：「我再吃幾個嗎？」

因為魯迅先生胃不大好，每飯後必吃「脾自美」藥丸一二粒。

有一天下午魯迅先生正在校對著瞿秋白的《海上述林》，我一走進臥室去，從那圓轉椅上魯迅先生轉過來了，向著我，還微微站起了一點。

「好久不見，好久不見。」一邊說著一邊向我點頭。

剛剛我不是來過了嗎？怎麼會好久不見？就是上午我來的那次周先生忘記了，可是我也每天來呀：：：怎麼都忘記了嗎？

周先生轉身坐在躺椅上才自己笑起來，他是在開著玩笑。

梅雨季，很少有晴天，一天的上午剛一放晴，我高興極了，就到魯迅先生家去了，跑得上樓還喘著。魯迅先生說：

「來啦！」我說：「來啦！」

我喘著連茶也喝不下。

魯迅先生就問我：

「有什麼事嗎？」

我說：「天晴啦，太陽出來啦。」

許先生和魯迅先生都笑著，一種對於衝破憂鬱心境的嶄然的會心的笑。

海嬰一看到我非拉我到院子裏和他一道玩不可，拉我的頭髮或拉我的衣裳。

為什麼他不拉別人呢？據周先生說：「他看你梳著辮子，和他差不多，別人在他眼裏都是大人，就看你小。」

許先生問著海嬰：「你為什麼喜歡她呢？不喜歡別人？」

「她有小辮子。」說著就來拉我的頭髮。

魯迅先生家生客人很少，幾乎沒有，尤其是住在他家裏的人更沒有。一個禮拜六的晚上，在二樓上魯迅先生的臥室裏擺好了晚飯，圍著桌子坐滿了人。每逢禮拜六晚上都是這樣的，周建人先生帶著全家來拜訪的。在桌子邊坐著一個很瘦的很高的穿著中國小背心的人，魯迅先生介紹說：「這是位同鄉，是商人。」

初看似乎對的，穿著中國褲子，頭髮剃的很短。當吃飯時，他還讓別人酒，也給我倒一盅，態度很活潑，不大像個商人；等吃完了飯，又談到《偽自由書》及《二心集》。這個商人，開明得很，在中國不常見。沒有見過的就總不大放心。

下一次是在樓下客廳後的方桌上吃晚飯，那天很晴，一陣陣的颳著熱風，雖然黃昏了，客廳後還不昏黑。魯迅先生是新剪的頭髮，還能記得桌上有一盤黃花魚，大概是順著魯迅先生的口味，是用油煎的。魯迅先生前面擺著一碗酒，酒碗是扁扁的，好像用做吃飯的飯碗。那位商人先生也能喝酒，酒瓶就站在他的旁邊。他說蒙古人什麼樣，苗人什麼樣，從西藏經過時，那西藏女人見了男人追她，她就如何如何。

這商人可真怪，怎麼專門走地方，而不做買賣？並且魯迅先生的書他也全讀過，一開口這個，一開口那個。並且海嬰叫他×先生，我一聽那×字就明白他是誰了。×先生常常回來得很遲，從魯迅先生家裏出來，在弄堂裏遇到了幾次。

有一天晚上×先生從三樓下來，手裏提著小箱子，身上穿著長袍子，站在魯迅先生的面前，他說他要搬了。他告了辭，許先生送他下樓去了。這時候周先生在地板上繞了兩個圈子，問我說：

「你看他到底是商人嗎？」

「是的。」我說。

魯迅先生很有意思的在地板上走幾步，而後向我說：「他是販賣私貨的商人，是販賣精神上的……」

×先生走過二萬五千里回來的。

青年人寫信，寫得太草率，魯迅先生是深惡痛絕之的。

「字不一定要寫得好，但必須得使人一看了就認識，年輕人現在都太忙了……他自己趕快胡亂寫完了事，別人看了三遍五遍看不明白，這費了多少工夫，他不管。反正這費了功夫不是他的。這存心是不太好的。」

但他還是展讀著每封由不同角落裏投來的青年的信，眼睛不濟時，便戴起眼鏡來看，常常看到夜裏很深的時光。

魯迅先生坐在××電影院樓上的第一排，那片名忘記了，新聞片是蘇聯紀念五一節的紅場。

「這個我怕看不到的……你們將來可以看得到。」魯迅先生向我們周圍的人說。

珂勒惠支的畫，魯迅先生最佩服，同時也很佩服她的做人。珂勒惠支受希特拉的壓迫，不准她做教授，不准她畫畫，魯迅先生常講到她。

史沫特烈，魯迅先生也講到，她是美國女子，幫助印度獨立運動，現在又在援助中國。

魯迅先生介紹人去看的電影：《夏伯陽》，《復仇艷遇》……其餘的如《人猿泰山》……或者非洲的怪獸這一類的影片，也常介紹給人的。魯迅先生說：「電影沒有什麼好的，看看鳥獸之類倒可以增加些對於動物的知識。」

魯迅先生不遊公園，住在上海十年，兆豐公園沒有進過。虹口公園這麼近也沒有進過。春天一到了，我常告訴周先生，我說公園裏的土鬆軟了，公園裏的風多麼柔和。周先生答應選個晴好的天氣，選個禮拜日，海嬰休假日，好一道去，坐一乘小汽車一直開到兆豐公園，也算是短途旅行。但這只是想著而未有做到，並且把公園給下了定義。魯迅先生說：「公園的樣子我知道的……一進門分做兩條路，一條通左邊，一條通右邊，沿著路種著點柳樹什麼樹的，樹下擺著幾張長椅子，再遠一點有個水池子。」

我是去過兆豐公園的，也去過虹口公園或是法國公園的，彷彿這個定義適用在任何國度的公園設計者。

魯迅先生不戴手套，不圍圍巾，冬天穿著黑土藍的棉布袍子，頭上戴著灰色氈帽，腳穿黑帆布膠皮底鞋。

膠皮底鞋夏天特別熱，冬天又涼又濕，魯迅先生的身體不算好，大家都提議把這鞋子換掉。魯迅先生不肯，他說膠皮底鞋子走路方便。

「周先生一天走多少路呢？也不就一轉彎到×××書店走一趟嗎？」

魯迅先生笑而不答。

「周先生不是很好傷風嗎？不圍巾子，風一吹不就傷風了嗎？」

魯迅先生這些個都不習慣，他說：

「從小就沒戴過手套圍巾，戴不慣。」

魯迅先生一推開門從家裏出來時，兩隻手露在外邊，很寬的袖口衝著風就向前走，腋下夾著個黑綢子印花的包袱，裏邊包著書或者是信，到老靶子路書店去了。

那包袱每天出去必帶出去，回來必帶回來。出去時帶著給青年們的信，回來又從書店帶來新的信和青年請魯迅先生看的稿子。

魯迅先生抱著印花包袱從外邊回來，還提著一把傘，一進門客廳早坐著客人，把傘掛在衣架上就陪客人談起話來。談了很久了，傘上的水滴順著傘桿在地板上已經聚了一堆水。

魯迅先生上樓去拿香煙，抱著印花包袱，而那把傘也沒有忘記，順手也帶到樓上去。

魯迅先生的記憶力非常之強，他的東西從不隨便散置在任何地方。魯迅先生很喜歡北方口味。許先生想請一個北方廚子，魯迅先生以為開銷太大，請不得的，男傭人，至少要十五元錢的工錢。

所以買米買炭都是許先生下手。我問許先生為什麼用兩個女傭人都是年老的，都是六七十歲的？許先生說她們做慣了，海嬰的保姆，海嬰幾個月時就在這裏。

正說著那矮胖胖的保姆走下樓梯來了，和我們打了個迎面。

「先生，沒喫茶嗎？」她趕快拿了杯子去倒茶，那剛剛下樓時氣喘的聲音還在喉管裏咕嚕咕嚕的，她確實年老了。

來了客人，許先生沒有不下廚房的，菜食很豐富，魚，肉……都是用大碗裝著，起碼四五碗，多則七八碗。可是平常就只三碗菜：一碗素炒豌豆苗，一碗筍炒鹹菜，再一碗黃花魚。

這菜簡單到極點。

魯迅先生的原稿，在拉都路一家炸油條的那裏用著包油條，我得到了一張，是譯《死魂靈》的原稿，寫信告訴了魯迅先生。魯迅先生不以為希奇，許先生倒很生氣。

魯迅先生出書的校樣，都用來揩桌，或做什麼的。請客人在家裏吃飯，吃到半道，魯迅先生回身去拿來校樣給大家分著。客人接到手裏一看，這怎麼可以？魯迅先生說：

「擦一擦，拿著雞吃，手是膩的。」

到洗澡間去，那邊也擺著校樣紙。

許先生從早晨忙到晚上，在樓下陪客人，一邊還手裏打著毛線。不然就是一邊談著話一邊站起來用手摘掉花盆裏花上已乾枯了的葉子。許先生每送一個客人，都要送到樓下門口，替客人把門開開，客人走出去而後輕輕地關了門再上樓來。

來了客人還到街上去買魚或買雞，買回來還要到廚房裏去工作。

魯迅先生臨時要寄一封信，就得許先生換起皮鞋子來到郵局或者大陸新村旁邊信筒那裏去。落著雨天，許先生就打起傘來。

許先生是忙的，許先生的笑是愉快的，但是頭髮有一些是白了的。

夜裏去看電影，施高塔路的汽車房只有一輛車，魯迅先生一定不坐，一定讓我們坐。許先生，周建人夫人……海嬰，周建人先生的三位女公子。我們上車了。

魯迅先生和周建人先生，還有別的一二位朋友在後邊。

看完了電影出來，又只叫到一部汽車，魯迅先生又一定不肯坐，讓周建人先生的全家坐著先走了。

魯迅先生旁邊走著海嬰，過了蘇州河的大橋去等電車去了。等了二三十分鐘電車還沒有來，魯迅先生依著沿蘇州河的鐵欄杆坐在橋邊的石圍上了，並且拿出香煙來，裝上煙嘴，悠然地吸著煙。

海嬰不安地來回地亂跑，魯迅先生還招呼他和自己並排坐下。

魯迅先生坐在那和一個鄉下的安靜老人一樣。

魯迅先生吃的是清茶，其餘不吃別的飲料。咖啡、可可、牛奶、汽水之類，家裏都不預備。

魯迅先生陪客人到深夜，必同客人一道吃些點心。那餅乾就是從舖子裏買來的，裝在餅乾盒子裏，到夜深許先生拿著碟子取出來，擺在魯迅先生的書桌上。吃完了，許先生打開立櫃再取一碟。還有向日葵子差不多每來客人必不可少。魯迅先生一邊抽著煙，一邊剝著瓜子吃，吃完了一碟魯迅先生必請許先生再拿一碟來。

魯迅先生備有兩種紙煙，一種價錢貴的，一種便宜的。便宜的是綠聽子的，我不認識那是什麼牌子，只記得煙頭上帶著黃紙的嘴，每五十支的價錢大概是四角到五角，是魯迅先生自己平日用的。另一種是白聽子的，是前門煙，用來招待客人的，白聽煙放在魯迅先生書桌的抽屜裏。來客人魯迅先生下樓，把它帶到樓下去，客人走了，又帶回樓上來照樣放在抽屜裏。而綠聽子的永遠放在書桌上，是魯迅先生隨時吸著的。

魯迅先生的休息，不聽留聲機，不出去散步，也不倒在牀上睡覺，魯迅先生自己說：

「坐在椅子上翻一翻書就是休息了。」

魯迅先生從下午二三點鐘起就陪客人，陪到五點鐘，陪到六點鐘，客人若在家吃飯，吃完飯又必要在一起喝茶，或者剛剛吃完茶走了，或者還沒走又來了客人，於是又陪下去，陪到八點鐘，十點鐘，常常陪到十二點鐘。從下午三點鐘起，陪到夜裏十二點，這麼長的時間，魯迅先生都是坐在籐躺椅上，不斷地吸著煙。

客人一走，已經是下半夜了，本來已經是睡覺的時候了，可是魯迅先生正要開始工作。在工作之前，他稍微闔一闔眼睛，燃起一支煙來，躺在牀邊上，這一支煙還沒有吸完，許先生差不多就在牀裏邊睡著了。（許先生為什麼睡得這樣快？因為第二天早晨六七點鐘就要來管理家務。）海嬰這時在三樓和保姆一道睡著了。

全樓都寂靜下去，窗外也一點聲音沒有了，魯迅先生站起來，坐到書桌邊，在那綠色的台燈下開始寫文章了。許先生說雞鳴的時候，魯迅先生還是坐著，街上的汽車嘟嘟地叫起來了，魯迅先生還是坐著。

有時許先生醒了，看著玻璃窗白薩薩的了，燈光也不顯得怎麼亮了，魯迅先生的背影不像夜裏那樣高大。

魯迅先生的背影是灰黑色的，仍舊坐在那裏。

人家都起來了，魯迅先生才睡下。

海嬰從三樓下來了，背著書包，保姆送他到學校去，經過魯迅先生的門前，保姆總是吩咐他說：

「輕一點走，輕一點走。」

魯迅先生剛一睡下，太陽就高起來了，太陽照著隔院子的人家，明亮亮的，照著魯迅先生花園的夾竹桃，明亮亮的。

魯迅先生的書桌整整齊齊的，寫好的文章壓在書下邊，毛筆在燒瓷的小龜背上站著。

一雙拖鞋停在牀下，魯迅先生在枕頭上邊睡著了。

魯迅先生喜歡吃一點酒，但是不多吃，吃半小碗或一碗。

魯迅先生吃的是中國酒，多半是花彫。

老靶子路有一家小喫茶店，只有門面一間，在門面裏邊設座，座少，安靜，光線不充足，有些冷落。魯迅先生常到這裏喫茶店來，有約會多半是在這裏邊，老闆是猶太也許是白俄，胖胖的，中國話大概他聽不懂。

魯迅先生這一位老人，穿著布袍子，有時到這裏來，泡一壺紅茶，和青年人坐在一道談了一兩個鐘頭。

有一天魯迅先生的背後那茶座裏邊坐著一位摩登女子，身穿紫裙子黃衣裳，頭戴花帽子……那女子臨走時，魯迅先生一看她，用眼瞪著她，很生氣地看了她半天。而後說：

「是做什麼的呢？」

魯迅先生對於穿著紫裙子黃衣裳，花帽子的人就是這樣看法的。

鬼到底是有的沒有的？傳說上有人見過，還跟鬼說過話，還有人被鬼在後邊追趕過，吊死鬼一見了人就貼在牆上。但沒有一個人捉住一個鬼給大家看看。

魯迅先生講了他看見過鬼的故事給大家聽：

「是在紹興……」魯迅先生說，「三十年前……」

那時魯迅先生從日本讀書回來，在一個師範學堂裏也不知是什麼學堂裏教書，晚上沒有事時，魯迅先生總是到朋友家去談天。這朋友住的離學堂幾里路，幾里路不算遠，但必得經過一片墳地。談天有的時候就談得晚了，十一二點鐘才回學堂的事也常有，有一天魯迅先生就回去得很晚，天空有很大的月亮。

魯迅先生向著歸路走得很起勁時，往遠處一看，遠遠有一個白影。

魯迅先生不相信鬼的，在日本留學時是學的醫，常常把死人抬來解剖的，魯迅先生解剖過二十幾個，不但不怕鬼，對死人也不怕，所以對墳地也就根本不怕。仍舊是向前走的。

走了不幾步，那遠處的白影沒有了，再看突然又有了。並且時小時大，時高時低，正和鬼一樣。鬼不就是變幻無常的嗎？

魯迅先生有點躊躇了，到底向前走呢？還是回過頭來走？

本來回學堂不止這一條路，這不過是最近的一條就是了。

魯迅先生仍是向前走，到底要看一看鬼是什麼樣，雖然那時候也怕了。

魯迅先生那時從日本回來不久，所以還穿著硬底皮鞋。魯迅先生決心要給那鬼一個致命的打擊，等走到那白影旁邊時，那白影縮小了，蹲下了，一聲不響地靠住了一個墳堆。

魯迅先生就用了他的硬皮鞋踢了出去。

那白影噢的一聲叫起來，隨著就站起來，魯迅先生定眼看去，他卻是個人。

魯迅先生說在他踢的時候，他是很害怕的，好像若一下不把那東西踢死，自己反而會遭殃的，所以用了全力踢出去。

原來是個盜墓子的人在墳場上半夜作著工作。

魯迅先生說到這裏就笑了起來。

「鬼也是怕踢的，踢他一腳就立刻變成人了。」

我想，倘若是鬼常常讓魯迅先生踢踢倒是好的，因為給了他一個作人的機會。

從福建菜館叫的菜，有一碗魚做的丸子。

海嬰一吃就說不新鮮，許先生不信，別的人也都不信。因為那丸子有的新鮮，有的不新鮮，別人吃到嘴裏的恰好都是沒有改味的。

許先生又給海嬰一個，海嬰一吃，又不是好的，他又嚷嚷著。別人都不注意，魯迅先生把海嬰碟裏的拿來嚐嚐，果然不是新鮮的。魯迅先生說：

「他說不新鮮，一定也有他的道理，不加以查看就抹殺是不對的。」

以後我想起這件事來，私下和許先生談過，許先生說：「周先生的做人，真是我們學不了的。哪怕一點點小事。」

魯迅先生包一個紙包也要包得整整齊齊，常常把要寄出的書，魯迅先生從許先生手裏拿過來自己包，許先生本來包得多麼好，而魯迅先生還要親自動手。

魯迅先生把書包好了，用細繩捆上，那包方方正正的，連一個角也不准歪一點或扁一點，而後拿著剪刀，把捆書的那繩頭都剪得整整齊齊。

就是包這書的紙都不是新的，都是從街上買東西回來留下來的。許先生上街回來把買來的東西一打開隨手就把包東西的牛皮紙折起來，隨手把小細繩捲了一個卷。若小細繩上有一個疙瘩，也要隨手把它解開的。準備著隨時用隨時方便。

魯迅先生住的是大陸新村九號。

一進弄堂口，滿地鋪著大方塊的水門汀，院子裏不怎樣嘈雜，從這院子出入的有時候是外國人，也能夠看到外國小孩在院子裏零星的玩著。

魯迅先生隔壁掛著一塊大的牌子，上面寫著一個「茶」字。

在一九三五年十月一日。

魯迅先生的客廳裏擺著長桌，長桌是黑色的，油漆不十分新鮮，但也並不破舊，桌上沒有鋪什麼桌布，只在長桌的當心擺著一個綠豆青色的花瓶，花瓶裏長著幾株大葉子的萬年青。圍著長桌有七八張木椅子。尤其是在夜裏，全弄堂一點什麼聲音也聽不到。

那夜，就和魯迅先生和許先生一道坐在長桌旁邊喝茶的。當夜談了許多關於偽滿洲國的事情，從飯後談起，一直談到九點鐘十點鐘而後到十一點鐘。時時想退出來，讓魯迅先生好早點休息，因為我看出來魯迅先生身體不大好，又加上聽許先生說過，魯迅先生傷風了一個多月，剛好了的。

但魯迅先生並沒有疲倦的樣子。雖然客廳裏也擺著一張可以臥倒的籐椅，我們勸他幾次想讓他坐在籐椅上休息一下，但是他沒有去，仍舊坐在椅子上。並且還上樓一次，去加穿了一件皮袍子。

那夜魯迅先生到底講了些什麼，現在記不起來了。也許想起來的不是那夜講的而是以後講的也說不定。過了十一點，天就落雨了，雨點淅瀝淅瀝地打在玻璃窗上，窗子沒有窗簾，所以偶一回頭，就看到玻璃窗上有小水流往下流。夜已深了，並且落了雨，心裏十分著急，幾次站起來想要走，但是魯迅先生和許先生一再說再坐一下：「十二點以前終歸有車子可搭的。」所以一直坐到將近十二點，才穿起雨衣來，打開客廳外邊的響著的鐵門，魯迅先生非要送到鐵門外不可。我想為什麼他一定要送呢？對於這樣年輕的客人，這樣的送是應該的嗎？雨不會打濕了頭髮，受了寒傷風不又要繼續下去嗎？站在鐵門外邊，魯迅先生說，並且指著隔壁那家寫著「茶」字的大牌子：「下次來記住這個『茶』字，就是這個『茶』的隔壁。」而且伸出手去，幾乎是觸到了釘在鎖門旁邊的那個九號的『九』字，「下次來記住茶的旁邊九號。」

於是腳踏著方塊的水門汀，走出弄堂來，回過身去往院子裏邊看了一看，魯迅先生那一排房子統統是黑洞洞的，若不是告訴的那樣清楚，下次來恐怕要記不住的。

魯迅先生的臥室，一張鐵架大牀，牀頂上遮著許先生親手做的白布刺花的圍子，順著牀的一邊折著兩牀被子，都是很厚的，是花洋布的被面。挨著門口的牀頭的方面站著抽屜櫃。一進門的左手擺著八仙桌，桌子的兩旁籐椅各一，立櫃站在和方桌一排的牆角，立櫃本是掛衣服的，衣裳卻很少，都讓糖盒子、 餅乾桶子、 瓜子罐給塞滿了。有一次××老闆的太太來拿版權的圖章花，魯迅先生就從立櫃下邊大抽屜裏取出的。沿著牆角往窗子那邊走，有一張裝飾台，桌子上有一個方形的滿浮著綠草的玻璃養魚池，裏邊游著的不是金魚而是灰色的扁肚子的小魚。除了魚池之外另有一隻圓的錶，其餘那上邊滿裝著書。鐵牀架靠窗子的那頭的書櫃裏書櫃外都是書。最後是魯迅先生的寫字枱，那上邊也都是書。

魯迅先生家裏，從樓上到樓下，沒有一個沙發。魯迅先生工作時坐的椅子是硬的，到樓下陪客人時坐的椅子又是硬的。

魯迅先生的寫字枱面向著窗子，上海弄堂房子的窗子差不多滿一面牆那麼大，魯迅先生把它關起來，因為魯迅先生工作起來有一個習慣，怕吹風，風一吹，紙就動，時時防備著紙跑，文章就寫不好。所以屋子裏熱得和蒸籠似的，請魯迅先生到樓下去，他又不肯，魯迅先生的習慣是不換地方。有時太陽照進來，許先生勸他把書桌移開一點都不肯。只有滿身流汗。

魯迅先生的寫字桌，鋪了張藍格子的油漆布。四角都用圖釘按著。桌子上有小硯台一方，墨一塊，毛筆站在筆架上。筆架是燒瓷的，在我看來不很細緻，是一個龜，龜背上帶著好幾個洞，筆就插在那洞裏。魯迅先生多半是用毛筆的，鋼筆也不是沒有，是放在抽屜裏。桌上有一個方大的白瓷的煙灰盒，還有一個茶杯，杯子上戴著蓋。

魯迅先生的習慣與別人不同，寫文章用的材料和來信都壓在桌子上，把桌子都壓得滿滿的，幾乎只有寫字的地方可以伸開手，其餘桌子的一半被書或紙張佔有著。

左手邊的桌角上有一個帶綠燈罩的台燈，那燈泡是橫著裝的，在上海那是極普通的台燈。冬天在樓上吃飯，魯迅先生自己拉著電線把台燈的機關從棚頂的燈頭上拔下，而後裝上燈泡子。等飯吃過，許先生再把電線裝起來，魯迅先生的台燈就是這樣做成的，拖著一根長長的電線在棚頂上。

魯迅先生的文章，多半是在這台燈下寫。因為魯迅先生的工作時間，多半是下半夜一兩點起，天將明了休息。

臥室就是如此，牆上掛著海嬰公子一個月嬰孩的油畫像。

挨著臥室的後樓裏邊，完全是書了，不十分整齊，報紙和雜誌或洋裝的書，都混在這間屋子裏，一走進去多少還有些紙張氣味。地板被書遮蓋得太小了，幾乎沒有了，大網籃也堆在書中。牆上拉著一條繩子或者是鐵絲，就在那上邊繫了小提盒、鐵絲籠之類。風乾荸薺就盛在鐵絲籠，扯著的那鐵絲幾乎被壓斷了在彎彎著。一推開藏書室的窗子，窗子外邊還掛著一筐風乾荸薺。

「吃吧，多得很，風乾的，格外甜。」許先生說。

樓下廚房傳來了煎菜的鍋鏟的響聲，並且兩個年老的娘姨慢重重地在講一些什麼。

廚房是家庭最熱鬧的一部分。整個三層樓都是靜靜的，喊娘姨的聲音沒有，在樓梯上跑來跑去的聲音沒有。魯迅先生家裏五六間房子只住著五個人，三位是先生的全家，餘下的二位是年老的女傭人。

來了客人都是許先生親自倒茶，即或是麻煩到娘姨時，也是許先生下樓去吩咐，絕沒有站到樓梯口就大聲呼喚的時候。

所以整個房子都在靜悄悄之中。

只有廚房比較熱鬧了一點，自來水嘩嘩地流著，洋瓷盆在水門汀的水池子上每拖一下磨著嚓嚓地響，洗米的聲音也是嚓嚓的。魯迅先生很喜歡吃竹筍的，在菜板上切著筍片筍絲時，刀刃每劃下去都是很響的。其實比起別人家的廚房來卻冷清極了，所以洗米聲和切筍聲都分開來聽得樣樣清清晰晰。

客廳的一邊擺著並排的兩個書架，書架是帶玻璃橱的，裏邊有朵斯托益夫斯基的全集和別的外國作家的全集，大半都是日文譯本。地板上沒有地毯，但擦得非常乾淨。

海嬰公子的玩具橱也站在客廳裏，裏邊是些毛猴子，橡皮人，火車汽車之類，裏邊裝的滿滿的，別人是數不清的，只有海嬰自己伸手到裏邊找些什麼就有什麼。過新年時在街上買的兔子燈，紙毛上已經落了灰塵了，仍擺在玩具橱頂上。

客廳只有一個燈頭，大概五十燭光。客廳的後門對著上樓的樓梯，前門一打開有一個一方丈大小的花園，花園裏沒有什麼花看，只有一株很高的七八尺高的小樹，大概那樹是柳桃，一到了春天，喜歡生長蚜蟲，忙得許先生拿著噴蚊蟲的機器，一邊陪著談話，一邊噴著殺蟲藥水。沿著牆根，種了一排玉米，許先生說：「這玉米長不大的，這土是沒有養料的，海嬰一定要種。」

春天，海嬰在花園裏掘著泥沙，培植著各種玩藝。

三樓則特別靜了，向著太陽開著兩扇玻璃門，門外有一個水門汀的突出的小廊子，春天很溫暖的撫摸著門口長垂著的簾子，有時簾子被風打得很高，飄揚的飽滿的和大魚泡似的。那時候隔院的綠樹照進玻璃門扇裏邊來了。

海嬰坐在地板上裝著小工程師在修著一座樓房，他那樓房是用椅子橫倒了架起來修的，而後遮起一張被單來算作屋瓦，全個房子在他自己拍著手的讚譽聲中完成了。

這間屋感到些空曠和寂寞，既不像女工住的屋子，又不像兒童室。海嬰的眠牀靠著屋子的一邊放著，那大圓頂帳子日裏也不打起來，長拖拖的好像從棚頂一直拖到地板上，那牀是非常講究的，屬於刻花的木器一類的。許先生講過，租這房子時，從前一個房客轉留下來的。海嬰和他的保姆，就睡在五六尺寬的大牀上。

冬天燒過的火爐，三月裏還冷冰冰的在地板上站著。

海嬰不大在三樓上玩的，除了到學校去，就是在院裏踏腳踏車，他非常歡喜跑跳，所以廚房，客廳，二樓，他是無處不跑的。

三樓整天在高處空著，三樓的後樓住著另一個老女工，一天很少上樓來，所以樓梯擦過之後，一天到晚乾淨的溜明。

一九三六年三月裏魯迅先生病了，靠在二樓的躺椅上，心臟跳動得比平日厲害，臉色微灰了一點。

許先生正相反的，臉色是紅的，眼睛顯得大了，講話的聲音是平靜的，態度並沒有比平日慌張。在樓下一走進客廳來許先生就告訴說：

「周先生病了，氣喘……喘得厲害，在樓上靠在躺椅上。」

魯迅先生呼喘的聲音，不用走到他的旁邊，一進了臥室就聽得到的。鼻子和鬍鬚在扇著，胸部一起一落。眼睛閉著，差不多永久不離開手的紙煙，也放棄了。籐椅後邊靠著枕頭，魯迅先生的頭有些向後，兩隻手空閒地垂著。眉頭仍和平日一樣沒有聚皺，臉上是平靜的，舒展的，似乎並沒有任何痛苦加在身上。

「來了吧？」魯迅先生睜一睜眼睛，「不小心，著了涼呼吸困難……到藏書的房子去翻一翻書……那房子因為沒有人住，特別涼……回來就……」

許先生看周先生說話吃力，趕緊接著說周先生是怎樣氣喘的。

醫生看過了，吃了藥，但喘並未停。下午醫生又來過，剛剛走。

臥室在黃昏裏邊一點一點地暗下去，外邊起了一點小風，隔院的樹被風搖著發響。別人家的窗子有的被風打著發出自動關開的響聲，家家的流水道都是嘩啦嘩啦的響著水聲，一定是晚餐之後洗著杯盤的剩水。晚餐後該散步的散步去了，該會朋友的會友去了，弄堂裏來去的稀疏不斷地走著人，而娘姨們還沒有解掉圍裙呢，就依著後門彼此搭訕起來。小孩子們三五一夥前門後門地跑著，弄堂外汽車穿來穿去。

魯迅先生坐在躺椅上，沉靜地，不動地闔著眼睛，略微灰了的臉色被爐裏的火染紅了一點。紙煙聽子蹲在書桌上，蓋著蓋子，茶杯也蹲在桌子上。

許先生輕輕地在樓梯上走著，許先生一到樓下去，二樓就只剩了魯迅先生一個人坐在椅子上，呼喘把魯迅先生的胸部有規律性的抬得高高的。

「魯迅先生必得休息的，」須籐醫生這樣說的。可是魯迅先生從此不但沒有休息，並且腦子裏所想的更多了，要做的事情都像非立刻就做不可，校《海上述林》的校樣，印珂勒惠支的畫，翻譯《死魂靈》下部，剛好了，這些就都一起開始了，還計算著出三十年集（即《魯迅全集》）。

魯迅先生感到自己的身體不好，就更沒有時間注意身體，所以要多作，趕快作。當時大家不解其中的意思，都以為魯迅先生不加以休息不以為然，後來讀了魯迅先生《死》的那篇文章才了然了。

魯迅先生知道自己的健康不成了，工作的時間沒有幾年了，死了是不要緊的，只要留給人類更多，魯迅先生就是這樣。

不久書桌上德文字典和日文字典都擺起來了，果戈里的《死魂靈》，又開始翻譯了。

魯迅先生的身體不大好，容易傷風，傷風之後，照常要陪客人，回信，校稿子。所以傷風之後總要拖下去一個月或半個月的。

瞿秋白的《海上述林》校樣，一九三五年冬，一九三六年的春天，魯迅先生不斷地校著，幾十萬字的校樣，要看三遍，而印刷所送校樣來總是十頁八頁的，並不是統統一道地送來，所以魯迅先生不斷地被這校樣催索著，魯迅先生竟說：

「看吧，一邊陪著你們談話，一邊看校樣，眼睛可以看，耳朵可以聽……」

有時客人來了，一邊說著笑話，魯迅先生一邊放下了筆。

有的時候也說：「幾個字了……請坐一坐……」

一九三五年冬天許先生說：

「周先生的身體是不如從前了。」

有一次魯迅先生到飯館裏去請客，來的時候興致很好，還記得那次吃了一隻烤鴨子，整個的鴨子用大鋼叉子叉上來時，大家看這鴨子烤的又油又亮的，魯迅先生也笑了。

菜剛上滿了，魯迅先生就到躺椅上吸一支煙，並且闔一闔眼睛。一吃完了飯，有的喝了酒的，大家都鬧亂了起來，彼此搶著蘋果，彼此諷刺著玩，說著一些人可笑的話。而魯迅先生這時候，坐在躺椅上，闔著眼睛，很莊嚴地在沉默著，讓拿在手上紙煙的煙絲，裊裊地上升著。

別人以為魯迅先生也是喝多了酒吧！

許先生說，並不的。

「周先生的身體是不如從前了，吃過了飯總要閉一閉眼睛稍微休息一下，從前一向沒有這習慣。」

周先生從椅子上站起來了，大概說他喝多了酒的話讓他聽到了。

「我不多喝酒的。小的時候，母親常提到父親喝了酒，脾氣怎樣壞，母親說，長大了不要喝酒，不要像父親那樣子……所以我不多喝的……從來沒喝醉過……」

魯迅先生休息好了，換了一支煙，站起來也去拿蘋果吃，可是蘋果沒有了。魯迅先生說：

「我爭不過你們了，蘋果讓你們搶沒了。」有人搶到手的還在保存著的蘋果，奉獻出來，魯迅先生沒有吃，只在吸煙。

一九三六年春，魯迅先生的身體不大好，但沒有什麼病，吃過了夜飯，坐在躺椅上，總要閉一閉眼睛沉靜一會。

許先生對我說，周先生在北平時，有時開著玩笑，手按著桌子一躍就能夠躍過去，而近年來沒有這麼做過。大概沒有以前那麼靈便了。

這話許先生和我是私下講的：魯迅先生沒有聽見，仍靠在躺椅上沉默著呢。

許先生開了火爐門，裝著煤炭嘩嘩地響，把魯迅先生震醒了。一講起話來魯迅先生的精神又照常一樣。

魯迅先生睡在二樓的牀上已經一個多月了，氣喘雖然停止。但每天發熱，尤其是在下午熱度總在三十八度三十九度之間，有時也到三十九度多，那時魯迅先生的臉是微紅的，目力是疲弱的，不吃東西，不大多睡，沒有一些呻吟，似乎全身都沒有什麼痛楚的地方。躺在牀上的時候張開眼睛看著，有的時候似睡非睡的安靜地躺著，茶吃得很少。差不多一刻也不停地吸煙，而今幾乎完全放棄了，紙煙聽子不放在牀邊，而仍很遠的蹲在書桌上，若想吸一支，是請許先生付給的。

許先生從魯迅先生病起，更過度地忙了。按著時間給魯迅先生吃藥，按著時間給魯迅先生試溫度表，試過了之後還要把一張醫生發給的表格填好，那表格是一張硬紙，上面畫了無數根線，許先生就在這張紙上拿著米度尺畫著度數，那表畫得和尖尖的小山丘似的，又像尖尖的水晶石，高的低的一排連地站著。許先生雖每天畫，但那像是一條接連不斷的線，不過從低處到高處，從高處到低處，這高峰越高越不好，也就是魯迅先生的熱度越高了。

來看魯迅先生的人，多半都不到樓上來了，為的請魯迅先生好好地靜養，所以把客人這些事也推到許先生身上來了。還有書、報、信，都要許先生看過，必要的就告訴魯迅先生，不十分必要的，就先把它放在一處放一放，等魯迅先生好些了再取出來交給他。然而這家庭裏邊還有許多瑣事，比方年老的娘姨病了，要請兩天假；海嬰的牙齒脱掉一個要到牙醫那裏去看過，但是帶他去的人沒有，又得許先生。海嬰在幼稚園裏讀書，又是買鉛筆，買皮球，還有臨時出些個花頭，跑上樓來了，説要吃什麼花生糖，什麼牛奶糖，他上樓來是一邊跑著一邊喊著，許先生連忙拉住了他，拉他下了樓才跟他講：

「爸爸病啦，」而後拿出錢來，囑咐好了娘姨，只買幾塊糖而不准讓他格外的多買。

收電燈費的來了，在樓下一打門，許先生就得趕快往樓下跑，怕的是再多打幾下，就要驚醒了魯迅先生。

海嬰最喜歡聽講故事，這也是無限的麻煩，許先生除了陪海嬰講故事之外，還要在長桌上偷一點工夫來看魯迅先生為有病耽擱下來尚未校完的校樣。

在這期間，許先生比魯迅先生更要擔當一切了。

魯迅先生吃飯，是在樓上單開一桌，那僅僅是一個方木桌，許先生每餐親手端到樓上去，每樣都用小吃碟盛著，那小吃碟直徑不過二寸，一碟豌豆苗或菠菜或莧菜，把黃花魚或者雞之類也放在小碟裏端上樓去。若是雞，那雞也是全雞身上最好的一塊地方揀下來的肉；若是魚，也是魚身上最好一部分，許先生才把它揀下放在小碟裏。

許先生用筷子來回地翻著樓下的飯桌上菜碗裏的東西，菜揀嫩的，不要莖，只要葉，魚肉之類，揀燒得軟的，沒有骨頭沒有刺的。

心裏存著無限的期望，無限的要求，用了比祈禱更虔誠的目光，許先生看著她自己手裏選得精精緻緻的菜盤子，而後腳板觸了樓梯上了樓。

希望魯迅先生多吃一口，多動一動筷，多喝一口雞湯。雞湯和牛奶是醫生所囑的，一定要多吃一些的。

把飯送上去，有時許先生陪在旁邊，有時走下樓來又做些別的事，半個鐘頭之後，到樓上去取這盤子。這盤子裝的滿滿的，有時竟照原樣一動也沒有動又端下來了，這時候許先生的眉頭微微地皺了一點。旁邊若有什麼朋友，許先生就說：「周先生的熱度高，什麼也吃不落，連茶也不願意吃，人很苦，人很吃力。」

有一天許先生用波浪式的專門切麵包的刀切著麵包，是在客廳後邊方桌上切的，許先生一邊切著一邊對我說：

「勸周先生多吃東西，周先生說，人好了再保養，現在勉強吃也是沒有用的。」

許先生接著似乎問著我：

「這也是對的？」

而後把牛奶麵包送上樓去了。一碗燒好的雞湯，從方盤裏許先生把它端出來了，就擺在客廳後的方桌上。許先生上樓去了，那碗熱的雞湯在方桌上自己悠然地冒著熱氣。

許先生由樓上回來還說呢：

「周先生平常就不喜歡吃湯之類，在病裏，更勉強不下了。」

許先生似乎安慰著自己似的。

「周先生人強，喜歡吃硬的，油炸的，就是吃飯也喜歡吃硬飯……」

許先生樓上樓下地跑，呼吸有些不平靜，坐在她旁邊，似乎可以聽到她心臟的跳動。

魯迅先生開始獨桌吃飯以後，客人多半不上樓來了，經許先生婉言把魯迅先生健康的經過報告了之後就走了。

魯迅先生在樓上一天一天地睡下去，睡了許多日子，都寂寞了，有時大概熱度低了點就問許先生：

「什麼人來過嗎？」

看魯迅先生好些，就一一地報告過。

有時也問到有什麼刊物來嗎？

魯迅先生病了一個多月了。

證明了魯迅先生是肺病，並且是肋膜炎，須籐老醫生每天來了，為魯迅先生把肋膜積水用打針的方法抽淨，共抽過兩三次。

這樣的病，為什麼魯迅先生一點也不曉得呢？許先生說，周先生有時覺得肋痛了就自己忍著不說，所以連許先生也不知道，魯迅先生怕別人曉得了又要不放心，又要看醫生，醫生一定又要說休息。魯迅先生自己知道做不到的。

福民醫院美國醫生的檢查，說魯迅先生肺病已經二十年了。這次發了怕是很嚴重。

醫生規定個日子，請魯迅先生到福民醫院去詳細檢查，要照X光的。但魯迅先生當時就下樓是下不得的，又過了許多天，魯迅先生到福民醫院去檢查病去了。照X光後給魯迅先生照了一個全部的肺部的照片。

這照片取來的那天許先生在樓下給大家看了，右肺的上尖是黑的，中部也黑了一塊，左肺的下半部都不大好，而沿著左肺的邊邊黑了一大圈。

這之後，魯迅先生的熱度仍高，若再這樣熱度不退，就很難抵抗了。

那查病的美國醫生，只查病，而不給藥吃，他相信藥是沒有用的。

須籐老醫生，魯迅先生早就認識，所以每天來，他給魯迅先生吃了些退熱藥，還吃停止肺病菌活動的藥。他說若肺不再壞下去，就停止在這裏，熱自然就退了，人是不危險的。

在樓下的客廳裏，許先生哭了。許先生手裏拿著一團毛線，那是海嬰的毛線衣拆了洗過之後又團起來的。

魯迅先生在無慾望狀態中，什麼也不吃，什麼也不想，睡覺似睡非睡的。

天氣熱起來了，客廳的門窗都打開著，陽光跳躍在門外的花園裏。麻雀來了停在夾竹桃上叫了三兩聲就飛去，院子裏的小孩們唧唧喳喳地玩耍著，風吹進來好像帶著熱氣，撲到人的身上，天氣剛剛發芽的春天，變為夏天了。

樓上老醫生和魯迅先生談話的聲音隱約可以聽到。

樓下又來客人，來的人總要問：

子。

「周先生好一點嗎？」

許先生照常說：「還是那樣子。」

但今天說了眼淚又流了滿臉。一邊拿起杯子來給客人倒茶，一邊用左手拿著手帕按著鼻子。

客人問：

「周先生又不大好嗎？」

許先生說：

「沒有的，是我心窄。」

過了一會魯迅先生要找什麼東西，喊許先生上樓去，許先生連忙擦著眼睛，想說她不上樓的，但左右看了一看，沒有人能代替了她，於是帶著她那團還沒有纏完的毛線球上樓去了。

樓上坐著老醫生，還有兩位探望魯迅先生的客人。許先生一看了他們就自己低了頭不好意思地笑了，她不敢到魯迅先生的面前去，背轉著身問魯迅先生要什麼呢，而後又是慌忙地把線縷掛在手上纏了起來。

一直到送老醫生下樓，許先生都是把背向著魯迅先生而站著的。

每次老醫生走，許先生都是替老醫生提著皮提包送到前門外的。許先生愉快地、沉靜地帶著笑容打開鐵門閂，很恭敬地把皮包交給老醫生，眼看著老醫生走了才進來關了門。

這老醫生出入在魯迅先生的家裏，連老娘姨對他都是尊敬的，醫生從樓上下來時，娘姨若在樓梯的半道，趕快下來躲開，站到樓梯的旁邊。有一天老娘姨端著一個杯子上樓，樓上醫生和許先生一道下來了，那老娘姨躲閃不靈，急得把杯裏的茶都顛出來了。等醫生走過去，已經走出了前門，老娘姨還在那裏呆呆地望著。

「周先生好了點吧？」

有一天許先生不在家，我問著老娘姨。她說：

「誰曉得，醫生天天看過了不聲不響地就走了。」

可見老娘姨對醫生每天是懷著期望的眼光看著他的。

許先生很鎮靜，沒有紊亂的神色，雖然說那天當著人哭過一次，但該做什麼，仍是做什麼，毛線該洗的已經洗了，曬的已經曬起，曬乾了的隨手就把它團起糰子。

「海嬰的毛線衣，每年拆一次，洗過之後再重打起，人一年一年地長，衣裳一年穿過，一年就小了。」

在樓下陪著熟的客人，一邊談著，一邊開始手裏動著竹針。

這種事情許先生是偷空就做的，夏天就開始預備著冬天的，冬天就做夏天的。

許先生自己常常說：

「我是無事忙。」

這話很客氣，但忙是真的，每一餐飯，都好像沒有安靜地吃過。海嬰一會要這個，要那個；若一有客人，上街臨時買菜，下廚房煎炒還不說，就是擺到桌子上來，還要從菜碗裏為著客人選好的夾過去。飯後又是吃水果，若吃蘋果還要把皮削掉，若吃荸薺看客人削得慢而不好也要削了送給客人吃，那時魯迅先生還沒有生病。

許先生除了打毛線衣之外，還用機器縫衣裳，剪裁了許多件海嬰的內衫褲在窗下縫。

因此許先生對自己忽略了，每天上下樓跑著，所穿的衣裳都是舊的，次數洗得太多，紐扣都洗脫了，也磨破了，都是幾年前的舊衣裳，春天時許先生穿了一個紫紅寧綢袍子，那料子是海嬰在嬰孩時候別人送給海嬰做被子的禮物。做被子，許先生說很可惜，就揀起來做一件袍子。正說著，海嬰來了，許先生使眼神，且不要提到，若提到海嬰又要麻煩起來了，一要說是他的，他就要要。

許先生冬天穿一雙大棉鞋，是她自己做的。一直到二三月早晚冷時還穿著。

有一次我和許先生在小花園裏拍一張照片，許先生說她的紐扣掉了，還拉著我站在她前邊遮著她。

許先生買東西也總是到便宜的店鋪去買，再不然，到減價的地方去買。

處處儉省，把儉省下來的錢，都印了書和印了畫。

現在許先生在窗下縫著衣裳，機器聲格嗒格嗒的，震著玻璃門有些顫抖。

窗外的黃昏，窗內許先生低著的頭，樓上魯迅先生的咳嗽聲，都攪混在一起了，重續著、埋藏著力量。在痛苦中，在悲哀中，一種對於生的強烈的願望站得和強烈的火焰那樣堅定。

許先生的手指把捉了在縫的那張布片，頭有時隨著機器的力量低沉了一兩下。

許先生的面容是寧靜的、莊嚴的、沒有恐懼的，她坦蕩的在使用著機器。

海嬰在玩著一大堆黃色的小藥瓶，用一個紙盒子盛著，端起來樓上樓下地跑。向著陽光照是金色的，平放著是咖啡色的，他招集了小朋友來，他向他們展覽，向他們誇耀，這種玩藝只有他有而別人不能有。他說：

「這是爸爸打藥針的藥瓶，你們有嗎？」

別人不能有，於是他拍著手驕傲地呼叫起來。

許先生一邊招呼著他，不叫他喊，一邊下樓來了。

「周先生好了些？」

見了許先生大家都是這樣問的。

「還是那樣子，」許先生說，隨手抓起一個海嬰的藥瓶來：「這不是麼，這許多瓶子，每天打針，藥瓶也積了一大堆。」

許先生一拿起那藥瓶，海嬰上來就要過去，很寶貴地趕快把那小瓶擺到紙盒裏。

在長桌上擺著許先生自己親手做的蒙著茶壺的棉罩子，從那藍緞子的花罩下拿著茶壺倒著茶。

樓上樓下都是靜的了，只有海嬰快活的和小朋友們的吵嚷躲在太陽裏跳蕩。

海嬰每晚臨睡時必向爸爸媽媽說：「明朝會！」

有一天他站在上三樓去的樓梯口上喊著：

「爸爸，明朝會！」

魯迅先生那時正病的沉重，喉嚨裏邊似乎有痰，那回答的聲音很小，海嬰沒有聽到，於是他又喊：

「爸爸，明朝會！」他等一等，聽不到回答的聲音，他就大聲地連串地喊起來：
「爸爸，明朝會，爸爸，明朝會，……爸爸，明朝會……」
他的保姆在前邊往樓上拖他，說是爸爸睡下了，不要喊了。可是他怎麼能夠聽呢，仍舊喊。
這時魯迅先生說「明朝會」，還沒有說出來喉嚨裏邊就像有東西在那裏堵塞著，聲音無論如何放不大。到後來，魯迅先生掙扎著把頭抬起來才很大聲地說出：
「明朝會，明朝會。」
說完了就咳嗽起來。
許先生被驚動得從樓下跑來了，不住地訓斥著海嬰。
海嬰一邊哭著一邊上樓去了，嘴裏嘮叨著：
「爸爸是個聾人哪！」
魯迅先生沒有聽到海嬰的話，還在那裏咳嗽著。
魯迅先生在四月裏，曾經好了一點，有一天下樓去赴一個約會，把衣裳穿的整整齊齊，手下夾著黑花布包袱，戴起帽子來，出門就走。
許先生在樓下正陪客人，看魯迅先生下來了，趕快說：
「走不得吧，還是坐車子去吧。」
魯迅先生說：「不要緊，走得動的。」
許先生再加以勸說，又去拿零錢給魯迅先生帶著。

魯迅先生說不要不要，堅決地走了。

「魯迅先生的脾氣很剛強。」

許先生無可奈何的，只說了這一句。

魯迅先生晚上回來，熱度增高了。

魯迅先生說：

「坐車子實在麻煩，沒有幾步路，一走就到。還有，好久不出去，願意走走……動一動就出毛病……還是動不得……」

病壓服著魯迅先生又躺下了。

七月裏，魯迅先生又好些。

藥每天吃，記溫度的表格照例每天好幾次在那裏畫，老醫生還是照常地來，說魯迅先生就要好起來了。說肺部的菌已經停止了一大半，肋膜也好了。

客人來差不多都要到樓上來拜望拜望。魯迅先生帶著久病初癒的心情，又談起話來，披了一張毛巾子坐在躺椅上，紙煙又拿在手裏了，又談翻譯，又談某刊物。

一個月沒有上樓去，忽然上樓還有些心不安，我一進臥室的門，覺得站也沒地方站，坐也不知坐在哪裏。

許先生讓我喫茶，我就依著桌子邊站著。好像沒有看見那茶杯似的。

魯迅先生大概看出我的不安來了，便說：

「人瘦了，這樣瘦是不成的，要多吃點。」

魯迅先生又在說玩笑話了。

「多吃就胖了，那麼周先生為什麼不多吃點？」

魯迅先生聽了這話就笑了，笑聲是明朗的。

從七月以後魯迅先生一天天地好起來了，牛奶，雞湯之類，為了醫生所囑也隔三差五地吃著，人雖是瘦了，但精神是好的。

魯迅先生說自己體質的本質是好的，若差一點的，就讓病打倒了。

這一次魯迅先生保持了很長時間，沒有下樓更沒有到外邊去過。

在病中，魯迅先生不看報，不看書，只是安靜地躺著。但有一張小畫是魯迅先生放在牀邊上不斷看著的。

那張畫，魯迅先生未生病時，和許多畫一道拿給大家看過的，小得和紙煙包裹抽出來的那畫片差不多。那上邊畫著一個穿大長裙子飛散著頭髮的女人在大風裏邊跑，在她旁邊的地面上還有小小的紅玫瑰的花朵。

記得是一張蘇聯某畫家著色的木刻。

魯迅先生有很多畫，為什麼只選了這張放在枕邊。

許先生告訴我的，她也不知道魯迅先生為什麼常常看這小畫。

有人來問他這樣那樣的，他說：

「你們自己學著做，若沒有我呢！」

這一次魯迅先生好了。

還有一樣不同的，覺得做事要多做……

魯迅先生以為自己好了，別人也以為魯迅先生好了。

準備冬天要慶祝魯迅先生工作三十年。

又過了三個月。

一九三六年十月十七日，魯迅先生病又發了，又是氣喘。

十七日，一夜未眠。

十八日，終日喘著。

十九日的下半夜，人衰弱到極點了。天將發白時，魯迅先生就像他平日一樣，工作完了，他休息了。

集外

中秋節

記得青野送來一大瓶酒，董醉倒在地下，剩我自己也沒得吃月餅。小屋寂寞的，我讀著詩篇，自己過個中秋節。

我想到這裏，我不願再想，望著四面清冷的壁，望著窗外的天。雲側倒在牀上，看一本書，一頁，兩頁，許多頁，不願看。那麼我聽著桌子上的錶，看著瓶裏不知名的野花，我睡了。

那不是青野嗎?帶著楓葉進城來，在牀沿大家默坐著。楓葉插在瓶裏，放在桌上，後來楓葉乾了坐在院心。常常有東西落在頭上，啊，小圓棗滾在牆根外。棗樹的命運漸漸完結著。晨間學校打鐘了，正是上學的時候，梗媽穿起棉襖打著噎噴在掃偎在牆根哭泣的落葉，我也打著噎噴。梗媽捏了我的衣裳說：「九月時節穿單衣服，怕是害涼。」

董從他房裏跑出，叫我多穿件衣服。

我不肯，經過陰涼的街道走進校門。在課室裏可望到窗外黃葉的芭蕉。同學們一個跟著一個的向我問：

「你真耐冷，還穿單衣。」

「你的臉為什麼紫色呢？」

「倒是關外人……」

她們說著，拿女人專有的眼神閃視。

到晚間，嚏噴打得越多，頭痛，兩天不到校。上了幾天課，又是兩天不到校。森森的天氣緊逼著我，好像秋風逼著黃葉樣，新曆一月一日降雪了，我打起寒顫。開了門望一望雪天，呀！我的衣裳薄得透明了，結了冰般地。跑回牀上，牀也結了冰般地。我在牀上等著董哥，等得太陽偏西，董哥偏不回來。向梗媽借十個大銅板，於是吃燒餅和油條。

青野踏著白雪進城來，坐在椅間，他問：「綠葉怎麼不起呢？」

梗媽說：「一天沒起，沒上學，可是董先生也出去一天了。」

青野穿的學生服，他搖搖頭，又看了自己有洞的鞋底，走過來他站在牀邊又問：「頭痛不？」把手放在我頭上試熱。

說完話他去了，可是太陽快落時，他又回轉來。董和我都在猜想。他把兩元錢放在梗媽手裏，一會就是門外送煤的小車子嘩鈴的響，又一會小煤爐在地心紅著。同時，青野的被子進了當舖，從那夜起，他的被子沒有了，蓋著褥子睡。

這已往的事，在夢裏關不住了。

門響，我知道是三郎回來了，我望了望他，我又回到夢中。可是他在叫我：「起來吧，悄悄，我們到朋友家去吃月餅。」

他的聲音使我心酸，我知道今晚連買米的錢都沒有，所以起來了，去到朋友家吃月餅。人囂著，經過菜市，也經過睡在路側的殭屍，酒醉得暈暈的，走回家來，兩人就睡在清涼的夜裏。

三年過去了，現在我認識的是新人，可是他也和我一樣窮困，使我記起三年前的中秋節來。

祖父死了的時候

祖父總是有點變樣子，他喜歡流起眼淚來，同時過去很重要的事情他也忘掉。比方過去那一些他常講的故事，現在講起來，講了一半下一半他就說：「我記不得了。」

某夜，他又病了一次，經過這一次病，他竟說：「給你三姑寫信，叫她來一趟，我不是四五年沒看過她嗎？」他叫我寫信給我已經死去五年的姑母。

那次離家是很痛苦的。學校來了開學通知信，祖父又一天一天地變樣起來。

祖父睡著的時候，我就躺在他的旁邊哭，好像祖父已經離開我死去似的，一面哭著一面抬頭看他凹陷的嘴唇。我若死掉祖父，就死掉我一生最重要的一個人，好像他死了就把人間一切「愛」和「溫暖」帶得空空虛虛。我的心被絲線紮住或鐵絲絞住了。

我聯想到母親死的時候。母親死以後，父親怎樣打我，又娶一個新母親來。這個母親很客氣，不打我，就是罵，也是指著桌子或椅子來罵我。客氣是越客氣了，但是冷淡了，疏遠了，生人一樣。

「到院子去玩玩吧！」祖父說了這話之後，在我的頭上撞了一下，「喂！你看這是什麼？」一個黃金色的桔子落到我的手中。

夜間不敢到茅廁去，我說：「媽媽同我到茅廁去趟吧。」

「我不去！」

「那我害怕呀！」

「怕什麼？」

「怕什麼？怕鬼怕神？」父親也說話了，把眼睛從眼鏡上面看著我。

冬天，祖父已經睡下，赤著腳，開著紐扣跟我到外面茅廁去。

學校開學，我遲到了四天。三月裏，我又回家一次，正在外面叫門，裏面小弟弟嚷著：「姐姐回來了！姐姐回來了！」大門開時，我就遠遠注意著祖父住著的那間房子。果然祖父的面孔和鬍子閃現在玻璃窗裏。我跳著笑著跑進屋去。但不是高興，只是心酸，祖父的臉色更慘淡更白了。等屋子裏一個人沒有時，他流著淚，他慌慌忙忙的一邊用袖口擦著眼淚，一邊抖動著嘴唇說：「爺爺不行了，不知早晚……前些日子好險沒跌……跌死。」

「怎麼跌的？」

「就是在後屋，我想去解手，招呼人，也聽不見，按電鈴也沒有人來，就得爬啦。還沒到後門口，腿顫，心跳，眼前發花了一陣就倒下去。沒跌斷了腰……人老了，有什麼用處！爺爺是八十一歲呢。」

「爺爺是八十一歲。」

「沒用了，活了八十一歲還是在地上爬呢！我想你看不著爺爺了，誰知沒有跌死，我又慢慢爬到炕上。」

我走的那天也是和我回來那天一樣，白色的臉的輪廓閃現在玻璃窗裏。

在院心我回頭看著祖父的面孔，走到大門口，在大門口我仍可看見，出了大門，就被門扇遮斷。

從這一次祖父就與我永遠隔絕了。雖然那次和祖父告別，並沒說出一個永別的字。我回來看祖父，這回門前吹著喇叭，幡桿挑得比房頭更高，馬車離家很遠的時候，我已看到高高的白色幡桿了，吹鼓手們的喇叭愴涼的在悲號。馬車停在喇叭聲中，大門前的白幡、白對聯、院心的靈棚、鬧嚷嚷許多人，吹鼓手們響起烏烏的哀號。

這回祖父不坐在玻璃窗裏，是睡在堂屋的板牀上，沒有靈魂的躺在那裏。我要看一看他白色的鬍子，可是怎樣看呢！拿開他臉上蒙著的紙吧，鬍子、眼睛和嘴，都不會動了，他真的一點感覺也沒有了？我從祖父的袖管裏去摸他的手，手也沒有感覺了。祖父這回真死去了啊！

祖父裝進棺材去的那天早晨，正是後園裏玫瑰花開放滿樹的時候。我扯著祖父的一張被角，抬向靈前去。吹鼓手在靈前吹著大喇叭。

我怕起來，我號叫起來。

「光光！」黑色的，半尺厚的靈柩蓋子壓上去。

吃飯的時候，我飲了酒，用祖父的酒杯飲的。飯後我跑到後園玫瑰樹下去臥倒，園中飛著蜂子和蝴蝶，綠草的清涼的氣味，這都和十年前一樣。可是十年前死了媽媽。媽媽死後我仍是在園中撲蝴蝶；這回祖父死去，我卻飲了酒。

過去的十年我是和父親打鬥著生活。在這期間我覺得人是殘酷的東西。父親對我是沒有好面孔的，對於僕人也是沒有好面孔的，他對於祖父也是沒有好面孔的。因為僕人是窮人，祖父是老人，我是個小孩子，所以我們這些完全沒有保障的人就落到他的手裏。後來我看到新娶來的母親也落到他的手裏，他喜歡她的時候，便同她說笑，他惱怒時便罵她，母親漸漸也怕起父親來。

母親也不是窮人，也不是老人，也不是孩子，怎麼也怕起父親來呢？我到鄰家去看看，鄰家的女人也是怕男人。我到舅家去，舅母也是怕舅父。

我懂得的儘是些偏僻的人生，我想世間死了祖父，就沒有再同情我的人了，世間死了祖父，剩下的儘是些兇殘的人了。

我飲了酒，回想，幻想……

以後我必須不要家，到廣大的人群中去，但我在玫瑰樹下顫怵了，人群中沒有我的祖父。

所以我哭著，整個祖父死的時候我哭著。

永遠的憧憬和追求

一九一一年，在一個小縣城裏邊，我生在一個小地主的家裏。那縣城差不多就是中國的最東最北部——黑龍江省——所以一年之中，倒有四個月飄著白雪。

父親常常為著貪婪而失掉了人性。他對待僕人，對待自己的兒女，以及對待我的祖父都是同樣的吝嗇而疏遠，甚至於無情。

有一次，為著房屋租金的事情，父親把房客的全套的馬車趕了過來。房客的家屬們哭著訴說著，向我的祖父跪了下來，於是祖父把兩匹棕色的馬從車上解下來還了回去。

為著這匹馬，父親向祖父起著終夜的爭吵。「兩匹馬，咱們是算不了什麼的，窮人，這匹馬就是命根。」祖父這樣說著，而父親還是爭吵。九歲時，母親死去。父親也就更變了樣，偶然打碎了一隻杯子，他就要罵到使人發抖的程度。後來就連父親的眼睛也轉了彎，每從他的身邊經過，我就像自己的身上生了針刺一樣；他斜視著你，他那高傲的眼光從鼻樑經過嘴角而後往下流著。

所以每每在大雪中的黃昏裏，圍著暖爐，圍著祖父，聽著祖父讀著詩篇，看著祖父讀著詩篇時微紅的嘴唇。

父親打了我的時候，我就在祖父的房裏，一直面向著窗子，從黃昏到深夜——窗外的白雪，好像白棉花一樣飄著；而暖爐上水壺的蓋子，則像伴奏的樂器似的振動著。

祖父時時把多紋的兩手放在我的肩上，而後又放在我的頭上，我的耳邊便響著這樣的聲音：

「快快長吧！長大就好了。」

二十歲那年，我就逃出了父親的家庭。直到現在還是過著流浪的生活。

「長大」是「長大」了，而沒有「好」。

可是從祖父那裏，知道了人生除掉了冰冷和憎惡而外，還有溫暖和愛。

所以我就向這「溫暖」和「愛」的方面，懷著永久的憧憬和追求。

天空的點綴

用了我有點蒼白的手，捲起紗窗來，在那灰色的雲的後面，我看不到我所要看的東西（這東西是常常見的，但它們真的載著炮彈飛起來的時候，這在我還是生疏的事情，也還是理想著的事情）。正在我躊躇的時候，我看見了，那飛機的翅子好像不是和平常的飛機的翅子一樣——它們有大的也有小的——好像還帶著輪子，飛得很慢，只在雲彩的縫隙出現了一下，雲彩又趕上來把它遮沒了。不，那不是一隻，那是兩隻，以後又來了幾隻。它們都是銀白色的，並且又都叫著嗚嗚的聲音，它們每個都在叫著嗎？這個，我分不清楚。或者它們每個在叫著的，節拍像唱歌的，是有一定的調子，也或者那在雲幕當中撒下來的聲音就是一片。好像在夜裏聽著海濤的聲音似的，那就是一片了。

過去了！過去了！心也有點平靜下來。午飯時用過的傢具，我要去洗一洗。剛一經過走廊，又被我看見了，又是兩隻。這次是在南邊，前面一個，後面一個，銀白色的，遠看有點發黑，於是我聽到了我的鄰家在說：

「這是去轟炸虹橋飛機場。」

我只知道這是下午兩點鐘，從昨夜就開始的這戰爭。至於飛機我就不能夠分別了，日本的呢？還是中國的呢？大概是日本的吧！因為是從北邊來的，到南邊去的，戰地是在北邊中國虹橋飛機場是真的，於是我又起了很多想頭：是日本打勝了吧！所以安閒地去炸中國的後方，是……一定是，那麼這是很壞的事情，他們沒止境的屠殺，一定要象大風裏的火焰似的那麼沒有止境……

很快我批駁了我自己的這念頭，很快我就被我這沒有把握的不正確的熱望壓倒了，中國，一定是中國佔著一點勝利，日本遭了些挫傷。假若是日本佔著優勢，他一定要衝過了中國的陣地而追上去，哪裏有工夫用飛機來這邊擴大戰線呢？

風很大，在遊廊上，我拿在手裏的傢具，感到了點沉重而動搖，一個小白鋁鍋的蓋子，啪啦啪啦地掉下來了，並且在遊廊上啪啦啪啦地跑著，我追住了它，就帶著它到廚房去。

至於飛機上的炸彈，落了還是沒落呢？我看不見，而且我也聽不見，因為東北方面和西北方面炮彈都在開裂著。甚至於那炮彈真正從哪方面出發，因著回音的關係，我也說不定了。

但那飛機的奇怪的翅子，我是看見了的，我是含著眼淚而看著它們，不，我若真的含著眼淚而看著它們，那就相同遇到了魔鬼而想教導魔鬼那般沒有道理。

但在我的窗外，飛著，飛著，飛去又飛來了的，飛得那麼高，好像有一分鐘那飛機也沒離開我的窗口。因為灰色的雲層的掠過，真切了，朦朧了，消失了，又出現了，一個來了，一個又來了。看著這些東西，實在的我的胸口有些疼痛。

一個鐘頭看著這樣我從來沒有看過的天空，看得疲乏了，於是，我看著桌上的台燈，台燈的綠色的傘罩上還畫著菊花，又看到了箱子上散亂的衣裳，平日彈著的六條弦的大琴，依舊是站在牆角上。一樣，什麼都是和平常一樣，只有窗外的雲，和平日有點不一樣，還有桌上的短刀和平日有點不一樣，紫檀色的刀柄上鑲著兩塊黃銅，而且不裝在紅牛皮色的套子裏。對於它我看了又看，我相信我自己絕不是拿著這短刀而赴前線。

在東京

在我住所的北邊，有一帶小高坡，那上面種的或是松樹，或是柏樹。它們在雨天裏，就像同在夜霧裏一樣，是那麼朦朧而且又那麼寧靜！好像飛在枝間的鳥雀羽翼的音響我都能夠聽到。

但我真的聽得到的，卻還是我自己腳步的聲音，間或從人家牆頭的樹葉落到雨傘上的大水點特別地響著。

那天，我走在道上，我看著傘翅上不住地滴水。

「魯迅是死了嗎？」

於是心跳了起來，不能把「死」和魯迅先生這樣的字樣相連接，所以左右反覆著的是那個飯館裏下女的金牙齒，那些吃早餐的人的眼鏡，雨傘，他們好像小型木凳似的雨鞋；最後我還想起了那張貼在廚房邊的大畫，一個女人，抱著一個舉著小旗的很胖的孩子，小旗上面就寫著：「富國強兵」；所以以後，一想到魯迅的死，就想到那個很胖的孩子。

我已經打開了房東的格子門，可是我無論如何也走不進來，我氣惱著：我怎麼忽然變大了？

女房東正在瓦斯爐旁斬斷一根蘿蔔，她抓住了她白色的圍裙開始好像鴿子似的在笑：

「傘……傘……」

原來我好像要撐著傘走上樓去。

她的肥胖的腳掌和男人一樣，並且那金牙齒也和那飯館裏下女的金牙齒一樣。日本女人多半鑲了金牙齒。

我看到有一張報紙上的標題是魯迅的「偲」。這個偲字，我翻了字典，在我們中國的字典上沒有這個字。而文章上的句子裏，「逝世，逝世」這字樣有過好幾個，到底是誰逝世了呢？因為是日文報紙看不懂之故。

第二天早晨，我又在那個飯館裏在什麼報的文藝篇幅上看到了「逝世，逝世」，再看下去，就看到「損失」或「殞星」之類。這回，我難過了，我的飯吃了一半，我就回家了。一走上樓，那空虛的心臟，像鈴子似的鬧著，而前房裏的老太婆在打掃著窗櫺和蓆子的辟啪聲，好像在打著我的衣裳那麼使我感到沉重。在我看來，雖是早晨，窗外的太陽好像正午一樣大了。

我趕快乘了電車，去看××。我在東京的時候，朋友和熟人，只有她。車子向著東中野市郊開去，車上本不擁擠，但我是站著。「逝世，逝世」，逝世的就是魯迅？路上看了不少的山、樹和人家，它們卻是那麼平安、溫暖和愉快！我的臉幾乎是貼在玻璃上，為的是躲避車上的煩擾，但又誰知道，那從玻璃吸收來的車輪聲和機械聲，會疑心這車子是從山崖上滾下來了。

××在走廊邊上，刷著一雙鞋子，她的扁桃腺炎還沒有全好，看見了我，頸子有些不會轉彎地向我說：

「啊！你來得這樣早！」

我把我來的事情告訴她，她說她不相信。因為這事情我也不願意它是真的，於是找了一張報紙來讀。

「這些日子病得連報也不訂，也不看了。」她一邊翻那在長桌上的報紙，一邊用手在摸撫著頸間的藥布。

而後，她查了查日文字典，她說那個「偲」字是個印象的意思，是面影意思。她說一定有人到上海訪問了魯迅回來寫的。

我問她：「那麼為什麼有逝世在文章中呢？」我又想起來了，好像那文章上又說：魯迅的房子有槍彈穿進來，而安靜的魯迅，竟坐在搖椅上搖著。或者魯迅是被槍打死的？日本水兵被殺事件，在電影上都看到了，北四川路又是戒嚴，又是搬家。魯迅先生又是住的北四川路。

但她給我的解釋，在阿Q心理上非常圓滿，她說：「逝世」是從魯迅的口中談到別人的「逝世」，「槍彈」是魯迅談到一二八時的槍彈，至於「坐在搖椅上」，她說談過去的事情，自然不用驚慌，安靜地搖在搖椅上又有什麼希奇。

出來送我走的時候，她還說：

「你這個人啊！不要神經質了！最近在《作家》上、《中流》上他都寫了文章，他的身體可見是在復原期中……」

她說我好像慌張得有點傻，但是我願意聽。於是在阿Q心理上我回來了。

我知道魯迅先生是死了，那是二十二日，正是靖國神社開廟會的時節。我還未起來的時候，那天天空開裂的爆竹，發著白煙，一個跟著一個在升起來。隔壁的老太婆呼喊了幾次，她阿拉阿拉的向著那爆竹升起來的天空呼喊，她的頭髮上開始束了一條紅繩。樓下，房東的孩子上樓來送我一塊撒著米粒的糕點，我說謝謝他們，但我不知道在那孩子臉上接受了我怎樣的眼睛。因為才到五歲的孩子，他帶小碟下樓時，那碟沿還不時的在樓梯上磕碰著。他大概是害怕我。

靖國神社的廟會一直鬧了三天，教員們講些下女在廟會時節的故事，神的故事，和日本人拜神的故事，而學生們在滿堂大笑，好像世界上並不知道魯迅死了這回事。

有一天，一個眼睛好像金魚眼睛的人，在黑板上寫著：魯迅先生大罵徐懋庸引起了文壇一場風波……茅盾起來講和……

這字樣一直沒有擦掉。那鬈髮的，小小的，和中國人差不多的教員，他下課以後常常被人團聚著，談些個兩國不同的習慣和風俗。他的北京話說得很好，中國的舊文章和詩也讀過一些。他講話常常把眼睛從下往上看著：

「魯迅這個人，你覺得怎麼樣？」我很奇怪，又像很害怕，為什麼他向我說？結果曉得不是向我說。在我旁邊那個位置上的人站起來了，有的教員點名的時候問過他：「你多大歲數？」他說他三十多歲。教員說：「我看你好像五十多歲的樣子……」因為他的頭髮白了一半。

他作舊詩作得很多，秋天，中秋遊日光，遊淺草，而且還加上譜調讀著。有一天他還讓我看看，我說我不懂，別的同學有的借他的詩本去抄錄。我聽過幾次，有人問他：「你沒再作詩嗎？」他答：「沒有喝酒呢？」

他聽到有人問他，他就站起來了：

「我説……先生……魯迅，這個人沒有什麼，沒有什麼了不起的，他的文章就是一個罵，而且人格上也不好，尖酸刻薄。」

他的黃色的小鼻子歪了一下。我想用手替他扭正過來。

一個大個子，戴著四角帽子，他是「滿洲國」的留學生，聽説話的口音，還是我的同鄉。

「聽説魯迅不是反對『滿洲國』的嗎？」那個日本教員，抬一抬肩膀，笑了一下：

「嗯！」

過了幾天，日華學會開魯迅追悼會了。我們這一班中四十幾個人，去追悼魯迅先生的只有一位小姐。她回來的時候，全班的人都笑她，她的臉紅了，打開門，用腳尖向前走著，走得越輕越慢，而那鞋跟就越響。她穿的衣裳顏色一點也不調配，有時是一件紅裙子綠上衣，有時是一件黃裙子紅上衣。

這就是我在東京看到的這些不調配的人，以及魯迅的死對他們激起怎樣不調配的反應。

骨架與靈魂

「五四」時代又來了。

在我們這塊國土上，過了多麼悲苦的日子。一切在繞著圈子，好像鬼打牆，東走走，西走走，而究竟是一步沒有向前進。

我們離開了「五四」，已經二十多年了。凡是到了這日子，做文章的做文章、行儀式的行儀式，就好像一個拜他那英勇的祖先那樣。

可是到了今天，已經拜了二十多年，可沒有想到，自己還要拿起刀槍來，照樣地來演一遍。

這是始終不能想到的，而死的偶像又拜活了，把那在墓地裏睡了多年的骨架，又裝起靈魂來。

誰是那舊的骨架？是「五四」。誰是那骨架的靈魂？是我們，是新「五四」！

鍍金的學說

我的伯伯，他是我童年唯一崇拜的人物，他說起話有宏亮的聲音，並且他什麼時候講話總關於正理，至少那時候我覺得他的話是嚴肅的，有條理的，千真萬對的。

那年我十五歲，是秋天，無數張葉子落了，迴旋在牆根了，我經過北門旁在寒風裏號叫著的老榆樹，那榆樹的葉子也向我打來。可是我抖擻著跑進屋去，我是參加一個鄰居姐姐出嫁的筵席回來。一邊脫換我的新衣裳，一邊同母親說，那好像同母親吵嚷一般：「媽，真的沒有見過，婆家說新娘笨，也有人當面來羞辱新娘，說她站著的姿式不對，生著的姿式不好看，林姐姐一聲也不作，假若是我呀！哼！……」

母親說了幾句同情的話，就在這樣的當兒，我聽清伯父在呼喚我的名字。他的聲音是那樣低沉，平素我是愛伯父的，可是也怕他，於是我心在小胸膛裏邊驚跳著走出外房去。我的兩手下垂，就連視線也不敢放過去。

「你在那裏講究些什麼話？很有趣哩！講給我聽聽。」伯父說話的時候，他的眼睛流動笑著，我知道他沒有生氣，並且我想他很願意聽我講究。我就高聲把那事又說了一遍，我且說且作出種種姿式來。等我說完的時候，我仍歡喜，說完了我把說話時跳打著的手足停下，靜等著伯伯誇獎我呢！可是過了很多工夫，伯伯在桌子旁仍寫他的文字。

對我好像沒有反應，再等一會他對於我的講話也絕對沒有迴響。至於我呢，我的小心房立刻感到壓迫，我想我的錯在什麼地方？話講的是很流利呀！講話的速度也算是活潑呀！伯伯好像一塊朽木塞住我的咽喉，我願意快躲開他到別的房中去長歎一口氣。

伯伯把筆放下了，聲音也跟著來了：「你不說假若是你嗎？是你又怎麼樣？你比別人更糟糕，下回少說這一類話！小孩子學著誇大話，淺薄透了！假如是你，你比別人更糟糕，你想你總要比別人高一倍嗎？再不要誇口，誇口是最可恥，最沒出息。」

我走進母親的房裏時，坐在炕沿我弄著髮辮，默不作聲，臉部感到很燒很燒。以後我再不誇口了！

伯父又常常講一些關於女人的服裝的意見，他說穿衣服素色最好，不要塗粉，抹胭脂，要保持本來的面目。我常常是保持本來的面目，不塗粉不抹胭脂，也從沒穿過花色的衣裳。

後來我漸漸對於古文有趣味，伯父給我講古文，記得講到弔古戰場文那篇，伯父被感動得有些聲咽，我到後來竟哭了！從那時起我深深感到戰爭的痛苦與殘忍。大概那時我才十四歲。

又過一年，我從小學卒業就要上中學的時候，我的父親把臉沉下了！他終天把臉沉下。等我問他的時候，他瞪一瞪眼睛，在地板上走轉兩圈，必須要過半分鐘才能給一個答話：

「上什麼中學？上中學在家上吧！」

父親在我眼裏變成一隻沒有一點熱氣的魚類，或者別的不具著情感的動物。

半年的工夫，母親同我吵嘴，父親罵我：「你懶死啦！不要臉的，」當時我過於氣憤了，實在受不住這樣一架機器壓軋了。我問他，「什麼叫不要臉呢？誰不要臉！」聽了這話立刻像火山一樣暴裂起來。當時我沒能看出他頭上有火冒也沒？父親滿頭的髮絲一定被我燒焦了吧！

那時我是在他的手掌下倒了下來，等我爬起來時，我也沒有哭。可是父親從那時起他感到父親的尊嚴是受了一大挫折，也從那時起每天想要恢復他的父權。他想做父親的更該尊嚴些，或者加倍的尊嚴著才能壓住子女吧？

可真加倍尊嚴起來了；每逢他從街上回來，都是黃昏時候，父親一走到花牆的地方便從喉管作出響動，咳嗽幾聲啦，或是吐一口痰啦。後來漸漸我聽他只是咳嗽而不吐痰，我想父親一定會感著痰不夠用了呢！我想做父親的為什麼必須尊嚴呢？或者因為做父親的肚子太清潔？！把肚子裏所有的痰都全部吐出來了？

一天天睡在炕上，慢慢我病著了！我什麼心思也沒有了！一班同學不升學的只有兩三個，升學的同學給我來信告訴我，她們打網球，學校怎樣熱鬧，也說些我所不懂的功課。我愈讀這樣的信，心愈加重點。

老祖父支住枴杖，仰著頭，白色的鬍子振動著說：「叫櫻花上學去吧！給她拿火車費，叫她收拾收拾起身吧！小心病壞！」

父親說：「有病在家養病吧，上什麼學，上學！」

後來連祖父也不敢向他問了，因為後來不管親戚朋友，提到我上學的事他都是連話不答，出走在院中。

整整死悶在家中三個季節，現在是正月了。家中大會賓客，外祖母啜著湯食向我說：「櫻花，你怎麼不吃什麼呢？」

當時我好像要流出眼淚來，在桌旁的枕上，我又倒下了！因為伯父外出半年是新回來，所以外祖母向伯父說：「他伯伯，向櫻花爸爸說一聲，孩子病壞了，叫她上學去吧！」

伯父最愛我，我五六歲時他常常來我家，他從北邊的鄉村帶回來榛子。冬天他穿皮大氅，從袖口把手伸給我，那冰寒的手呀！當他拉住我的手的時候，我害怕掙脫著跑了，可是我知道一定有榛子給我帶來，我禿著頭兩手捏耳朵，在院子裏我向每個貨車伕問：「有榛子沒有？榛子沒有？」

伯父把我裹在大氅裏，抱著我進去，他說：「等一等給你榛子。」

我漸漸長大起來，伯父仍是愛我的，講故事給我聽。買小書給我看，等我入高級，他開始給我講古文了！有時族中的哥哥弟弟們都喚來，他講給我們聽，可是書講完他們臨去的時候，伯父總是說：「別看你們是男孩子，櫻花比你們全強，真聰明。」

他們自然不願意聽了，一個一個退走出去。不在伯父面前他們齊聲說：「你好呵！你有多聰明！比我們這一群混蛋強得多。」

男孩子說話總是有點野，不願意聽，便離開他們了。誰想男孩子們會這樣放肆呢？他們扯住我，要打我：「你聰明，能當個什麼用？我們有氣力，要收拾你。」「什麼狗屁聰明，來，我們大傢伙看看你的聰明到底在哪裏！」

伯父當著什麼人也誇獎我：「好記力，心機靈快。」

現在一講到我上學的事，伯父微笑了：「不用上學，家裏請個老先生唸唸書就夠了！哈爾濱的文學生們太荒唐。」

外祖母說：「孩子在家裏教養好，到學堂也沒有什麼壞處。」

於是伯父斟了一杯酒，挾了一片香腸放到嘴裏，那時我多麼不願看他吃香腸呵！那一刻我是怎樣惱煩著他！我討厭他喝酒用的杯子，我討厭他上唇生著的小黑髭，也許伯伯沒有觀察我一下！他又說：「女學生們靠不住，交男朋友啦！戀愛啦！我看不慣這些。」

從那時起伯父同父親是沒有什麼區別。變成嚴涼的石塊。

當年，我升學了，那不是什麼人幫助我，是我自己向家庭施行的騙術。後一年暑假，我從外回家，我和伯父的中間，總感到一種淡漠的情緒，伯父對我似乎是客氣了，似乎是有什麼從中間隔離著了！

一天伯父上街去買魚，可是他回來的時候，筐子是空空的。母親問：

「怎麼！沒有魚嗎？」

「哼！沒有。」

母親又問：「魚貴嗎？」

「不貴。」

伯父走進堂屋坐在那裏好像幻想著一般，後門外樹上滿掛著綠的葉子，伯父望著那些無知的葉子幻想，最後他小聲唱起，像是有什麼悲哀蒙蔽著他了！看他的臉色完全可憐起來。他的眼睛是那樣憂煩的望著桌面，母親說：「哥哥頭痛嗎？」

伯父似乎不願回答，搖著頭，他走進屋倒在牀上，很長時間，他翻轉著，扇子他不用來搖風，在他手裏亂響。他的手在胸膛上拍著，氣悶著，再過一會，他完全安靜下去，扇子任意丟在地板，蒼蠅落在臉上，也不去搔牠。

晚飯桌上了，伯父多喝了幾杯酒，紅著顏面向祖父說：

「菜市上看見王大姐呢！」

王大姐，我們叫他王大姑，常聽母親說：「王大姐沒有媽，爹爹為了貧窮去為匪，只留這個可憐的孩子住在我們家裏。」伯父很多情呢！伯父也會戀愛呢，伯父的屋子和我姑姑們的屋子挨著，那時我的三個姑姑全沒出嫁。

一夜，王大姑沒有回內房去睡，伯父伴著她哩！

祖父不知這件事，他說：「怎麼不叫她來家呢？」

「她不來，看樣子是很忙。」

「呵！從出了門子總沒見過，二十多年了，二十多年了！」

祖父捋著斑白的鬍子，他感到自己是老了！

伯父也感歎著：「噯！一轉眼，老了！不是姑娘時候的王大姐了！頭髮白了一半。」

伯父的感歎和祖父完全不同，伯父是痛惜著他破碎的青春的故事。又想一想他婉轉著說，說時他神秘的有點微笑：「我經過菜市場，一個老太太回頭看我，我走過，她仍舊看我。停在她身後，我想一想，是誰呢？過會我說：『是王大姐嗎？』她轉過身來，我問她，『在本街住吧？』她很忙，要回去燒飯，隨後她走了，什麼話也沒說，提著空筐子走了！」

夜間，全家人都睡了，我偶然到伯父屋裏去找一本書，因為對他，我連一點信仰也失去了，所以無言走出。

伯父願意和我談話似的：「沒睡嗎？」

「沒有。」

隔著一道玻璃門，我見他無聊的樣子翻著書和報，枕旁一隻蠟燭，火光在起伏。伯父今天似乎是例外，同我講了好些話，關於報紙上的，又關於什麼年鑒上的。他看見我手裏拿著一本花面的小書，他問：「什麼書。」

「小說。」

我不知道他的話是從什麼地方說起：「言情小說，西廂是妙絕，紅樓夢也好。」

那夜伯父奇怪的向我笑，微微的笑，把視線斜著看住我。我忽然想起白天所講的王大姑來了，於是給伯父倒一杯茶，我走出房來，讓他伴著茶香來慢慢的回味著記憶中的姑娘吧！

我與伯伯的學說漸漸懸殊，因此感情也漸漸惡劣，我想什麼給感情分開的呢？我需要戀愛，伯父也需要戀愛。伯父見著他年輕時候的情人痛苦，假若是我也是一樣。

那麼他與我有什麼不同呢？不過伯伯相信的是鍍金的學說。

女子裝飾的心理

裝飾本來不僅限於女子一方面的，古代氏族的社會，男子的裝飾不但極講究，且更較女子而過。古代一切狩獵氏族，他們的裝飾較衣服更為華麗，他們甘願裸體，但對於裝飾不肯忽視。所以裝飾之於原始人，正如現在衣服之於我們一樣重要。現在我們先講講原始人的裝飾，然後由此推知女子裝飾之由來。

原始人的裝飾有兩種，一種是固定的為黥創文身，穿耳，穿鼻，穿唇等；一種是活動的，就是連繫在身體上暫時應用的，為帶纓，鈕子之類，他們裝飾的顏色主要的是紅色，他們身上的塗彩多半以赤色條繪飾，因為血是紅的，紅色表示熱烈，具有高度的興奮力。就是很多的動物，對於赤色，也和人類一樣容易感覺，有強烈的情緒的連繫。其次是黃色，也有相當的美感，也為原始人所採用，再是白色和黑色，但較少採用。他們裝飾所選用的顏色，頗受他們的皮膚的顏色所影響，如白色和赤色對於黑色的澳洲人頗為採用，他們所採用的顏色是要與他們皮膚的顏色有截然分別的。

至於原始人對於裝飾的觀念怎樣呢？他們究竟為什麼要裝飾？又為什麼要這樣裝飾呢？這就談到了他們裝飾的心理問題了。

我們大概會驚異於他們這種重視裝飾的心理罷，如鯨身是他們身體裝飾中最痛苦的，用刀或鐵箭在身上刺成各種花紋，有的且刺滿全身，他們竟於忍受痛苦而為其人的勇敢毅力的表示。而這種忍受，大都是為了裝飾美觀，極少含有其他作用。少年男女到了相當年齡，便執行著這種苦刑，而以為榮。以為假如身上沒能刺刻的花紋，則將來很難找到愛侶。至於活動的裝飾，如各種環纓之類的佩戴物，則一方表示他們勇敢善戰，不懦怯，一方面是引起異性的愛悅，因為他們都以勇敢善鬥為榮。身上所佩戴的許多珍貴的裝飾物，表示他們的富有，是以勇敢奪得或獵取來的。總之，原始人裝飾的用意，一方是引起異性愛悅，一方是引起他人的敬畏。事實上，各種裝飾是兼具此兩意義的，這實在是生存競爭中不可少和有效的工具。由這些情形看來，在原始社會中男子的裝飾較女子講究，也是因為原始社會的人民，沒有確定的婚姻制度，無恆久的配偶，而女子在任何情形中都有結婚的機會，男子要得到伴侶，比較困難，故必須用種種手段以滿足其慾望。

但在文明社會中，男女關係與此完全相反，男子處處站在優越地位，社會上一切法律權利都握在男子手中，女子全居於被動地位。雖然近年來有男女平等的法律，但在父權制度之下，女子仍然是被動的。因此，男子可以行動自由，女子至少要受相當的約制。這樣一來，女子為達到其獲得伴侶的慾望，因此也要借種種手段以取悅異性了。這種手段，便是裝飾。

裝飾主要的用意，大都是一方以取悅於男性，一方足以表示自己的高貴。臉上敷著白粉，紅脂，口紅，蔻丹等。剛才說過紅色是原始人用作裝飾的主要顏色，紅白相稱特別鮮明，不獨引人注目，亦以表示其不親勞動的身份。故牙齒既然是白的，口唇必須塗紅。西洋婦女臉上塗桔黃色的粉，這是表示他們的富有，因為夏天海濱避暑為海風吹拂臉頰成黃色。白色最能顯示臉部和身體的輪廓，原始人跳舞往往在夜間昏昏的燈光和月色之下，用的色在身體驗成條紋，使身體輪廓顯明，易為人注目。婦女用紅白二色飾臉部，也是利用其顏色鮮明，且色其熱烈性，易使人感動。中國少女結婚時多穿紅衣紅裙，大概不外這個意義。

女子裝飾亦隨社會習慣而變遷。昔人的觀念，以柔弱嬌小為美，故女子束腰裹腳之行盛行，有「楚王好細腰，宮中多餓死」者的慘事。近來體育發達，國人觀念改變，重健康，好運動，女子以體格壯健膚色紅黑為美。現在一班新進的女子，大都不飾脂粉，以太陽光下的紅黑色膚色的天然風致為美了。黑色太陽鏡之盛行，不外表示其常常外出的習慣而已。

感情的碎片

近來覺得眼淚常常充滿著眼睛，熱的，它們常常會使我的眼圈發燒。然而它們一次也沒有滾落下來。有時候它們站到了眼毛的尖端，閃耀著玻璃似的液體，每每在鏡子裏面看到。

一看到這樣的眼睛，又好像回到了母親死的時候。母親並不十分愛我，但也總算是母親。她病了三天了，是七月的末梢，許多醫生來過了，他們騎著白馬，坐著三輪車，但那最高的一個，他用銀針在母親的腿上刺了一下，他說：

「血流則生，不流則亡。」

我確確實實看到那針孔是沒有流血，只是母親的腿上憑空多了一個黑點。醫生和別人都退了出去，他們在堂屋裏議論著。我背向了母親，我不再看她腿上的黑點。我站著。

「母親就要沒有了嗎？」我想。

大概就是她極短的清醒的時候：

「……你哭了嗎？不怕，媽死不了！」

我垂下頭去，扯住了衣襟，母親也哭了。

而後我站到房後擺著花盆的木架旁邊去。我從衣袋取出來母親買給我的小洋刀。

「小洋刀丟了就從此沒有了吧？」於是眼淚又來了。

花盆裏的金百合映著我的眼睛，小洋刀的閃光映著我的眼睛。眼淚就再沒有流落下來，然而那是熱的，是發炎的。但那是孩子的時候。

而今則不應該了。

失眠之夜

為什麼要失眠呢！煩躁，噁心，心跳，膽小，並且想要哭泣。我想想，也許就是故鄉的思慮罷。

窗子外面的天空高遠了，和白棉一樣綿軟的雲彩低近了，吹來的風好像帶點草原的氣味，這就是說已經是秋天了。

在家鄉那邊，秋天最可愛。

藍天藍得有點發黑，白雲就像銀子做成一樣，就像白色的大花朵似的點綴在天上；就又像沉重得快要脫離開天空而墜了下來似的，而那天空就越顯得高了，高得再沒有那麼高的。

昨天我到朋友們的地方走了一遭，聽來了好多的心願——那許多心願綜合起來，又都是一個心願——這回若真的打回滿洲去，有的說，煮一鍋高粱米粥喝；有的說，咱家那地豆多麼大！說著就用手比量著，這麼碗大；珍珠米，老的一煮就開了花的，一尺來長的；還有的說，高粱米粥、鹹鹽豆。還有的說，若真的打回滿洲去，三天二夜不吃飯，打著大旗往家跑。跑到家去自然也免不了先吃高粱米粥或鹹鹽豆。

比方高粱米那東西，平常我就不願吃，很硬，有點發澀（也許因為我有胃病的關係），可是經他們這一說，也覺得非吃不可了。

但是什麼時候吃呢？那我就不知道了。而況我到底是不怎樣熱烈的，所以關於這一方面，我終究不怎樣親切。

但我想我們那門前的蒿草，我想我們那後園裏開著的茄子的紫色的小花，黃瓜爬上了架。而那清早，朝陽帶著露珠一齊來了！

我一說到蒿草或黃瓜，三郎就向我擺手或搖頭：「不，我們家，門前是兩棵柳樹，樹蔭交織著做成門形。再前面是菜園，過了菜園就是門。那金字塔形的山峰正向著我們家的門口，而兩邊像蝙蝠的翅膀似的向著村子的東方和西方伸展開去。而後園黃瓜、茄子也種著，最好看的是牽牛花在石頭橋的縫際爬遍了，早晨帶著露水牽牛花開了……」

「我們家就不這樣，沒有高山，也沒有柳樹……只有……」我常常這樣打斷他。

有時候，他也不等我說完，他就接下去。我們講的故事，彼此都好像是講給自己聽，而不是為著對方。

只有那麼一天，買來了一張《東北富源圖》掛在牆上了，染著黃色的平原上站著小馬，小羊，還有駱駝，還有牽著駱駝的小人；海上就是些小魚，大魚，黃色的魚，紅色的好像小瓶似的大肚的魚，還有黑色的大鯨魚；而興安嶺和遼寧一帶畫著許多和海濤似的綠色的山脈。

他的家就在離著渤海不遠的山脈中，他的指甲在山脈爬著：「這是大凌河……這是小凌河……哼……沒有，這個地圖是個不完全的，是個略圖……」

「好哇！天天說凌河，哪有凌河呢！」我不知為什麼一提到家鄉，常常願意給他掃興一點。

「你不相信！我給你看。」他去翻他的書橱去了，「這不是大淩河……小淩河……小孩的時候在淩河沿上捉小魚，拿到山上去，在石頭上用火烤著吃……這邊就是沈家台，離我們家二里路……」因為是把地圖攤在地板上看的緣故，一面說著，他一面用手掃著他已經垂在前額的髮梢。

《東北富源圖》就掛在牀頭，所以第二天早晨，我一張開了眼睛，他就抓住了我的手：

「我想將來我回家的時候，先買兩匹驢，一匹你騎著，一匹我騎著……先到我姑姑家，再到我姐姐家……順便也許看看我的舅舅去……我姐姐很愛我……她出嫁以後，每回來一次就哭一次，姐姐一哭，我也哭……這有七八年不見了！也都老了。」

那地圖上的小魚，紅的，黑的，都能夠看清，我一邊看著，一邊聽著，這一次我沒有打斷他，或給他掃一點興。

「買黑色的驢，掛著鈴子，走起來……鐺啷啷啷啷啷啷……」他形容著鈴音的時候，就像他的嘴裏邊含著鈴子似的在響。

「我帶你到沈家台去趕集。那趕集的日子，熱鬧！驢身上掛著燒酒瓶……我們那邊，羊肉非常便宜……羊肉燉片粉……真有味道！唉呀！這有多少年沒吃那羊肉啦！」他的眉毛和額頭上起著很多皺紋。

我在大鏡子裏邊看了他，他的手從我的手上抽回去，放在他自己的胸上，而後又背著放在枕頭下面去，但很快地又抽出來。只理一理他自己的髮梢又放在枕頭上去。

而我，我想：

「你們家對於外來的所謂『媳婦』也一樣嗎？」我想著這樣說了。

這失眠大概也許不是因為這個。但買驢子的買驢子，吃鹹鹽豆的吃鹹鹽豆，而我呢？坐在驢子上，所去的仍是生疏的地方，我停著的仍然是別人的家鄉。

家鄉這個觀念，在我本不甚切的，但當別人說起來的時候，我也就心慌了！雖然那塊土地在沒有成為日本的之前，「家」在我就等於沒有了。

這失眠一直繼續到黎明之前，在高射炮的聲中，我也聽到了一聲聲和家鄉一樣的震抖在原野上的雞鳴。

火線外（二章）

窗邊

M站在窗口，他的白色的褲帶上的環子發著一點小亮，而他前額上的頭髮和臉就壓在窗框上，就這樣，很久很久地。同時那機關鎗的聲音似乎緊急了，一排一排地爆發，一陣一陣地裂散著，好像聽到了在大火中坍下來的家屋。

「這是哪方面的機關鎗呢？」

「這槍一開……在電影上我看見過，人就一排一排地倒下去……」

「這不是嗎……炮也響了……」

我在地上走著，就這樣散散雜雜地問著M，而他回答我的卻很少。

「這大概是日本方面的機關鎗，因為今夜他們的援軍必要上岸，也許這是在搶岸……也許……」

他說第二個「也許」的時候，我明白了這「也許」一定是他又復現了他曾作過軍人的經驗。

於是那在街上我所看到的傷兵，又完全遮沒了我的視線；他們在搬運貨物的汽車上，汽車的四周插著綠草，車在跑著的時候，那紅十字旗在車廂上火苗似地跳動著。那車沿著金神父路向南去了。遠處有一個白色的救急車廂上畫著一個很大的紅十字，就在那地方，那飄蓬著的傷兵車停下，行路的人是跟著擁了去。那車子只停了一下，又倒退著回來了。退到最接近的路口，向著一個與金神父路交叉著的街開去，這條街就是莫利哀路。這時候我也正來到了莫利哀路，在行人道上走著。那插著草的載重車，就停在我的前面，那是一個醫院，門前掛著紅十字的牌匾。

兩個穿著黑色雲紗大衫的女子跳下車來。她們一定是臨時救護員，臂上包著紅十字。這時候，我就走近了。

跟著那女救護員，就有一個手按著胸口的士兵站起來了，大概他是受的輕傷，全身沒有血痕，只是臉色特別白。還有一個，他的腿部紮著白色的綳帶，還有一個很直地躺在車板上，而他的手就和蟲子的腳爪般攀住了樹木那樣緊抓著車廂的板條。

這部車子載著七八個傷兵，其中有一個，他綠色的軍衣在肩頭染著血的部分好像被水浸著那麼濕，但他也站起來了，他用另一隻健康的手去扶著別的一隻受傷的手。

女救護員爬上車來了，我想一定是這醫院已經人滿，不能再收的緣故。所以這載重車又動搖著，響著，倒退著，衝開著圍觀的人，又向金神父路退去。就是那肩頭受傷的人，他也從原來的地方坐下去。

他們的臉色有的是黑的，有的是白的，有的是黃色的，除掉這個，從他們什麼也得不到，呼叫，呼聲，一點也沒有，好像正在受著創痛的不是人類，不是動物……靜靜地；靜得好像是一棵樹木。

人們擁擠著招呼著，抱著孩子，拖著拖鞋，使我感到了人們就像在看「出大差」那種熱鬧的感覺。

停在我們腳尖前面的這飄蓬的人類，是應該受著無限深沉的致敬的呀！

於是第二部插著綠草的汽車也來到了，就在人們擁擠圍觀的當中，兩部車子一起退去了。

M的腰間仍舊是閃著那帶子上的一點小亮，那困惱的頭髮仍舊是切在窗子的邊上。寧靜，這深夜的寧靜，微風也不來擺動這桌子上的書篇……只在那北方槍炮的世界中，高衝起來的火光中，把M的頭部烘托出來一個圓大沉重而安寧的黑影在窗子上。

我想他也和我一樣，戰爭是要戰爭的，而槍聲是並不愛的。

小生命和戰士

「你看那兵士腰間的刀子，總有點兇殘的意味，可是他也愛那麼小的孩子。」我這樣小聲地把嘴唇接近著L的耳邊。

其實渡輪正在進行中的聲音，也絕對使那兵士不會聽到我的話語的。

其中第一個被我注意的，不是那個抱著孩子的，而是另外的一個，他一走上來，就停在船欄的旁邊。他那麼小，使我立刻想到了小老鼠。兩頰從顴骨以下是完全陷下來的，因此嘴有點突出。耳朵在帽子的邊下，顯得貧薄和孤獨，和那過大的帽遮一樣，對於他都起著一種不配稱的感覺。從帽遮我一直望到他黑色的膠底鞋，左手上受了傷，被一條掛在頸間的白布帶吊在胸前，他穿著特為傷兵們趕製的過大的棉背心，而這件棉背心就把他裝飾成一隻小甲蟲似的站在那裏。等另外兩個兵士走近前來的時候，他就讓開了。

這兩個之中的一個，在我看來是個軍官，他並不怎樣瘦，有點高大，他受傷的也是左手，同樣被一隻帶子吊在胸前。在他慢慢地踱著的時候，那黑色皮鞋的後半部不時地被黃呢褲的邊口埋沒著。當他同另外的一個講話的時候，那空著的，垂在左肩的軍中黃呢上衣的袖子，顯得過於多餘地在擺盪——

因為他隔一會就要抬一抬左肩的緣故。

我所說的掛著刀的兵士，始終沒有給我看到他的正面，因為那受傷的軍官和他談話總是對立著，我所能看到的是他腳上的刺刀針，腰間的短刀，他的腰和肩都寬而且圓。那在懷中的孩子時時想要哭，於是他很小心地搖著他，把那包著孩子的軍外套隔一會兒拉一拉，或是包緊一點。

不知為什麼，我看他好像無論怎樣也不能完全忘掉他腰邊的短刀，孩了一安靜下來，他的左手總是反背過來壓在刀柄上。

渡輪走近一個停在江心的貨船旁邊的時候，因為那船完全熄了燈火，所以好像一座小城似的黑黑地睡在江心上，起重機上還有一個大皮囊似的東西高懸著。

我是背著鍋爐站著的，背後的溫暖已經增加到不能忍耐的程度，所以我稍稍離開一點，可是我的背後仍接近著溫暖，而我的胸前卻向著寒涼的江水。

那軍官的煙火照紅了他過高的鼻子，而後輕輕地好像從指尖上把它一彈，那煙火就掠過了船欄而向著月下的江水奔去了。

我一轉身就看到了那第一個被我注意的傷兵就站在我的旁邊，似乎在這船上並沒有他的同伴，他帶著衰弱或疲乏的樣子在望著江水。他好像在尋找什麼，也好像他要細聽一聽什麼，或者不是，或者他的心思完全繫在那只吊在胸前的左手上。

前邊就是黃鶴樓，在停船之前，人們有的從座位上站起來，有的在移動著，船身和碼頭所激起來的水聲，很響的在擊撞著。即使那士兵的短刀的環子碰擊得再響亮一點，我也不能聽到，只有想象著：那緊貼在兵士胸前的孩子的心跳和那兵士的心跳，是不是他們彼此能夠聽到？

棄兒

一

水就像遠天一樣，沒有邊際的漂漾著。一片片的日光，在水面上浮動著的大人、小孩和包裹都呈青藍顏色。安靜的不慌忙的小船朝向同一的方向走去，一個接著一個……一個肚子圓得饅頭般的女人，獨自的在窗口望著。她的眼睛就如塊黑炭，不能發光，又暗淡，又無光，嘴張著，胳膊橫在窗沿上，沒有目的地望著。

有人打門，什麼人將走進來呢？那臉色蒼蒼，好像盛滿麵粉的布袋一樣，被人擲了進來的一個麵影。這個人開始談話了：「你倒是怎麼樣呢？才幾個鐘頭水就漲得這樣高，你不看見麼？一定得有條辦法，太不成事了？七個月了，共欠了四百塊錢。王先生是不能回來的。男人不在，當然要向女人算賬……現在一定不能再沒有辦法了。」正一正帽頭，抖一抖衣袖，他的衣裳又像一條被倒空了的布袋，平板的，沒有皺紋，只是眼眉往高處抬了抬。

女人帶著她的肚子，同樣的臉上沒有表情，嘴唇動了動：「明天就有辦法。」

她望著店主腳在衣襟下邁著八字形的步子，鴨子樣地走出屋門去。

她的肚子不像饅頭，簡直是小盆被扣在她肚皮上，雖是長衫怎樣寬大，小盆還是分明的顯露著。

倒在牀上，她的肚子也被帶到牀上，望著棚頂，由馬路間小河流水反照的水光，不定形的亂搖，又夾著從窗口不時衝進來嘈雜的聲音。什麼包袱落水啦！孩子掉下陰溝啦！接續的，連綿的這種聲音不斷起來，這種聲音對她似兩堵南北不同方向立著的牆壁一樣，中間沒有連鎖。

「我怎麼辦呢？沒有家，沒有朋友，我走向那裏去呢？只有一個新認識的人，他也是沒有家呵！外面的水又這樣大，那個狗東西又來要房費，我沒有……」

她似乎非想下去不可，像外邊的大水一樣，不可抑止的想：「初來這裏還是飛著雪的時候，現在是落雨的時候了。剛來這裏肚子是平平的，現在卻變得這樣了。」她手續摸著肚子，仰望天棚的水影，被褥間汗油的氣味，在發散著。

二

天黑了，旅館的主人和客人都紛擾的提著箱子，拉著小孩走了。就是昨天早晨樓下為了避水而搬到樓上的人們，也都走了。騷擾的聲音也跟隨的走了。這裏只是空空的樓房，一間挨緊一間，關著門，門裏的簾子默默的靜靜的長長透垂著，從嵌著玻璃的地方透出來。只有樓下的一家小販，一個旅館的雜役和一個病了的婦人男人伴著留在這裏。滿樓的窗子散亂亂地開張和關閉，地板上的塵土地毯似的攤著。這裏荒涼得就如兵已開走的營壘，什麼全是散散亂亂得可憐。

水的稀薄的氣味在空中流蕩，沉靜的黃昏在空中流蕩，不知誰家的小豬被丟在這裏，在水中哭喊著絕望的來往的尖叫。水在牠的身邊一個連環跟著一個連環的轉，豬被圍在水的連環裏，就如一頭蒼蠅或是一頭蚊蟲被繞入蜘蛛的網羅似的，越掙扎，越感覺網羅是無邊際的大。小豬橫臥在板排上，牠只當遇了救，安靜的，眼睛在放希望的光。豬眼睛流出希望的光和人們想吃豬肉的希望絞纏在一起，形成了一條不可知的繩。

豬被運到那邊的一家屋子裏去。

黃昏慢慢的耗，耗向黑沉沉的像山谷、像壑溝一樣的夜裏去。兩側樓房高大空洞就是峭壁，這裏的水就是山澗。

依著窗口的女人，每日她煩得像數著髮絲一般的心，現在都躲開她了，被這裏的深山給嚇跑了。方才眼望著小豬被運走的事，現在也不傷著她的心了，只覺得背上有些陰冷。當她踏著地板的塵土走進單身房的時候，她的腿便是用兩條木做的假腿，不然就是別人的腿強接在自己的身上，沒有感覺，不方便。

整夜她都是聽到街上的水流唱著勝利的歌。

三

每天在馬路上乘著車的人們現在是改乘船了。馬路變成小河，空氣變成藍色，而脆弱的洋車夫們往日他是拖著車，現在是拖船。他們流下的汗水不是同往日一樣嗎？帶有鹹和酸笨重的氣味。

松花江決堤三天了，滿街行走大船和小船，用箱子當船的也有，用板子當船的也有，許多救濟船在嚷，手中搖擺黃色旗子。

住在二層樓上那個女人，被隻船載著經過幾條狹窄的用樓房砌成河岸的小河，開始向無際限閃著金色光波的大海奔去。她呼吸著這無際限的空氣，她第一次與室窗以外的太陽接觸。江堤沉落到水底去了，沿路的小房將睡在水底，人們在房頂蹲著。小汽船江鷹般地飛來了，又飛過去了，留下排成蛇陣的彎彎曲曲的波浪在翻捲。那個女人的小船行近波浪，船沿和波浪相接觸著摩擦著。船在浪中打轉，全船的人臉上沒有顏色的驚恐。她尖叫了一聲，跳起來，想要離開這個漂蕩的船，走上陸地去。但是陸地在那裏？

滿船都坐著人，都坐著生疏的人。什麼不生疏呢？她用兩個驚恐、憂鬱的眼睛，手指四張的手摸撫著突出來的自己的肚子。天空生疏，太陽生疏，水面吹來的風夾帶水的氣味，這種氣味也生疏。只有自己的肚子接近，不遼遠，但對自己又有什麼用處呢？

那個波浪是過去了，她的手指還是四處張著，不能合攏。「今夜將住在非家嗎？為什麼蓓力不來接我，走岔路了嗎？假設方才翻倒過去不是什麼全完了嗎？也不用想這些了。」

六七個月不到街面，她的眼睛繚亂，耳中的受音器也不服支配了，什麼都不清楚。在她心裏只感覺熱鬧。同時她也分明地考察對面駛來的每個船隻，有沒有來接她的蓓力，雖然她的眼睛是怎樣繚亂。

她嘴張著，眼睛瞪著，遠天和太陽遼闊的照耀。

四

一家樓梯間站著一個女人，屋裏抱小孩的老婆婆猜問著：你是芹嗎？

芹開始同主婦談著話，坐在圈椅間，她冬天的棉鞋，顯然被那個主婦看得清楚呢！主婦開始說：「蓓力去伴你來，不看見嗎？那一定是走了岔路。」一條視線直迫著芹的全身而瀉流過來，芹的全身每個細胞都在發汗，緊張、急躁，她憤恨自己為什麼不遲來些，那就免得蓓力到那裏連個影兒都不見，空虛地轉了來。

芹到窗口吸些涼爽的空氣，她破舊襤衫的襟角在纏著她的膝蓋跳舞。當蓓力同芹登上細碎的月影在水池邊繞著的時候，那已是當日的夜，公園裏只有蚊蟲嗡嗡地飛。他們相依著，前路似乎給蚊蟲遮斷了，衝穿蚊蟲的陣，衝穿大樹的林，經過兩道橋樑，他們在亭子裏坐下，影子相依在欄杆上。

高高的大樹，樹梢相結，像一個用紗製成的大傘，在遮著月亮。風吹來大傘搖擺，下面灑著細碎的月光，春天出遊少女一般地瘋狂呵！蓓力的心裏和芹的心裏都有一個同樣的激動，並且這個激動又是同樣的秘密。

五

芹住在旅館，孤獨的心境不知都被趕到什麼地方了。就是蓓力昨夜整夜不睡的痛苦，也不知被趕到什麼地方了？

他為了新識的愛人芹，痛苦了一夜，本想在決堤第二天就去接芹到非家來，他像一個破了的搖籃一樣，什麼也盛不住，衣袋裏連一毛錢也沒有。去當掉自己流著棉花的破被嗎？那裏肯要呢？他開始把他最好的一件制服從牀板底下拿出來，拍打著塵土。他想這回一定能當一元錢的，五角錢給她買吃的送去，剩下的五角伴她乘船出來用作船費，自己盡可不必坐船去，不是在太陽島也學了幾招游泳嗎？現在真的有用了。他腋夾著這件友人送給的舊制服，就如夾著珍珠似的，臉色興奮。一家當舖的金字招牌，混雜著商店的招牌，飯館的招牌。在這招牌的林裏，他是認清那一家是當舖了，他歡笑著，他的臉歡笑著。當舖門關了，人們嚷著正陽河開口了。回來倒在板牀上，牀板硬得和一張石片。他恨自己了，昨天到芹那裏去，為什麼把褲帶子丟了。就是游泳著去，也不必把褲帶子解下拋在路旁，為什麼那樣興奮呢？蓓力心如此想，手就在腰間摸著新買的這條皮帶。他把皮帶抽下來，鞭打著自己。為什麼要用去五角錢呢！只要有五角錢，用手提著褲子，不也是可以把自己的愛人伴出來嗎？整夜他都昪在這塊石片的牀板上煎熬著。

六

他住在一家飯館的後房，他看著棚頂在飛的蠅群，壁間跛走的潮蟲，他聽著燒菜鐵勺的聲音，刀砍著肉的聲音，前房食堂間酒盅聲，舞女們伴著舞衣摩擦聲，門外叫化子乞討聲，像箭一般的，像天空繁星一般的，穿過嵌著玻璃的窗子，一棵棵的刺進蓓力的心去。他眼睛放射紅光，半點不躲避。安靜的蓓力不聲響的接受著。他懦弱嗎？他不知痛苦嗎？天空在閃爍的繁星，都曉得蓓力是怎麼存心。

就像兩個從前線退回來的兵士，一離開前線，前線的炮火也跟著離開了，蓓力和芹只顧坐在大傘下，聽風聲和樹葉們的歎息。

蓓力的眼睛實在不能睜開了。為了躲避芹的覺察，還幾次地給自己作著掩護：「今晨起得早一點，眼睛有些發乾。」芹像明白蓓力的用意一樣，芹又給蓓力作著掩護的掩護：「那麼我們回去睡覺吧。」

公園門前橫著小水溝，跳過水溝來，斜對的那條街就是非家了，他們向非家走去。

地面上旅行的兩條長長的影子，在浸漸的消泯。就像兩條剛被主人收留下的野狗一樣，只是吃飯和睡覺才回到主人家裏，其餘盡是在街頭跑著蹲著。

蓓力同他新識的愛人芹，在友人家中已是一個星期過了。這一個星期無聲無味地飛過去。街口覆放著一隻小船，他們整天坐在船板上。公園也被水淹沒了，實在無處可去，左右的街巷也被水淹沒了，他們兩顆相愛的心也像有水在追趕著似的。一天比一天接近感到擁擠了。兩顆心膨脹著，也正和松花江一樣，想尋個決堤的出口沖出去。這不是想，只是需要。

一天跟著一天尋找，可是左右布的密陣也一天天的高，一天天的厚，兩顆不得散步的心，只得在他們兩個相合的手掌中狂跳著。

七

蓓力也不住在飯館的後房了，同樣是住在非家，他和芹也是同樣的離著。每天早起，不是蓓力到內房去推醒芹，就是芹早些起來，偷偷地用手指接觸著蓓力的腳趾。他的腳每天都是抬到藤椅的扶手上面，彎彎的伸著。蓓力是專為芹來接觸而預備著這個姿勢嗎？還是藤椅短放不開他的腿呢？

他的腳被捏得作痛，醒轉來。身子就是一條彎著腰的長蝦，從藤椅間鑽了出來，藤椅就像一隻蝦籠似的被蓓力丟在那裏了。他用手揉擦著眼睛，什麼都不清楚，兩隻鴨子形的小腳，伏在地板上，也像被驚醒的鴨子般的不知方向。魚白的天色，從玻璃窗透進來，朦朧地在窗簾上惺忪著睡眼。

芹的肚子越脹越大了！由一個小盆變成一個大盆，由一個不活動的物件，變成一個活動的物件。她在牀上睡不著，蚊蟲在她的腿上走著玩，肚子裏的物件在肚皮裏走著玩，她簡直變成個大馬戲場了，什麼全在這個場面上要起來。

下牀去拖著那雙瘦貓般的棉鞋，她到外房去，蓓力又照樣的變作一條彎著腰的長蝦，鑽進蝦籠去了。芹喚醒他，把腿給他看，芹腿上的小包都連成排了。若不是蚊蟲咬的，一定會錯認石階上的苔蘚生在她的腿上了。蓓力用手撫摸著，眉頭皺著，他又向她笑了笑，他的心是怎樣的刺痛呵！芹全然不曉得這一個，以為蓓力是帶著某種笑意向她煽動一樣。她手指投過去，生在自己肚皮裏的小物件也給忘掉了，只是示意一般的捏緊蓓力的腳趾，她心盡力的跳著。

內房裏的英夫人拉著小榮到廚房去，小榮先看著這兩個蝦來了，大嚷著推給她媽媽看。英夫人的眼睛不知放出什麼樣的光，故意地問：「你們兩個用手捏住腳，這是東洋式的握手禮還是西洋式的？」

四歲的小榮姑娘也學起她媽媽的腔調，就像嘲笑而不似嘲笑的唱著：「這是東洋式的還是西洋式的呢？」

芹和蓓力的眼睛，都像老虎的眼睛在照耀著。

蓓力的眼睛不知為了什麼變成金鋼石的了！又發光，又堅硬。芹近幾天盡看到這樣的眼睛，他們整天的跑著，一直跑了十多天了！有時就連蓓力出外辦一點事，她要像一條尾巴似的跟著蓓力。只是最近才算是有了個半職業——替非做一點事。

中央大街的水退去，撐船的人也不見了。蓓力挽著芹的手，芹的棉鞋在褪了色藍衫下浮動。又加上肚子特別發育，中央大街的人們，都看得清楚。蓓力白色籃球鞋子，一對小灰豬似的在馬路上走。

非從那邊來了！大概是下班回來，眼睛鑲著眼鏡向他們打了個招呼。走過去，一個短小的影子消失了。

晚間當芹和英夫人坐在屋裏的時候，英夫人搖著頭，臉上表演著不統一的笑，儘量的把聲音委婉，向芹不知說了些什麼。大概是白天被非看到芹和蓓力在中央大街走的事情。

芹和蓓力照樣在街上繞了一周，蓓力還是和每天一樣要挽著她跑。芹不知為了什麼，兩條腿不願意活動，心又不耐煩！兩星期前住在旅館的心情又將萌動起來，她心上的煙霧剛退去，不久又像給罩上了。她手玩弄著蓓力的衣鈕，眼睛垂著，頭低下去：「我真不知這是什麼意思，我們衣裳襤褸，就連在街上走的資格也沒有了！」

蓓力不明白這話是對誰發的，他遲鈍而又靈巧地問：「怎麼？」

芹在學話說：「英說：『你們不要在街上走去，在家裏可以隨便，街上的人太多，很不好看呢！人家講究著很不好聽！你們不知道嗎？在這街上我們認識許多朋友，誰都知道你們是住在我家的，假設你們若是不住在我家，好看與不好看，我都不管的。』」芹在玩弄著衣鈕。

蓓力的眼睛又在放射金鋼石般的光，他的心就像被玩弄著的衣鈕一樣，在焦煩著。

他把拳頭握得緊緊的，向著自己的頭部打去。芹給他攔住了：「我們不是分明的曉得這是怎樣一種友情？窮人不許有愛。」

他把拳頭仍是握得緊緊的，他說的話就像從唇間撕下來的一樣：「窮人戀愛，富人是常常笑話的。窮人也會學著富人笑話窮人麼？」他的拳頭向著一切人打去，他的眼睛冒火。當時蓓力挽起芹的胳膊來，真像一支被提的手杖，經過大街，穿過活動著的人林，被提上樓去。

在過道間，蚊蟲的群擾嚷著。芹一看到蚊蟲，她腿上的苔蘚立地會發著刺心的癢。窗口間的天色水般的清，風也像芹般的涼，涼水般的風像澆在她的心裏一樣，她在發抖。蓓力看到她在發抖，也祇有看著而已！就連蓓力自己也沒件裌衣可穿呀！

八

關於英夫人的講話，蓓力向非提問的時候，非並不知道英為什麼要說這些。非祇是驚奇，與非簡直是不發生關係，蓓力的臉紅了，他的心懺悔。

「富人窮人，窮人不許戀愛？」

方才他們心中的焦煩退去了。坐在街頭的木凳上，她若感到涼，只有一個方法，她把頭埋在蓓力上衣的前襟裏。

公園被水淹沒以後，只有一個紅電燈在那個無人的地方自己燃燒。秋天的夜裏，紅燈在密結的樹梢上面，樹梢沉沉的，好像在靜止的海上面發現了螢火蟲似的，他們笑著，跳著，拍著手，每夜都是來向著這螢火蟲在叫跳一回⋯⋯

暗裏。

她現在不拍手了，只是按著肚子，蓓力把她扶回去。當上樓梯的時候，她的眼淚被拋在黑

九

非對芹和蓓力有點兩樣，上次英夫人的講話，可以證明是非說的。

非搬走了，這裏的房子留給他岳母住，被褥全拿走了。芹在土炕上，枕著包袱睡。在土炕上睡了僅僅是兩夜，她肚子疼得厲害。她臥在土炕上，蓓力也不出街了，他蹲在地板上，下顎枕炕沿，守著她。這是兩個雛鴿，兩個被折了巢窠的雛鴿。只有這兩個鴿子才會互相了解，真的幫助，因為飢寒迫在他們身上是同樣的分量。

芹肚子疼得更厲害了，在土炕上滾成個泥人了。蓓力沒有戴帽子，跑下樓去，外邊是落著陰冷的秋雨。兩點鐘過了蓓力不見回來，芹在土炕上繼續自己滾的工作。外邊的雨落得大了。三點鐘也過了，蓓力還是不回來，芹只想撕破自己的肚子，外面的雨聲她聽不到了。

十

蓓力在小樹下跑，雨在天空跑，鋪著石頭的路，雨的線在上面翻飛，雨就像要把石頭壓碎似的，石頭又非反抗到底不可。

穿過一條街，又一條街，穿過一片雨，又一片雨，他衣袋裏仍然是空著，被雨淋得他就和水鵝同樣。

走進大門了，他的心飛上樓去，在撫慰著芹，這是誰也看不見的事。芹野獸瘋狂般的尖叫聲，從窗口射下來，經過成排的雨線，壓倒雨的響聲，卻實實在在，牢牢固固，箭般地插在蓓力的心上了。

蓓力帶著這隻箭追上樓去，他以為芹是完了，是在發著最後的嘶叫。

芹肚子疼得半昏了，她無知覺地拉住蓓力的手，她在土炕抓的泥土和蓓力帶的雨水相合。

蓓力的臉色慘白，他又把方才向非借的一元車錢送芹入醫院的影子想了一遍：「慢慢有辦法。過幾天，不忙。」他又想：「這是朋友應該說的話嗎？我明白了，我和非經濟不平等，不能算是朋友。」

任是芹怎樣嚎叫，他最終離開她下樓去，雨是淘天地落下來。

十一

芹肚子痛得不知人事，在土炕上滾得不成人樣了，臉和白紙一個樣，痛得稍輕些，她爬下地來，想喝一杯水。茶杯剛拿在手裏，又痛得不能耐了，杯子摔到地板上。杯子碎了。那個黃臉大眼睛非的岳母跟著聲響走進來，嘴裏羅嗦起：「也太不成樣子了，我們這裏倒不是開的旅館，隨便誰都住在這裏。」

芹聽不清誰在說話，把肚子壓在炕上，要把小物件從肚皮擠出來，這種痛法簡直是絞著腸子，她的腸子像被抽斷一樣。她流著汗，也流著淚。

十二

芹像鬼一個樣，在馬車上囚著，經過公園，經過公園的馬戲場，走黑暗的途徑。蓓力緊抱住她。現在她對蓓力只有厭煩，對於街上的每個行人都只有厭煩。她扯著頭髮，在蓓力的懷中掙扎。

她恨不能一步飛到醫院，但是，馬卻不願意前進，在水中一勁打旋轉。蓓力開始驚惶，他說話的聲音和平時兩樣：「這裏的水特別深呵，走下陰溝去，危險。」他跳下水去，拉住馬勒，在水裏前進著。

芹十分無能地臥在車裏，好像一個齷齪的包袱或是一個垃圾箱。

這一幅沉痛的悲壯的受壓迫的人物映畫，在明月下，在秋光裏，渲染得更加悲壯，更加沉痛了。

鐵欄柵的門關閉著，門口沒有電燈，黑森森的，大概醫院是關了門了。

蓓力前去打門，芹的心希望和失望在絞跳著。

十三

馬車又把她載回來了，又經過公園，又經過馬戲場，芹肚子痛得像輕了一點。她看到馬戲場的大象，笨重地在玩著自己的鼻子，分明清晰的她又有心思向蓓力尋話說：

「你看見大象笨得真巧。」

蓓力一天沒得吃飯，現在他看芹像小孩子似的開著心，他心裏又是笑又是氣。

車回到原處了，蓓力盡他所有借到的五角錢給了車夫。蓓力就像疾風暴雨裏的白菜一樣，風雨過了，他又扶著芹，踏上樓梯。他心裏想著：「醫生方才看過了，不是還得一月後才到日子嗎？那時候一定能想法借到十五元住院費。」

蓓力才想起來，給芹把破被子鋪在炕上。她倒在被上，手指在整著蓬亂的頭髮。蓓力要脫下濕透的鞋子，吻了她一下，到外房去了。

又有一陣呻吟聲蓓力聽到了，趕到內房去，蓓力第一條視線射到芹的身上，芹的臉已是慘白得和鉛鍋一樣。他明白她的肚子不痛是心理作用，盡力相信方才醫生談再過一個月那是不準，是錯誤。

十四

他不借，也不打算，他明白現代的一切事情惟有蠻橫，用不到講道理。所以第二次他把芹送到醫院的時候，雖然他是沒有住院費，芹結果是強住到醫院裏。

在三等產婦室，芹迷沉地睡了兩天了，總是夢著馬車在水裏打轉的事情。半醒來的時候，急得汗水染透了衾枕。

她身體過於疲乏。精神也隨之疲乏，對於什麼事情都不大關心。對於蓓力，對於全世界的一切，全是一樣。蓓力來時，坐在小凳上談幾句不關緊要的話。他一走，芹又合攏起眼睛來。

三天了，芹夜間不能睡著，奶子脹得硬，裏面像盛滿了什麼似的，只聽她嚷著奶子痛，但沒聽她詢過關於孩子的話。

產婦室裏擺著五張大牀，睡著三個產婦，鄰邊空著五張小牀。看護婦給推過一個來，靠近挨著窗口的那個產婦，又一個挨近別一個產婦。她們聽到推小牀的聲音，把頭露出被子外面，臉上都帶著不可抑止、新奇的笑容，就好像看到自己的小娃在牀裏睡著的小臉一樣。她們並不向看護婦問一句話，怕羞似的臉紅著，只是默默地在預備熱情，期待她們親手造成的小動物與自己第一次見面。

第三個牀看護婦推向芹的方向走來，芹的心開始跳動，就像個意外的消息傳了來。手在搖動：「不要！不……不要……我不要呀！」她的聲音裏，母子之情就像一條不能折斷的鋼絲被她折斷了，她滿身在抖顫。

十五

滿牆瀉著秋夜的月光。夜深，人靜，只是隔壁小孩子在那邊哭著。

孩子生下來哭了五天了，躺在冰涼的板牀上。漲水後的蚊蟲成群片地從氣窗擠進來，在小孩的臉上身上爬行。她全身冰冰，她整天整夜的哭。冷嗎？餓嗎？生下來就沒有媽媽的孩子，誰去管她呢？

月光照了滿牆，牆上閃著一個影子，影子抖顫著。芹挨下牀去，臉伏在有月光的牆上：「小寶寶，不要哭了，媽媽不是來抱你嗎？凍得這樣涼呵，我可憐的孩子！」

孩子咳嗽的聲音，把芹伏在壁上的臉移動了，她跳上牀去，她扯著自己的頭髮，用拳頭痛打自己的頭蓋。真個自私的東西，成千成萬的小孩在哭，怎麼就聽不見呢？成千成萬的小孩餓死了，怎麼看不見呢？比小孩更有用的大人也都餓死了，自己也快餓死了，這都看不見，真是個自私的東西！

睡熟的芹在夢裏又活動著，芹夢著蓓力到牀邊抱起她就跑了，跳過牆壁，院費也沒交，孩子也不要了。聽說後來小孩給院長做了丫環，被院長打死了。

孩子在隔壁還是哭著，哭得時間太長了，那孩子作嘔，芹被驚醒，慌張地迷惑地趕下牀去。她以為院長在殺害她的孩子，只見影子在壁上一閃，她昏倒了。

秋天的夜在寂寞的流，每個房間瀉著雪白的月光，牆壁這邊地板上倒著媽媽的身體，那邊的孩子在哭著媽媽。只隔一道牆壁，母子之情就永久相隔了。

十六

身穿白長衫三十多歲的女人，她黃臉上塗著白粉，粉下隱現黃黑的斑點。坐在芹的牀沿，女人煩絮地向芹問些瑣碎的話，別的產婦淒然的在靜聽。

芹一看見她們這種臉，就像針一樣在突刺著自己的心。「請抱去吧，不要再說別的話了。」她把頭用被蒙起，她再不能抑止，這是什麼眼淚呢？在被裏橫流。

兩個產婦受了感動似的，也用手抹著眼睛，坐在牀沿的女人說：「誰的孩子，誰也捨不得，我不能做這母子兩離的事。」女人的身子扭了一扭。

芹像被什麼人要脅似的，把頭上的被掀開，面上笑著，眼淚和笑容凝結的笑著：「我捨得，小孩子沒有用處，你把她抱去吧。」

小孩子在隔壁睡，一點都不知道，親生她的媽媽把她給別人了。

那個女人站起來到隔壁去了，看護婦向那個女人在講，一面流淚：「小孩子生下來六天了，連媽媽的面都沒得見，整天整夜地哭，餵她牛奶她不吃，她媽媽的奶脹得痛都擠扔了。唉，不知為什麼！聽說孩子的爸爸還很有錢呢！這個女人真怪，連有錢的丈夫都不願嫁。」那個女人同情著。看護婦說：「這小臉多麼冷清，真是個生下來就招人可憐的孩子。」小孩子被她們摸索醒了，她的面貼到別人的手掌，以為是媽媽的手掌，她撒怨地哭了起來。

過了半個鐘頭，小孩將來的媽媽，挾著紅包袱滿臉歡喜地踏上醫院的石階。

包袱裏的小被褥給孩子包好，經過穿道，經過產婦室的門前，經過產婦室的媽媽，小孩跟著生人走了，走下石階了。

產婦室裏的媽媽什麼也沒看見，只聽見一陣噪雜的聲音呵！

十七

當芹告訴蓓力孩子給人家抱去了的時候，她剛強的沉毅的眼睛把蓓力給瞪住了，他只是安定地聽著：「這回我們沒有掛礙了。丟掉一個小孩，是有多數小孩要獲救的目的達到了，現在當前的問題就是住院費。」

蓓力握緊芹的手，他想：「芹是個時代的女人，真想得開。一定是我將來忠實的夥伴！」他的血在沸騰。

每天當蓓力走出醫院時，庶務都是向他問院費，蓓力早就放下沒有院費的決心了，所以他第二次又挾著那件制服到當舖去，預備芹出院的車錢。

他的制服早就被老鼠在牀下給咬破了，現在就連這件可希望的制服，也沒有希望了。

蓓力為了五角錢，開始奔波。

十八

芹住在醫院快是三個星期了！同室的產婦，來一個住了個星期抱著小孩走了，現在僅留她一個人在產婦室裏，院長不向她要院費了，只希望她出院好了。但是她出院沒有車錢沒有袂衣，最要緊的她沒有錢租房子。

芹一個人住在產婦室裏，整夜的幽靜，只有她一個人享受窗上大樹招搖細碎的月影，滿牆走著，滿地走著。她想起來母親死去的時候，自己還是小孩子，睡在祖父的身旁，不也是在夜裏，看著窗口的樹影麼？現在祖父走進墳墓去了，自己離家鄉已三年了，時間一過什麼事情都消滅了。

窗外的樹風唱著幽靜的曲子，芹聽到隔院的雞鳴聲了。

十九

產婦們都是抱著小孩坐著汽車或是馬車一個個出院了，現在芹也出院了。她沒有小孩也沒有汽車，只有眼前的一條大街要她走，就像一片荒田要她開拔一樣。

蓓力好像個助手似的在眼前引導著。

他們這一雙影子，一雙剛強的影子，又開始向人林裏去邁進。

蕭紅小說散文精選（增訂本）

作　者：蕭　紅
責任編輯：李瑩娜
封面設計：張　毅
出　版：商務印書館（香港）有限公司
香港筲箕灣耀興道三號東滙廣場八樓
http://www.commercialpress.com.hk
發　行：香港聯合書刊物流有限公司
香港新界荃灣德士古道 220-248 號荃灣工業中心 16 樓
印　刷：中華商務彩色印刷有限公司
香港新界大埔汀麗路 36 號中華商務印刷大廈 14 字樓
版　次：二〇二三年十月第一版第六次印刷

ISBN 978 962 07 4521 8
Printed in Hong Kong